AF138937

Über den Autor

 Claude Sauvage wurde 1957 in Freudenstadt geboren und lebt seit 1974 im Großraum Köln. Seine Liebe zu Frankreich begann mit seinem erlernten Beruf als Koch, danach war er Jahrzehnte im Vertrieb und Handel tätig.

Seit zwanzig Jahren reist er mit seiner Ehefrau in einem Wohnmobil quer durch Frankreich.

Der Roman "Marie - Salz meines Lebens" ist sein Erstlingswerk in der Belletristik und eine Hommage an eine Perle im Atlantik. Er entführt die Leser in seine "zweite Heimat", auf die reizvolle Insel Île de Noirmoutier an die französische Atlantikküste.

Claude Sauvage

Marie –

Salz meines Lebens

Bibliografische Information der Deutschen Nationalbibliothek:
Die Deutsche Nationalbibliothek verzeichnet diese
Publikation in der Deutschen Nationalbibliografie; detaillierte
bibliografische Daten sind im Internet über
http://dnb.dnb.de abrufbar.

Illustration und Covergestaltung
Claude Sauvage

Herstellung und Verlag
BoD – Books on Demand, Norderstedt

ISBN: 978-3-738-62614-8

Île de Noirmoutier

Authentisch, wie die Gezeiten.

Schön, wie das Glitzern des Fleur de Sel.

Bodenständig, wie die Bonnotte.

Magisch, wie die Passage du Gois.

Natürlich, wie die Dünen.

Facettenreich, wie das Marais.

Insel-Idylle, pur wie der Atlantik.

Herzlich, wie die Vendée.

Merci, bleib wie du bist.

Claude Sauvage

Île de Noirmoutier
Auf den Spuren von Marie, Sophie und Pierre

Die Île de Noirmoutier liegt ca. 200 km südwestlich von Paris vor der Küste des Departements Vendée im Atlantik und gehört zur Region 'Pays de la Loire'.

1

Pierre

Noch sechs Stufen bis zur vierten Etage. Seine nassen Turnschuhe quietschen auf der Holztreppe, und das tropfende Regenwasser aus seinem durchnässten Sweatshirt hinterlässt auf jeder Stufe ein kleines Rinnsal. In Gedanken wägt er ab, ob er deshalb die Treppe wischen muss, als er durch einen lauten Knall aufgeschreckt wird. Die dünnen Plastiktüten aus der Gemüseabteilung, die er aus Bequemlichkeit beim Einkaufen verwendete, haben dem Gewicht des Inhalts nicht mehr standgehalten. »Nein, nicht jetzt« entfährt es ihm, und sieht der Milchflasche nach, die akrobatisch Absatz für Absatz bis zur zweiten Etage rollt, um letztendlich vor der Tür von Frau Rabe mit einem klirrenden Geräusch zu zerbrechen. Die Eier haben es nicht soweit geschafft und verteilen ihren Dotter auf den ersten vier Stufen.

Beim Blick auf die neuen Designer-Sneakers entfährt ihm ein lautes: »Scheiße«. Erdbeerjoghurt und Feldsalat verzieren seine teure Errungenschaft, das Ganze mit Mehl gepudert.

Der Hall seines Fluchs und das Poltern der Milchflasche bleiben nicht ungehört und eine Türe öffnet sich.

»Herr Schuster. Ist das etwa ihre Milchflasche?« Vorwurfsvoll, im Feldwebelton mit einer krächzenden Stimme, schallt die Frage von Frau Rabe in die oberen Etagen. Siebzig ist sie vor einem Monat geworden und lebt seit über vierzig Jahren in diesem Altbau. Generalstabsmäßig entgeht ihr nichts, sie achtet auf

Ordnung und Sauberkeit, auf die Einhaltung der Hausordnung, kennt jeden Bewohner und mit aller Wahrscheinlichkeit auch, was in deren Wänden vor sich geht; ein unliebsamer Hausdrachen eben.

»Ja, wem sonst. Wollten sie heute keine Milch?«, gibt Pierre in einem ärgerlichen Ton zurück.

»Ich hoffe, dass sie die Sauerei schnellsten beseitigen«, kommentiert sie giftig.

Wortlos schließt er die Wohnungstür auf und wirft den Schlüssel auf das Sideboard im Flur. Vollkommen durchnässt und mit großen Schritten schreitet er, um nichts zu verschmutzen, ins Badezimmer, das direkt gegenüber dem Eingang liegt. Die Dusche1 ist eine reine Wohltat nach dem kalten Regen. Er föhnt kurz seinen widerspenstigen roten Lockenkopf, bevor er den blauen Jogginganzug überzieht und mit verärgerter Grimasse an die bevorstehende Reinigung des Treppenhauses denkt.

Mit Eimer, Wischtuch und Mülltüte bewaffnet begibt er sich zurück ins Treppenhaus. *Heute ist nicht mein Tag*, geht es ihm durch den Kopf. Auf den Knien vor Frau Rabes Tür beseitigt er die Scherben, und beginnt den Boden zu wischen.

Er weiß, dass er vom Hausdrachen durch den Türspion beobachtet wird. In einer Lautstärke, damit sie es hinter ihrer Tür auch mitbekommt, stimmt er den Titel 'Ein ehrenwertes Haus' von Udo Jürgens an, obwohl er nicht immer den richtigen Ton trifft.

Mit dem Aufnehmer in der Hand, die Stufen von glibberigem Eiweiß und Joghurtresten zu befreien, vernimmt er hinter sich die Stimme von Sophie.

»Hallo Pumuckl, bist du heute im Putzwahn?«

2

Sophie, mit ihren dreißig Jahren, ist nur ein Jahr jünger als Pierre und seine beste Freundin. Sie kennen sich seit ihrer Jugend und teilen alle Geheimnisse. Wenn sie Pierre neckt, spricht sie ihn nur mit seinem Spitznamen an, den er schon als Kind wegen seines Rotschopfes erhalten hat.

Pierre wischt die letzten Spuren seines Missgeschickes weg und erwidert:»Lass uns einen Kaffee trinken, dann erkläre ich es dir.«

»Ich mach schon welchen.« Lächelnd und kopfschüttelnd zugleich betritt Sophie seine Wohnung und schlüpft zugleich aus ihren High Heels, um den alten Holzboden zu schonen.

Pierres Wohnung gleicht nicht der typischen Junggesellenbude, und selbst die kleine Küche bietet alle Annehmlichkeiten, die sich manche Frau wünscht: Der Herd ist mit Gas- und Induktionsplatten bestückt, ein Backofen und Konvektomat auf Sichthöhe und ein großer, aber fast leerer Kühlschrank. Über der Spülmaschine steht unübersehbar der Kaffeevollautomat, das einzige Gerät, welches ständig im Einsatz ist.

Seine Spezialität ist der doppelte Espresso, Sophie zieht dagegen den Cappuccino vor. Mit den Tassen auf einem kleinen Tablett geht sie in die Esszimmerecke des Wohnzimmers. Pierres Einrichtungsstil ist puristisch modern, ohne Schnickschnack und Deko. Der sechzig Zoll TV an der Wand und die sechs Boxen sind der dominierende Blickfang. Hier würde Sophie gerne etwas Hand anlegen, denn manches wirkt für sie zu kühl.

Als Sophie den Kaffee auf dem Glastisch abstellt, kommt Pierre ins Zimmer.

»Ist dir heute eine Laus über die Leber gelaufen?«, fragt sie bei der Begrüßung und drückt ihm ein brüderliches Küsschen links und rechts auf die Wange.

»So kann man es auch nennen«, antwortet Pierre und setzt sich auf einen der futuristischen Lederstühle.

»Erzähl«, fordert sie ihn mit einem Augenzwinkern auf und löffelt genüsslich den Schaum von ihrem Cappuccino, ohne darauf zu achten, dass dieser ein weißes Oberlippenbärtchen hinterließ.

»Das ist eine lange Geschichte«, schmunzelt Pierre beim Anblick des Schaumkrönchens unter ihrer Nase.

»Na und? Es ist Wochenende, Samstag zwölf Uhr, und kann dir bis Montagmorgen um sieben Uhr zuhören. Und warum schmunzelst du überhaupt?«, lächelte sie ihn an.

Pierre beugt sich über den Tisch, wischt ihr mit dem Zeigefinger den Schaum von der Lippe und hält ihr lachend den Finger vor die Augen. »Deswegen.«

Reaktionsschnell weicht er Sophies kleinem Klaps auf seine Wange aus. So kennt er Sophie. Eine unzertrennliche Freundschaft verbindet sie miteinander, aber nie mehr. Wie eine Bruder-Schwester-Beziehung, jeder ist für den anderen da - Sie war wochenlang an seiner Seite, als seine Eltern bei einem Unfall ums Leben kamen, und er unterstütze sie mit allen Mitteln bei der Scheidung von ihrem gewalttätigen Mann vor drei Jahren. Sie kennen untereinander keine Tabuthemen und Geheimnisse, jeder kennt den anderen, wie sich selbst.

Pierre nimmt einen Schluck vom Espresso, legt seine nackten Füße auf den gegenüberstehenden Stuhl und greift in die Keksschale.

»In zwei Wochen habe ich drei Wochen Urlaub«, beginnt er.

»Schön, und wo geht es diesmal hin? Warum frage ich überhaupt, bestimmt wie immer in den Harz zum Wandern.«

»Nein, diesmal nicht. Eigentlich wollte ich jemanden besuchen.« Er zieht sein Smartphone aus der Tasche und hält es Sophie vor die Nase.

Auf dem Display ist das Foto einer sympathischen, lächelnden Frau mit schwarzen, kurzen Haaren und blauen Augen zu sehen.

»Wow, wer ist das denn?«, schießt es erstaunt aus Sophie heraus.

»Sie heißt Marie und sie ist Französin«, antwortet Pierre mit einem Leuchten in den Augen.

»Dich hat es erwischt und du erzählst mir nichts davon?«, erwidert sie fast beleidigt.

»Wann sollte ich? Du warst schließlich drei Wochen auf Geschäftsreise in den USA, und davor haben wir uns wegen meines Lehrgangs auch zwei Wochen nicht gesehen. Macht summa summarum fünf Wochen«, antwortet er vorwurfsvoll.

»Ja, ist gut. Tut mir leid. Aber nun erzähl endlich.«

»Ich habe sie an Karneval beim Rosenmontagszug kennengelernt. Sie kam gegen zehn Uhr und stellte sich am Straßenrand direkt neben mich, und nach einiger Zeit sind wir dann ins Gespräch gekommen.«

»Seit wann sprichst du Französisch?«, foppt Sophie.

»Du weißt, dass ich das nicht kann, aber sie spricht sehr gut Deutsch«, antwortete Pierre.

»Bist du alleine zum Rosenmontagszug gegangen?«, fragt Sophie.

»Ausnahmsweise ja, die anderen aus der Clique konnten dieses Jahr beruflich nicht oder waren im Urlaub.«

»Und die kleine Französin?«, hakt sie nach.

»Sie war alleine in Köln und hat eine Freundin besucht, die hier bei einem Reiseveranstalter arbeitet. Ihre Freundin musste aber kurzfristig absagen, weil sie unerwartet eine Reisegruppe begleiten musste. Und somit waren wir zwei eben allein.«

»Und weiter?«

»Nach dem Zug sind wir gemeinsam in eine Kneipe gegangen, haben uns köstlich amüsiert und einen sehr schönen Abend verbracht.«

»Das ist alles? Kein One-Night-Stand?«, fragt Sophie mit runzelnder Stirn.

»Nein, kein One-Night-Stand, außer Küssen ist nichts gewesen. Es war Liebe auf den ersten Blick, und am Ende tauschten wir auf einem Bierdeckel unsere Adressen aus.«

»Keine Handy-Nummern?« Sophie kann es nicht glauben.

»Jein. Sie hatte ihr Handy im Hotel vergessen und kannte ihre eigene Nummer nicht; meine Nummer habe ich ihr aber auf dem Bierdeckel notiert.«

»Hat sie dich schon einmal angerufen?«

»Nein«, antwortet Pierre mit gesenkter Stimme.

»Vergiss es, wenn sie sich nicht einmal gemeldet hat. Spätestens nach zwei Wochen hätte eine verliebte Frau mal angerufen. Sie weiß doch, dass du ihre Nummer nicht hast. Also warst du nur ein Urlaubsflirt.«

»Nein!« Jetzt wird Pierre mürrisch. »Das will und kann ich nicht glauben, und ich muss sie wiedersehen.«

»Und nun willst du sie einfach ohne Ankündigung besuchen? Bist du krank? Was ist, wenn sie verheiratet ist und Kinder hat? Willst du sie etwa in Schwierigkeiten bringen? Hast du deine Brille in eine rosarote umgetauscht? Du bist kein Teenie mehr, sondern einunddreißig Jahre. Guten Morgen. Aufwachen,

Pierre. Wie kann man, nach einem Flirt über ein paar Stunden, so ein Trara machen?«

Sophie klopft sich dabei mehrmals mit der Hand an die Stirn.

Wortlos starrt Pierre sie an, schiebt sich einen Keks in den Mund, nimmt seine Tasse und steht auf.

»Bist du nun beleidigt?«, fragt sie.

»Nein. Es hat zwischen uns tatsächlich richtig gefunkt. So etwas haben wir beide noch nie erlebt. Und außerdem waren wir von neun Uhr morgens bis zwei Uhr nachts zusammen. Ich hole mir einen neuen Kaffee, bekommst du auch einen?«

Mit hochgeschobenen Braunen hält sie ihm ihre Tasse hin. »Ja.«

Der Regen ist stärker geworden und trommelt unaufhaltsam gegen das Wohnzimmerfenster. Sophie steht an der Balkontür, die Spitzen des Kölner Doms kann sie durch den Regenschleier kaum erkennen.

»Du solltest wieder einmal Spinnweben fegen«, ruft sie in die Küche, als ihr Blick nach oben über die hohe Kassettendecke wandert.

»Ich weiß«, hallt es zurück, »Ich hatte aber die letzten Wochenenden immer Bereitschaftsdienst und bin zu nichts gekommen.«

»Nun lass mich weitererzählen, falls es dich interessieren sollte, sonst behalte ich es für mich.« Pierre stellt die Tassen auf den Tisch und geht zu Sophie ans Wohnzimmerfenster. Er legt ihr von hinten beide Hände auf die Schulter und sagt:

»Wir haben uns verliebt und ich will sie wiedersehen, basta. Und nein, sie ist nicht verheiratet. Es gibt nur ein Problem, ich weiß nicht, wo sie wohnt.«

Sophie dreht sich zu ihm um und starrt ihn ungläubig an.

»Also doch. Pumuckl mit einer rosaroten Brille. Das habe ich zuletzt bei dir vor circa fünf Jahren erlebt. Und du weißt nicht, wo sie wohnt? Ich denke, du hast ihre Adresse auf einem Bierdeckel bekommen?«

»Das ist es ja. Komm setz dich und ich erkläre dir alles.« Pierre hat sich inzwischen wieder beruhigt.

Beide nippen an ihrem Kaffee und Pierre setzt seine Ausführung fort.

»Marie ist nicht verheiratet und wir haben uns nach dem gemeinsamen Abend gegenseitig versprochen, dass wir uns auf alle Fälle wiedersehen. Beim Abschied hatten ich sogar Tränen in den Augen, und ich versprach ihr, sie dieses Frühjahr zu besuchen. Am nächsten Morgen konnten wir uns leider nicht mehr sehen, da ihr Zug bereits um sechs Uhr nach Paris abfuhr.«

»Sie wohnt also in Paris?«

»Nein. Ich weiß nicht wo. Seitdem ich meinen Urlaub eingereicht habe, suche ich wie verrückt nach dem Bierdeckel und finde ihn nicht mehr.«

»Oh! Keine Adresse, keine Telefonnummer. Willst du sie nun über den Hilfsdienst des Roten Kreuzes suchen lassen oder bittest du morgen die französische Polizei um Amtshilfe? Ich denke, du hast ein so gutes Gedächtnis, und du kannst Dich an keine Einzelheiten erinnern? Und außerdem, warum hast nicht alle Daten in dein Handy notiert, satt auf dem Bierdeckel, oder den Deckel wenigstens fotografiert?« Sophie schüttelt verständnislos den Kopf.

»Du kennst meine technische Begabung, und das neue Smartphone ist immer noch ein Buch mit sieben Siegeln für mich; außerdem ist mir schwarz auf weiß lieber«, versucht Pierre ihr zu erklären und schwenkt nervös seine rahmenlose Brille in der rechten Hand.

»Und was ist dir in Erinnerung geblieben?«, hakt Sophie nach.

»Alle Details, an die ich mich erinnern kann, habe ich bereits notiert, bin aber noch zu keinem Ergebnis gekommen.«

»Dann lass mal sehen. Vielleicht kommen wir zu zweit weiter. Wo sind deine Notizen?« Sophie versucht, ihm Hoffnung zu geben, obwohl sie sich selbst eingesteht, dass es hoffnungslos sein wird.

Pierre stellt seinen Laptop auf den Tisch und klappt ihn auf. »Hier sind all meine gesammelten Fakten«, er schiebt die geöffnete Datei Sophie zu.

1. Name: Marie
2. Nachname: unbekannt
3. Alter: 27 Jahre
4. Familienstand: ledig
5. Land: Frankreich
6. Vater: Salzbauer
7. Wohnort: unbekannt auf einer kleinen Insel
8. Dort blühen Mimosen und es gibt Salz.

»Also, die Punkte eins bis fünf sind klar. Was macht Marie eigentlich beruflich? Weißt du, wo sie arbeitet?«, fragt Sophie nach.

»Sie sagte, sie ist in der Touristikbranche tätig, aber nicht bei welchem Unternehmen – oder doch? Tut mir leid, ich kann mich nicht erinnern, ob sie darüber was erwähnt hat. Du weißt, ich hab es mit den französischen Begriffen nicht«, gibt Pierre kleinlaut zurück.

»Nun gut. Dann lass uns Nummer sechs und sieben analysieren. Wo gibt es Salz in Frankreich?«, fragt Sophie.

»Am Mittelmeer und an der Atlantikküste«, antwortet Pierre.

»Sehr gut. Und wie viele Inseln gibt es?« Sophie gibt nicht auf.

»Viel zu viele, alleine in der Bretagne gibt es über Hunderte.«

»Alle bewohnt?«, staunt Sophie.

»Natürlich nicht.«

»Auf welchen blühen Mimosen?«

Pierre fühlt sich wie ein vorgeführter Schuljunge. »Keine Ahnung. Habe ich oder du in Frankreich gewohnt?«, antwortet er.

»Mein Gott noch mal, du wirst doch wohl recherchieren können.« Sophie wird wütend. »Irgendeine winzige Kleinigkeit, an die du dich erinnern kannst? Denk nach oder vergiss deine Marie.«

»Sie sagte, sie lebt auf einer kleinen Insel im Atlantik und ihr Vater ist Salzbauer. Ein Holländer hätte vor langen Jahren dort Polder gebaut. Auch die Blumen in den Wurfsträußchen beim Karnevalszug, Mimosen hat sie sie genannt, würden auf ihrer Insel im Januar und Februar blühen. Ach ja, und wenn Ebbe ist, könnte man auf einer Straße durch das Meer auf die Insel fahren.«

Sophie greift sich an die Stirn »Du einfallsloser Trottel. Das kommt davon, wenn man seinen Urlaub nur im Harz und Schwarzwald verbringt und sich nur für seinen Job interessiert.«

Pierre schaute sie fragend an, ohne etwas zu erwidern.

»Ich weiß jetzt zu neunundneunzig Prozent, welche Insel es ist. Aber du gibst jetzt in Google folgende Begriffe ein: Insel, Frankreich, Mimosen, Salz, Straße durchs Meer.«

Pierre tippt alles in die Suchleiste.

»Und wie lautet das Ergebnis?« Ungeduldig trommelt Sophie ihre Finger auf die Tischplatte.

»Île de Noirmoutier«, freut sich Pierre und fügt hinzu, »Jetzt erinnere ich mich, ich fragte sie noch, was Noirmou für ein schwarzes Tier sei, als sie den Namen aufgeschrieben hat. Sie erklärte mir aber, dass Noirmoutier nichts es mit einem Tier zu tun hat.«

Sophie lacht und schüttelt den Kopf.

»Na also. Und die Straße durch das Meer ist die berühmte 'Passage du Gois', die auch von der Tour de France schon öfters befahren wurde«, kommentiert Sophie lachend.

»Was du alles weißt.«

»Kuchen oder Pizza?« Sophie schaut Pierre mit einem Schmunzeln an.

Die Frage reißt Pierre aus seinen Träumen von Marie. »Was meinst du jetzt wieder?«

»Ich habe Hunger und es ist bereits fünf Uhr. Also Kuchen oder Pizza?«, wiederholt Sophie ihre Frage.

»Wir können auch etwas essen gehen«, erwidert er.

»Kommt nicht infrage. Wir essen hier und recherchieren weiter. Ich denke du willst nach Frankreich fahren.«

Eine dreiviertel Stunde später klingelt es an der Tür.

»Bestimmt der Pizzaservice, machst du mal auf«, ruft Pierre Sophie zu, während er in der Küche eine Flasche französischen Rotwein entkorkt.

Ohne durch den Spion zu blicken, öffnet Sophie die Tür. Missbilligend wird Sophie von der vor ihr stehenden Person, die ihr bis zur Schulter reicht, von oben bis unten gemustert. Sie hat keine Pizzakartons in der Hand.

»Guten Tag. Kann ich ihnen helfen?«, wird die griesgrämige Alte mit stechenden grünen Augen von Sophie überrascht.

»Ist bei ihnen alles dicht?«, ist die barsche krächzende Antwort von Frau Rabe, die eine Abneigung gegen Frauenbesuche hat.

»Bitte?«, erwidert Sophie in ernstem Ton.

»In der Wohnung unter ihnen tropft Wasser von der Decke. Herr Schuster soll mal nachsehen …« In ihrem Wortschwall will Frau Rabe ungefragt in die Wohnung treten, aber Sophie versperrt ihr den Zugang.

»Pierre kommst du mal. Hier steht jemand, der behauptet, dass du einen Rohrbruch hast. Die Wohnung unter dir wäre nass.«

Pierre lässt sich von Frau Rabe nochmals kurz aufklären und will gerade ins Bad, als Herr Schmitz, der wortkarge Rentner von nebenan, seine Tür öffnet und in seinem kölschen Dialekt allen mitteilt: »Kein Oprägung, isch han ad ne Installateur gerofe. Dä Schlauch vun minger Spölmaschin es kapott.« Ohne weitere Kommentare abzuwarten, dreht er sich um und schließt die Tür.

»Kann ich noch etwas für sie tun? Wie sie sehen, ist bei mir alles dicht«, wendet sich Sophie mit spitzem Ton an Frau Rabe. Mit aufgeblähten Nasenflügeln, deren Luftzug ihren Damenbart auf der Oberlippe in Wallung bringt, macht Frau Rabe wortlos auf dem Absatz kehrt, jedoch nicht, ohne Sophie zuvor einen stechenden Blick zuzuwerfen.

»Wer war das denn?«, fragt Sophie erstaunt, als sie Tür geschlossen hat.

»Nur unser Hausdrachen und selbsternannter Hauswart aus der zweiten Etage«, gibt Pierre mit einer abweisenden Handbewegung zurück.

Eine viertel Stunde sitzen beide mit ihrer Pizza Mare und Pizza Calzone am Tisch.

»Und, was hast du noch über die Insel herausgefunden?«, fragt Sophie, nachdem sie zuvor einen großen Schluck des köstlichen 'Côte Blaye' genommen hatte, und blickt interessiert auf die geöffnete Online Karte.

Pierre schluckt den letzten Bissen seiner Pizza Mare hinunter, legt das Besteck auf den Teller und wischt sich mit der gestärkten Stoffserviette über die Lippen. Sophie hatte den Tisch wie für ein Festmahl gedeckt, obwohl es nur Pizza gab, aber aus dem Karton zu essen, kommt für sie nicht infrage. Essen ist für sie im Gegensatz zu Pierre eine Zeremonie und dazugehört einmal eine gewisse Esskultur.

»Also«, beginnt Pierre und nimmt einen Schluck seines Espressos, den Sophie aus der Küche mitbrachte. »Ich habe gegoogelt und viel darüber im Netz gefunden. Die Île de Noirmoutier liegt südlich von Nantes im Atlantik und hat circa zehntausend Einwohner. Man erreicht sie über eine Brücke oder über die, von dir erwähnte Passage du Gois, die Straße, die nur bei Ebbe befahrbar ist. Die Insel ist bekannt für ihr Meersalz, Fleur de Sel, für die Mimosen und angeblich für die teuersten und besten Kartoffeln der Welt, der Bonnotte. Fotografen und Maler lieben sie wegen ihres Lichts und Urlauber wegen ihrer Ursprünglichkeit.« Pierre muss eine Pause machen und greift zum Weinglas.

»Sehr schön. Etwa zehntausend Einwohner, und wie viel sind davon Salzbauern? Du sagtest doch, dass ihr Vater Salzbauer ist«, übernimmt Sophie seine Ausführungen.

»Angeblich etwas um die vierzig, wie ich gelesen habe.«

»Nur? Willst du alle vierzig abklappern, bei jedem anklopfen und fragen, ob er eine Tochter hat, die Marie heißt?«, gibt Sophie sarkastisch zurück.

»Im Notfall ja, es gibt bestimmt nicht viele, die eine Tochter mit siebenundzwanzig Jahren haben, die Marie heißt, oder? Diese Bauern, die man übrigens Saunier nennt, sind alle in einer Genossenschaft vereint und werden sich doch zum Großteil untereinander kennen, oder?«, erwiderte Pierre.

Sophie schüttelt so heftig und ungläubig den Kopf, dass ihr langes blondes Haar fast das Weinglas umwirft. »Und das alles mit deinen Sprachkenntnissen? Kein Französisch und dein englisches Fachchinesisch hilft dir dort bestimmt nicht weiter.«

»Dort gibt es auch ein Touristenbüro und die sprechen sicherlich auch Deutsch. Deren Webseite ist auch komplett auf Deutsch«, kontert Pierre verärgert, steht auf und holt sich in der Küche einen neuen Espresso, ohne Sophie zu fragen, ob sie auch einen bekommt.

»Ich fahre mit«, lässt Sophie ihn wissen, als er zurückkehrt. Sie blätterte zwischenzeitlich auf der Webseite von Noirmoutier und sah sich einige Fotos an.

»Du fährst mit?« Perplex bleibt Pierre im Türrahmen stehen.

»Natürlich nur, wenn du willst. Ich spreche Französisch und würde die Insel gerne kennenlernen, sie soll ja auch tolle Fotomotive haben. Außerdem möchte ich die berühmten Kartoffeln probieren und Salzfelder sehen. Hast du Einwände?«, antwortet Sophie.

»Nein, nein«, stotterte Pierre, »aber ich fahre bereits in zwei Wochen. Kannst du überhaupt Urlaub nehmen?«

»Ja, ich kann. Im Mai habe sowieso nie viel zu tun. Die Einkaufsgespräche mit den Lieferanten für die Wintersaison sind fast abgeschlossen, und außerdem habe ich ja noch zwei Assistenten, die mich vertreten können.«

Pierre grübelt und streicht sich immer wieder über seinen Dreitagebart. Dann klärt er Sophie über seine Reisepläne auf. »Dann musst du aber mit mir in einem Bett schlafen.«

»Ich muss was?« Erstaunt blickt Sophie Pierre an und der Inhalt ihres gefüllten Weinglases beginnt in ihrer Hand gefährlich zu schwappen.

»Ja, wir fahren gemeinsam in einem Wohnmobil, oder willst du draußen übernachten.«

»Was hat dich jetzt geritten? Es gibt den Zug und Autos und auf der Insel mit Sicherheit auch Hotels - und du willst wie ein Zigeuner reisen?«, empört sich Sophie.

»Ja, ich will und werde. Ich habe bereits mit Gerd darüber gesprochen und er leiht mir sein Mobil.«

»Wer ist Gerd?«, fragt Sophie nach.

»Der Wirt von meiner Stammkneipe unten am Eck, den kennst du doch«, klärt Pierre sie auf.

»Sicher kenne ich den, aber seinen Namen kannte ich nicht.« Sophie überlegt kurz, bevor sie mit großen Augen fortfährt: »Ich soll im Bett des verschwitzten Dicken, der nach Bier und Fritten riecht, schlafen? Und dann noch mit dir zusammen? Du scherzt, sei ehrlich.« Sophie kann es nicht glauben.

Bis kurz vor Mitternacht diskutieren beide über das Für und Wider. Am Ende beschließen sie, dass Sophie mitfährt, im Wohnmobil aber nur, wenn sie es zuvor gesehen hat.

»Ich wünsch dir einen schönen Sonntag und danke, dass du mich begleitest. Wir sehen uns am Dienstag gegen sieben unten in der Kneipe bei Gerd«, verabschiedet sich Pierre von Sophie und drückt ihr einen Freundschaftskuss auf Wange.

»Dir auch einen schönen Sonntag und viel Spaß beim Planen der Route. Aber warten wir erstmal den Dienstag ab. Gute Nacht«, zwinkert Sophie ihm zu, als sie in den Hausflur tritt.

2

Marie

Acht Wochen zuvor.

»Maman, wo ist meine Jacke, die ich auf der Reise anhatte?«, ruft Marie-Claire durch das Haus.

»In der Wäsche, wo sonst«, erwidert ihre Mutter.

»Mon dieu Maman«, Marie-Claire eilt in den kleinen Rundbau neben der Küche, wo die Waschmaschine steht. Der Wäschekorb ist leer. Sie sieht, wie ihre Wäsche in der Waschlauge hin und her schaukelt.

»Wo hast du die Zettel hin, die in der Jacke waren?«, fragt sie ihre Mutter, die in der großen Küche am Werkeln ist.

»Welche Zettel?«, erwidert Colette, ihre Mutter, ohne den Blick vom Fisch zu nehmen, den sie für das Mittagessen schuppt.

»Ich hatte verschiedene Zettel und einen Bierdeckel in meiner Jacke«, antwortet Marie-Claire genervt.

»Was regst du dich so auf? Die Notizzettel habe ich auf deine Kommode gelegt und den Pappdeckel, mit einem Gekritzel, was keiner lesen konnte, habe ich auf den Haufen im Garten geworfen.«

Dass es zu spät ist, kann Marie-Claire nicht wissen. Ihr Großvater hat den Berg mit Laub, Holzschnitt und Papier bereits entzündet. Schnellen Schrittes kommt sie um das Haus in den Garten, um den Bierdeckel mit Adresse und Telefonnummer von Pierre vom Scheiterhaufen zu retten, doch da sieht sie die lodernden Flammen. Tränen laufen über ihre Wangen.

Ob Pierre sein Versprechen hält und im Frühjahr kommt? Er hat nicht mal meine Nummer, geht es Marie-Claire durch den Kopf, *und seine Nummer schwebt jetzt als Asche über dem Atlantik.* Gedankenverloren dreht sie sich um und geht in Richtung des kleinen Häuschens, das am Ende des großen Gartens zwischen alten Pinien für sie gebaut wurde.

»Marie!« Die energische Stimme ihres Großvaters holt sie in die Realität zurück.

Er ist der Einzige, der sie Marie nennt. Ihr Name ist Marie-Claire, und obwohl sie seit jeher darauf bestand, nur Marie genannt zu werden, wurde sie von allen Verwandten, Freunden und Bekannten solange sie sich erinnern kann nur Claire gerufen. Gegenüber Pierre hat sie daher nur den Namen Marie angegeben.

»Ja«, gibt sie leise zurück und dreht sich um.

»Hast du in Deutschland vergessen, dass man sich begrüßt?« Der alte Mann, mit Glatze und grauem Haarkranz, kommt mit ausgebreiteten Armen auf Marie zu.

Ein Lächeln huscht über Marie-Claires Gesicht. Schnell wischt sie sich zwei Tränen von der Nase, bevor sie ihrem Großvater an die Brust fällt und fest umarmt.

»Bonjour Papi, es tut mir leid.« Sie drückt ihm einen Kuss auf die sonnengegerbte Wange und streicht über seinen grauen, weichen Bart.

»Bonjour Marie. Wie geht es dir und warum machst du so einen trauriges Gesicht? Du bist doch wieder Zuhause«. Zärtlich nimmt ihr Großvater ihren Kopf in beide Hände und sieht ihr in die Augen.

»Schon gut, Papi, es ist alles in Ordnung. Was macht deine Gicht?«, versucht sie schnell, das Thema zu wechseln.

»Schon gut Marie, es ist alles in Ordnung. Und was macht dein Liebeskummer?«, ahmt er die Frage von Marie, mit einem Lächeln auf seinem Gesicht, nach.

»Grand-père!«, empört sich Marie, und kann sich ein Schmunzeln nicht verkneifen.

Bruno, ihr Großvater, ist ihr Ein und Alles. Ihm kann sie alles anvertrauen, und er weiß immer sofort, was sie bedrückt. Seine Lebensfreude und lustige Art hat er zwar vor sechs Jahren, seit dem Tod seiner Frau verloren, dennoch ist er eine wichtige Stütze in ihrem Leben.

»Lass uns an den Strand gehen.« Bruno, so groß wie Marie, umfasst ihre Hand und gemeinsam schreiten sie in Richtung Meer.

»Claire, wenn ihr zum Meer geht, bringt bitte Wasser mit«, ruft Colette ihnen hinterher.

Marie-Claire dreht um. Am Küchenfenster mit seinen neu gestrichenen, dunkelblauen Fensterläden nimmt sie den Kücheneimer, der nur für Meerwasser zum Kochen benutzt wird, von ihrer Mutter entgegen.

»Es gibt Kartoffeln, lecker«, freut sich Marie.

»Aber nur, wenn ihr nicht stundenlang am Strand sitzen bleibt«, wird sie von ihrer Mutter, mit gesenktem Kopf und Blick über den Brillenrand, ermahnt.

Hinter dem Grundstück brandet der Atlantik an die Küste, und selbst bei Flut ist immer ein breiter Streifen Strand nutzbar. Bruno setzt sich auf die alte Eichenbank, die im Sand direkt neben dem Gartentor steht. Zwischenzeitlich füllt Marie-Claire in den Wellen den Eimer und sieht dabei gedankenvoll zu ihrem Großvater. Ohne Kommentar setzt sie sich neben ihn und stellt den gefüllten Eimer in den Sand. Beide sehen wortlos über das blaue Meer hinüber bis zur Küste von Pornic. Erst Minuten später entschließt sich Marie, ihm von ihrer Reise nach Köln, von Pierre und dem Bierdeckel, der sich in Rauch auflöste, zu erzählen.

Bruno hört aufmerksam zu, legt dann seinen Arm um ihre Schultern und meint »Großmutter wäre zwar nicht erfreut über einen Deutschen, aber die Zeiten haben sich Gott sei Dank seit vielen Jahren verändert. Ich hoffe für dich, dass er den Weg nach Le Vieil findet. Du scheinst wirklich schwer verliebt zu sein«, dabei zieht er leicht mit Daumen und Zeigefinger an ihrer zierlichen Stupsnase, die ihrem Gesicht den spitzbübischen Ausdruck verleiht.

»Ich hoffe es auch. Lass uns gehen, Papi, sonst gibt es heute den Merlu ohne Kartoffeln«, antwortet Marie-Claire, und gemeinsam schlendern sie durch das kleine Gartentor zurück zum großen weiß getünchten Haupthaus.

3

Gerd

Mit schnellen Schritten eilt Pierre die Stufen hinab. »Guten Tag, Frau Rabe. Sie sehen heute bezaubernd aus, wie das blühende Leben«, kommt es ihm spitzzüngig über seine Lippen, als Frau Rabe im Morgenmantel und mit Lockenwicklern auf dem Kopf gerade aus der Tür ihrer Nachbarin kommt, um schnell und ungesehen in ihrer eigenen Wohnung zu verschwinden. Mit Pierre hat sie nicht gerechnet. Ihn keines Blickes würdigend schließt sie schnell und wortlos die Tür hinter sich.

Es sind nur hundert Meter zur Straßenkreuzung, wo sich die Kneipe 'Op der Eck' befindet. Pierre betritt die urig alte, kölsche Kneipe, die auch schon bessere Tage erlebt hat. Damals, als sich hier die umliegenden Anwohner zum Feierabendbier trafen und jeden Sonntagvormittag der Laden beim Frühschoppen aus allen Fugen brach. Heute Abend saßen nur die fünf Stammgäste, die jeden Abend hier zu finden sind, am Tresen.

»Hallo zusammen«,, grüßt Pierre und setzt sich auf die kleine Bank im Eck an die Theke.

»Hallo Pierre«, grüßt Gerd und stellt ihm ein frisch gezapftes Kölsch vor die Nase. »Was macht deine Reiseplanung?«

»Darüber wollte ich heute mit dir sprechen, aber ich warte noch auf Sophie. Steht dein Angebot mit dem Wohnmobil noch?«

Gerd zapft zwei weitere Kölsch und antwortet: »Selbstverständlich, wenn du nicht damit ein halbes Jahr unterwegs bist. Grete will im Juni wieder an die Mosel, und du kennst meine Frau.«

Pierre nimmt sein Glas und leert es in einem Zug. »In der letzten Maiwoche bin ich zurück. Ich kann auch nicht länger bleiben, dann ist mein Urlaub zu Ende.«

Es ist bereits halb acht, als das Handy von Pierre klingelt.

»Sorry Pierre, können wir es verschieben? Ich schaffe es heute nicht, ein Meeting hat länger gedauert und ich sitze noch im Büro.« Sophies Stimme klingt ziemlich erschöpft.

»Kein Stress, Kleines. Ich rede mit Gerd und rufe Dich zurück. Wie sieht es bei dir morgen aus?«

»Ab vierzehn Uhr kannst du frei über mich verfügen«, antwortet Sophie erleichtert.

»Ok. Bis gleich.« Pierre legt auf.

Sein zweites Kölsch steht schon vor ihm. »Gerd, wann können wir das Wohnmobil mal ansehen?«

»Am besten morgen. Da ist Ruhetag.«

»Das wäre super, Sophie hat nämlich morgen Nachmittag frei.«

»Gut. Aber erst um drei Uhr, ich muss zuerst noch in den Großmarkt.«

»Und wo treffen wir uns?«, fragt Pierre.

»Kennst du im Gewerbegebiet Bocklemünd die Karosseriewerkstatt Schmitz & Söhne? Dort habe ich es untergestellt.«

»Die kenne ich. Die Werkstatt hattest du mir doch empfohlen, als der Trottel mir letztes Jahr in die Seite gefahren ist«

»Genau die. Dann Morgen um drei.« Gerd stellt Pierre ein weiteres Kölsch vor die Nase, der bereits Sophies Nummer wählt.

4

Überraschung

Am Nachmittag parkt Pierre seinen alten Volvo vor der Karosseriewerkstatt.

Auf der anderen Straßenseite steigt Sophie in einem figurbetonten, weißen Kleid, die schwarze Couturier Cluch unter den Arm geklemmt, aus ihrem nagelneuen Cabrio.

Pierre mustert sie von oben bis unten. »Jetzt fehlt nur noch der Hut, dann kannst Du auf die Pferderennbahn gehen«, lästert er, beim Anblick des mit vier goldenen Knöpfen verschlossenen knielangen Kleides und ihren High Heels.

»Idiot. Ich arbeite eben in der Branche und liebe Mode. Deinen Leichen ist es ja egal, was du trägst. In einer schicken Kombination würdest du auch besser aussehen, als ständig nur in Jeans und T-Shirt«, kontert Sophie als sie auf ihn zukommt.

»Hallo Sophie«, wird sie von Pierre mit einem Schmunzeln begrüßt,

»Hallo Pierre. Welch ein Glück, das du heute keine Leiche auf dem Tisch hast, sonst wärst du wieder nicht pünktlich«, stichelt Sophie.

»Die hatte ich, aber gut gekühlt kann sie bis morgen auf mich warten«, antworte Pierre, der in der Gerichtsmedizin als Pathologe beschäftigt ist.

»Dann hoffen wir, dass Gerd auch da ist«, erwidert Sophie auf dem Weg zur Toreinfahrt.

In diesem Moment fährt Gerd seinen mit Lebensmittel, voll beladenen Kombi neben Pierres Volvo.

Gerd hat es eilig. »Dann kommt mal mit, ihr beiden«, drängt er als er aussteigt, ohne beide zu begrüßen.

Gerd legt ein Tempo vor, dem Sophie und Pierre fast nicht folgen können. Die Augen auf Gerd gerichtet, entgeht Pierre eine glänzende Öllache vor seinen Füßen. Erst schwankend, dann mit Drehung einer Pirouette, und es ist geschehen. Pierre verliert das Gleichgewicht, er kann sich nicht halten, seine Füße rutschen nach vorne, und rücklings fällt er mit dem Hintern in die braune Lache.

»So kommst du mir nicht ins Wohnmobil«, ist der erste Kommentar von Gerd.

Sophie versucht, damit ihr weißes Kleid nicht mit Öl und Schmutz in Kontakt kommt, in umständlicher Haltung Pierre auf die Füße zu helfen.

Gerd achtet nicht weiter auf die beiden und führt sie zu einem Wohnmobil. Es ist ein alter umgebauter Kastenwagen, dessen Farbe schon nicht mehr erkennbar ist und der Lack sich an manchen Stellen sichtbar löst.

Pierres und Sophies Augen werden immer größer, als Gerd einen Schlüssel aus der Hosentasche zieht und die Schiebetür des Wagens entriegelt.

Ich bleibe hier, damit fahre ich nicht nach Frankreich, fährt es Sophie durch den Kopf, als sie einen ersten Blick in das Innere des Fahrzeugs wirft. Nicht nur, dass ihr ein widerlicher Fischgeruch entgegenschlägt - nein, der Anblick der fleckigen und gerissenen Sitzpolster und der Matratze, welche vor Jahren sicherlich mal eine gewesen war, sind der absolute Schock für sie. Selbst eine komplette Innenreinigung und Desinfektion könnten sie nicht dazu bewegen, in diesem Fahrzeug zu reisen, geschweige denn zu schlafen.

»Hat der noch TÜV?«, mehr fällt Pierre nicht ein.

»Selbstverständlich, warum?«, antwortet Gerd, und zieht aus einem Staufach eine lange Gummihose heraus.

»Zieh deine Hose aus und diese Anglerhose an, sonst kommst du nicht ins Wohnmobil«, fordert Gerd ihn auf.

Um Gerd nicht zu beleidigen, folgt Pierre seinem Rat.

Der spinnt, denkt sich Sophie, als Pierre vor dem Fahrzeug die Hose wechselt. *Sich für den Dreckkarren umziehen.*

»Und wie gefällt er Euch?«, fragt Gerd voller Stolz.

Sophie und Pierre sehen sich wortlos an.

»Ein tolles zuverlässiges Auto«, erklärt Gerd, »den benutze ich immer, wenn ich zum Angeln fahre. Der reicht mir voll und ganz. Nur Grete mag ihn nicht. Aber was soll's. Dann kommt mal mit.«

Noch leicht geschockt sehen Sophie und Pierre, wie Gerd schnellen Schrittes zu einer großen Halle geht und das Schiebetor öffnet.

Wow, hier parken zwölf topgepflegte Wohnmobile, groß und klein, in weiß und in silber, genau das, was sich Pierre in seinen Träumen unter einem Wohnmobil immer vorstellte.

Während seines Medizinstudiums hatte er in den Semesterferien nur gecampt. Mit einem Einmannzelt auf seinem Fahrrad, erkundete er wochenlang viele Regionen in Deutschland. In dieser Zeit war sein Wunsch gewachsen, sich eines Tages einmal den Luxus eines Reisemobils zu gönnen. Mobil zu sein, mit einem festen Dach über dem Kopf, das dem Regen standhält, dazu eine Küche, ein Bad mit WC und ein richtiges Bett.

Gerd geht auf ein fast acht Meter langes Wohnmobil zu. Mit einem Pieps hat er das Fahrzeug entriegelt, die Alarmanlage deaktiviert und öffnet die Tür mit den Worten: »Schuhe aus oder draußen bleiben.«

Für Sophie ist Campen eine unbekannte Erfahrung. Ihre Urlaubsdomizile sind exklusive Hotelanlagen und nicht unter vier Sternen. Wohnmobile kannte sie bisher nur von außen. Umso mehr bleibt ihr der Mund offen stehen, als sie in ihren Nylons über die zwei Stufen in das Fahrzeug steigt, auf dessen Boden ein Teppichboden verlegt ist.

»Wow. Was ist das denn?« Die Überraschung ist Sophie anzuhören, als sie vor einer Sitzgruppe in weißem Leder steht. Das gesamte Führerhaus ist in den Wohnraum integriert und vermittelt mit der großen Panoramascheibe ein unerwartetes Raumgefühl.

Manches hatte Sophie zwar erwartet, aber nicht diesen Luxus auf kleinem Raum. Eine komplette Küche mit Tiefkühlkombination, Backofen und Kaffeemaschine. Dahinter, durch eine Tür getrennt, ein luxuriöses Badezimmer mit separater Runddusche, Waschtisch und WC.

»Ich hoffe, das genügt dir für die Körperpflege?«, lächelt Gerd Sophie an, die inzwischen sprachlos neben ihm steht.

»Und wo wird geschlafen?«, entfährt es ihr.

Gerd zieht am Ende des Badezimmers eine Schiebetür zur Seite und präsentiert mit Stolz das Schlafgemach, ein mittig im Raum stehendes Queensbett.

»Und abends kannst du die Sterne beobachten«. Gerd zeigt auf das große Fenster über dem Bett.

Sophie und Pierre sind fasziniert.

Gerd erklärt Pierre die gesamte Technik, das notwendige Zubehör, die SAT-Anlage, Stauräume, die Gas- und Heizungsanlage. Pierre ist so geblendet und malt sich schon die Reise in Gedanken aus, dass er nur halb zuhört. Er ahnt nicht, dass ihm, als technisch Unbegabtem, seine Oberflächlichkeit noch zum Verhängnis werden wird.

»Ach ja, und eure Fahrräder, wenn ihr welche mitnehmt, finden hier Platz.« Gerd öffnet die große, seitliche Garagentür.

»Da ist ja meine Kellerraum kleiner«, entfährt es Pierre.

Eine Stunde später sitzen sie in der geschlossenen Kneipe von Gerd bei einem Kaffee, um die restlichen Details zu besprechen.

»Also nächste Woche Freitag holt ihr meine Lady ab«, wie Gerd sein Wohnmobil nennt. »Denkt daran, was ich Euch alles erklärt habe. Vor allen Dingen, und das möchte ich ausdrücklich erwähnen, bringt sie heil und unbeschädigt zurück. Grete bringt mich sonst um, es ist ihr Heiligtum, sie hat letztes Jahr für den Kauf ihre Lebensversicherung geopfert. Und fahr piano Pierre - sie hat erst dreitausend Kilometer auf der Uhr. Für dich gilt wegen der fünf Tonnen sowieso Hundert auf der Autobahn, und die LKW-Verbotsschilder musst du jetzt auch beachten«, ermahnte Gerd beide, bevor sie sich verabschieden.

5

Pascal

Pascal ist mit dem Sortieren der neue Kollektion von Sweat- und T-Shirts beschäftigt, die heute eingetroffen ist, als Marie-Claire, seine Schwester, den großen Laden mit Marinezubehör am Hafen betritt.

»Salut, Claire. Wie geht's dir?«, wird sie von ihrem Bruder und den obligatorischen Küsschen rechts und links begrüßt.

»Es geht, wie immer, das kennst du doch«, antwortet Marie-Claire gleichgültig und blickt über den kleinen Hafen von L'Herbaudière, dessen meisten Plätze inzwischen private Yachten statt Fischkutter einnehmen.

»Und zuhause?«, hakt Pascal nach, während er den Lieferschein kontrolliert.

»Auch wie immer. Grand-pére klagt über seine Gicht und Papa hat wegen der voraussichtlichen schlechten Ernte der Bonnotte verständlicherweise keine gute Laune, nachdem die Salzernte letzten Sommer auch nicht berauschend war. Und Maman hält sich wie immer aus allem raus.«

»Was treibt dich zu mir? Komm, wir gehen rüber in die Bar einen Grand Creme trinken«, schlägt Pascal vor, der seine zwei Jahre jüngere Schwester um Kopflänge übertrifft und mit seinem Vollbart und kräftiger Statur einem Seemann gleicht.

»Caroline, in einer Stunde bin ich wieder zurück«, ruft er beim Hinausgehen seiner Verkäuferin zu, die mit dem Auszeichnen der Ware beschäftigt ist.

Bei einem Milchkaffee und Croissant wiederholt Pascal seine Frage »Was ist los?«

»Ich musste einfach mal raus an meinem freien Tag und etwas Anderes sehen. Im Office de Tourisme haben wir momentan durch die Saisonvorbereitung und das bevorstehende Fête de Bonnotte viel Stress und - ganz einfach, mich stört momentan sogar der Nagel in der Wand«, klagte Marie-Claire.

»Du solltest in deiner Freizeit wieder mehr unternehmen. Deine Freunde in Noirmoutier-en-l'Île sagen schon, dass man dich kaum noch sieht, und Yannic klagt mir auch ständig sein Leid.«

Marie-Claire ist empört. »Was klagt dir Yannic?«

»Du weißt doch, was er für dich empfindet. Seitdem du aus Deutschland zurück bist, hattest du kaum Kontakt mit ihm und nimmst auch seine Anrufe nicht an.«

»Ich habe dir bereits erzählt, was in Köln passiert ist, und für Yannic habe ich noch nie das empfunden, was er vielleicht für mich empfindet. Er wurde mir vor meinem Trip nach Deutschland sogar schon zu aufdringlich.«

»Du glaubst etwa immer noch, dass dieser Filou aus Köln dich besuchen wird? Du warst für ihn doch nur ein kleines Abenteuer. Wie ich gelesen habe, ist das im Karneval dort normal. Karneval und Ende, also Ende der Affäre«, flucht Pascal und schlägt zur Bestätigung seine Knöchel auf den Tisch.

»Und ich hoffte, bei dir Unterstützung zu finden«, mault Marie-Claire.

»Welche Unterstützung? Soll ich nach Köln fahren und ihn in einer Millionenstadt suchen. Du weißt nur, dass er Pierre heißt, du hast keinen Nachnamen, keine Adresse, also rein gar nichts. Du suchst Trost, aber keine Unterstützung. Wie ein verknallter Teenager, der sich in Selbstmitleid badet. Du bist siebenundzwanzig Jahre, Schwesterchen, und keine vierzehn mehr. Vergiss ihn, auf unserer Insel gibt es auch schöne Männer.«

Das hätte Pascal nicht sagen dürfen.

Wortlos steht Marie-Claire auf und blickt ihren Bruder strafend an. Ohne sich zu verabschieden, verlässt sie die Bar und eilt zu ihrem Fahrrad.

»Unsere Insel hat auch schöne Männer. Vergiss ihn. Yannic empfindet was für dich«, äfft sie wütend ihren Bruder nach und verflucht den starken Gegenwind, der ihr in Richtung Le Vieil entgegenschlägt.

Gibt es keinen außer Papi, der mich versteht? Wird Pierre kommen? Wartet er auf meinen Anruf? Hat er mich schon vergessen? Fragen über Fragen, auf die sie keine Antworten findet, gehen ihr durch den Kopf, während sie in die Pedale tritt.

Hupen und kreischende Bremsen reißen sie aus ihren Gedanken. An ihrer rechten Seite kommt ein alter, roter Jaguar Typ E mit Pariser Kennzeichen zum Stillstand.

Eine arrogante Männerstimme keift aus dem Wagen: »Typisch Insulaner. Keine Augen im Kopf. Ich sag immer, man soll Frauen aus dem Straßenverkehr ziehen. Bauern-Tussi.«

Ein sportlicher Mann um die fünfunddreißig in weißem Yacht-Dress und mit Armani Sonnenbrille steigt aus dem Wagen.

»Natürlich, ein Pariser. Die konnten noch nie Autofahren. Meinen immer, die Straße und die halbe

Welt gehört ihnen. Versnobtes Volk. Stadtarsch«, flucht Marie-Claire und steigt auf ihr Rad und fährt davon.

Der Fahrer würdigt Marie-Claire keines Blickes, sondern begutachtet die Kühlerhaube und Front, ob sein Fahrzeug keine Kratzer erlitten hat. Als er nichts findet und wieder einsteigt, ruft er ihr noch zu: »Das wäre sehr teuer geworden, Mademoiselle«, und fährt in Richtung L'Herbaudière.

Vollidiot, denkt Marie-Claire, *er hat doch gesehen, dass ich nach links abbiege. Würde er nicht rasen, dann hätte er nicht bremsen müssen, auch wenn er Vorfahrt hat. Wir sind hier auf Noirmoutier und nicht in Paris.*

6

Vorbereitung

Pierre ist im Reisefieber. Drei Tage schlenderte er abends, wenn er die Pathologie verließ, durch die Buchhandlungen in der Kölner Innenstadt. Auf seinem Esstisch stapeln sich neben dem Michelin Straßenatlas 'Frankreich', diverse Reise-, Camping- und Stellplatzführer, die er nur kurz überflogen hat. Dazu hatte er unzählige Artikel im Internet über Noirmoutier gelesen, um sich auf sein Abenteuer vorzubereiten.

»Nicht jetzt«, ruft Pierre unter der Dusche seinem Handy entgegen, das unaufhörlich den Klingelton eines alten Telefons wiedergibt. »Ich habe Urlaub, Urlaub, Urlaub, und die Toten laufen nicht weg.«

Zehn Minuten später wirft er seinen weißen Bademantel über und geht in die Küche, seine Neugier hat siegt. *Wer hat angerufen?* Es war nicht die Pathologie, es war Sophie, sie hat auf der Sprachbox eine Nachricht hinterlassen.

»Hallo Pumuckl. Heute ist mein erster Urlaubstag. Ich bin gerade beim Packen. Wann beladen wir das Wohnmobil? Hast du schon den Schlüssel und die Papiere von Gerd bekommen? Kommst du zum Beladen mit dem Wohnmobil zu mir? Hast du an einen Auslandschutzbrief gedacht? Ach ja, die Route, hast du die schon ausgearbeitet? Tut mir leid, dass ich dir nicht helfen konnte, aber ich hatte diese Woche viel um die Ohren. Ich warte auf deinen Rückruf«, sie plapperte wie ein Wasserfall.

Frauen, denkt Pierre und drückt den Icon von Sophies Rufnummer.

»Hallo Pierre, hast du meine Nachricht ...«

»Ja, ja, alles gehört«, wird sie von Pierre unterbrochen.

»Und?«, fragte sie nach.

Genervt antwortet Pierre: »Die Schlüssel und Papiere habe ich, den Schutzbrief habe ich abgeschlossen, und die Route, es sind etwas mehr als tausend Kilometer.«

»Bitte - über tausend Kilometer, das schaffen wir nicht an einem Tag«, fällt Sophie ihm ins Wort.

»Nein. Wir übernachten an einem schönen Ort, lass dich überraschen. Wir fahren morgen früh um sechs Uhr ab und sehen uns heute Abend gegen Sieben am Wohnmobil zum Packen. Bring also alles mit.«

»Weißt du, wie viel das ist? Kannst du nicht mit dem Mobil vorbeikommen?«, fragt Sophie empört.

Sophies Wohnung liegt in einer kleinen Nebenstraße in Köln Lindenthal, und schon das Parken mit einem Kleinwagen ist dort ein Graus.

»Du weißt, dass es in deiner schmalen Straße keine Haltemöglichkeit für das Gefährt gibt. Vorbeifahren kann ich bei dir gerne, aber nicht halten. Vorschlag, ich öffne einfach die Garagentür, und jedes Mal wenn ich vorbei komme, wirfst du ein Teil hinein. Einverstanden?«, schlägt Pierre in ernstem Ton vor.

»Du Ar«, sie unterdrückte den Rest, »und mein Rad?«

»Da wirst du sicher eine Lösung finden. Ich muss noch was tun, Sophie. Bis später«, sagt Pierre und legt ohne eine Antwort abzuwarten auf.

Pierre muss sich beeilen, es sind nur noch fünf Stunden bis zur Verabredung mit Sophie. Er packt seine zwei Reisetaschen mit Bekleidung und Toilettenartikeln, alles, was er vom Camping kennt - Minimalismus eben, und wirft sie in den Kofferraum. Auf der Fahrt zum Wohnmobil hält er an einem Supermarkt und denkt an seine Camperzeit zurück. Er hat zwar eine hochmoderne Küche, die ihm ein gewiefter Küchenverkäufer verkaufte, aber Kochen war nicht sein Ding. Fast Food oder Restaurant, basta, er ist kein Gourmet. *Wer weiß, was es in Frankreich gibt? Frösche und Schnecken – nein danke*, denkt er, als er neben unzähligen Konserven, Nudeln und Kartoffeln, auch Wein, Dosenbier, Milch, Wasser und andere Lebensmittel in den Einkaufswagen packt. *Das dürfte reichen*, geht es ihm durch den Kopf, als er an der Kasse 248.20 € zahlt.

Am Tor der Karosseriewerkstatt angekommen, warten bereits Sophie und ein ihm unbekannter Begleiter auf ihn.

»Wo warst du? Ich warte schon fast eine halbe Stunde!«, empört sich Sophie.

»Ich sagte gegen Sieben. Nun ist es gerade fünf nach sieben«, erwidert Pierre und schließt das Tor zum Hof auf.

»Das ist Ralf«, stellt Sophie ihren Begleiter vor. »Er wohnt unter mir und hat freundlicherweise mein Fahrrad hierher gefahren. Nachher nehme ich ihn mit dem Auto wieder zurück.«

»Nicht nötig«, widerspricht Ralf, »ich nehme die Straßenbahn, ich wollte sowieso noch in die Innenstadt. Ich wünsch euch beiden einen schönen Urlaub und kommt gesund wieder.« Er hebt die Hand zum Abschied und geht in Richtung Haltestelle

»Am besten wir fahren unsere Autos vor das Wohnmobil, dann müssen wir nicht alles tragen«, schlägt Pierre vor.

Sophie wird ungeduldig. »Dann hol es aber erst einmal aus der Halle und stell es auf den Hof.«

Ohne etwas zu sagen, geht er in die Halle zum Wohnmobil und denkt sich nur: *Mama Mia. Bist du heute eine Zicke. Das kann ja mit dir heiter werden.*

Auf dem Fahrersitz macht er sich zuerst mit den Abmessungen des Fahrzeugs vertraut. Zuletzt saß er in seiner Bundeswehrzeit in solch einem großen Gefährt, als er den LKW-Führerschein machte. Problemlos manövriert er das Mobil aus der Halle und parkt es auf dem leeren Hof.

Sophie und Pierre haben den gleichen Gedanken, um Wege zu sparen und beschließen ihren PKW an die Längsseite zur Aufbautür setzen.

Pierre hat seinen alten Volvo bereits neben dem Wohnmobil gestoppt und öffnet die Fahrertür.

In diesem Moment geht ein Ruck durch seinen Wagen und das metallische Geräusch lässt ihn erahnen, was passiert ist.

Sophie hatte ihr Cabrio aus der Gegenrichtung rückwärts an die Längsseite gesetzt, aber voller Hektik nicht in den Rückspiegel gesehen. Pierres Volvo verhindert mit einem Aufprall ihre Weiterfahrt, und Heck an Heck stehen sich die Fahrzeuge nun gegenüber.

»Scheiße. Typisch Frau«, flucht Pierre und steigt aus.

»Was machst du hier?«, fragt Sophie und geht zu ihrem Kofferraum. Sie traut ihren Augen nicht und betrachtet die neue Form ihres Hecks.

»Tja, das war noch Wertarbeit«, stellt Pierre fest. Sein fast vierzig Jahre alter Oldtimer ist bis auf eine kleine Beule in der Stoßstange unbeschädigt.

Beide sehen sich ratlos an.

»Nun, das ist wohl der Beginn einer wundervollen Urlaubsfreundschaft«, lacht Pierre.

Obwohl Sophie nicht zum Lachen zumute ist und ihren Fehler mit Unbehagen eingesteht, schmunzelt sie trotzdem.

»Und nun?«, kommt es ihr kleinlaut über die Lippen.

»Stell dein Auto nachher neben die Halle und werf am Büroeingang deinen Autoschlüssel in den Briefkasten. Schreib dazu einen Zettel: 'Bitte reparieren. Gerd meldet sich bei ihnen.' Ich telefoniere mit Gerd, und wenn wir zurück sind, ist dein Auto wieder fertig.«

Sophie schaut Pierre ratlos an. »Und die Kosten?«

»Erstens tun dir diese tausend Euro nicht weh, und wie ich dich kenne, bist du Vollkasko versichert«, winkt Pierre ab und verstaut die Fahrräder in der Garage.

Erschrocken blickt er zu Sophie, wie sie beginnt, ihren Wagen auszuladen. »Wo willst du hin, auf

Weltreise?« Die zwei großen Koffer auf Sophies Rücksitzbank und ein weiterer im Kofferraum, stellen Pierre vor ein Rätsel.

»Ich brauche doch schließlich für die drei Wochen was zum Anziehen. Für warme und kalte Tage, für tagsüber und für abends meine Garderobe«, gibt Sophie beleidigt zurück.

Pierre schüttelt voller Unverständnis den Kopf. »Dann pack deine Koffer aus und verstau deine Haute Couture in den Schränken. Für die Koffer haben wir keinen Platz, die bleiben in meinem Wagen«, erwidert Pierre leicht genervt und nimmt seine zwei Reisetaschen aus dem Fond

Als er seinen Kofferraum öffnet, weiten sich Sophies Augen. »Fahren wir in den Dschungel oder auf Safari? Du hast Lebensmittel einkauft, wo wir in das europäische Schlaraffenland von Speis und Trank fahren? Das Zeug kommt nicht mit, oder du isst es alleine«, wettert Sophie.

Nach einer etwas längeren Diskussion einigen sie sich darauf, dass alle Konserven und unverderblichen Lebensmittel mit Sophies leeren Koffern in Pierres Kofferraum bleiben.

Nach einer Stunde haben sie alles verstaut und die Schränke aufgeteilt.

»Gut, dann fahre ich dich jetzt nach Hause und hole dich Morgen früh um sechs Uhr ab«, sagt Pierre, als sie in seinen Volvo steigen.

Yannic

»Brauchst du dein Auto heute, Papi?«, fragt Marie-Claire beim Frühstück ihren Großvater.

»Nein, du kannst ihn haben«, antwortet er und schiebt sich den letzten Rest des Croissants in den Mund.

Marie-Claire liebt Großvaters weißen Citroën Méhari mit blauem Verdeck von 1980, ein Auto, das wie für die Insel geschaffen ist. Ein offenes Fahrzeug mit einer Kunststoff-Karosserie und einem sparsamen Zweizylindermotor mit dreißig PS. Sie hat selbst kein eigenes Auto und ist meist mit dem Fahrrad unterwegs. Wenn sie ein Auto benötigt, ist neben dem Méhari immer noch Papas Renault Espace verfügbar.

Ihre Mutter kommt aus der Küche und wischt sich die Hände an ihrer blauen Küchenschürze mit der bretonischen Flagge ab.

»Wenn du heute das Auto hast, kannst du mir vom Super U ein paar Teile mitbringen, Claire?«

»Was gibt es heute zu essen, Colette?«, fragt Bruno seine Schwiegertochter, deren fünfzig Jahre ihr nicht anzusehen sind.

»Das kommt darauf an, ob Jean heute Vormittag vom Hafen Fisch mitbringt. Er ist schon um halb sieben aufs Feld gefahren, um nach der Bonnotte zu sehen«, erwidert Colette.

»Dann bin ich jetzt mal weg und wünsche Euch noch einen schönen Tag.« Marie-Claire steht auf, nimmt sich die Einkaufsliste und den Autoschlüssel vom Bord und schlendert über die große, geschotterte Fläche, auf der immer die Fahrzeuge parken, hinüber zu ihrem Häuschen.

Eilig legt sie im Bad etwas Rouge und Lippenstift auf, bevor sie die Kleidung wechselt und sich für das neue, sonnengelbe Kleid mit Wickeloptik entscheidet. Das modische Outfit, statt Jeans und Pullover, die gestylte Frisur, statt dem windverwehten Bob, und das zarte Rouge auf ihrer Haut, haben Marie-Claire optisch in eine andere Frau verwandelt.

Marie-Claire liebt es, mit offenem Verdeck zu fahren und bindet sich auf dem Weg zum Méhari ein blumendruckverziertes Seidentuch um den Kopf. Sie setzt ihre Sonnenbrille auf und fährt vom Grundstück auf den schmalen, sandigen Zufahrtsweg, der zur Straße nach Noirmoutier-en-l'Île führt.

Es ist Freitag, und die Touristen strömen, wie an jedem Wochenende in die Stadt. Selbst der große Parkplatz am Place d'Armes vor dem Château ist fast belegt.

Endlich ein freier Platz, denkt Marie-Claire und steuert eine freie Parkbucht an, als sie von einem Jaguar mit Pariser Kennzeichen geschnitten wird, der ohne auf ihr Blinkzeichen zu achten, in die Parklücke fährt.

Marie-Claires Gesichtsfarbe wandelt sich vom zarten rosa in purpurnes rot und drückte auf die Hupe. *Nicht der schon wieder. Zuerst will mich der arrogante Pariser Macho vor ein paar Tagen überfahren und jetzt nimmt er mir auch noch den Parkplatz weg? Nicht mit mir.*

Empört steigt Marie-Claire aus und lässt ihrer Wut freien Lauf. »Das ist mein Parkplatz, haben sie nicht gesehen, dass ich«, und wird mitten im Satz von ihrem Kontrahenten unterbrochen.

«Excusez moi, Mademoiselle«, poltert der Fahrer direkt beim Aussteigen los und will sie über sein angebliches Recht belehren, doch beim Anblick von Marie-Claire gerät er ins Stocken. Er hat sie nicht wiedererkannt. *Wow, was für eine Frau*, denkt er sich. In einem für Marie-Claire ungewohnten und freundlichen Tonfall fährt er fort: »Ich habe sie wirklich nicht gesehen. Mademoiselle, es tut mir furchtbar leid, ihnen durch mein Missgeschick jetzt den Tag verdorben zu haben. Ich fahre selbstverständlich wieder aus der Lücke und gebe den Platz für sie frei. Ich hoffe, sie können mir bei einem gemeinsamen Kaffee verzeihen.«

Bewundert er jetzt mich, oder mein Auto?, fragt sich Marie-Claire, während sie sein Gesäusel über sich ergehen lässt. *Und mit dir Kaffee trinken, niemals!*

Überheblich, obwohl keineswegs Marie-Claires Art, antwortet sie: «Merci Monsieur, aber ich bin Eile und kann ihre Einladung zum Kaffee leider nicht annehmen«, und streicht selbstgefällig mit dem Handrücken über ihre Stirn.

Eilig setzt Marie-Claire ihren Wagen in die freigewordene Parklücke. *Und jetzt schnell weg, bevor der einen neuen Parkplatz gefunden hat.*

Schnellen Schrittes, soweit es ihre High Heels zulassen, läuft sie die hundert Meter über die Rue du Gén zu ihrem Arbeitsplatz, dem Office de Tourisme. Turnschuhe und Sandaletten sind ihre Lieblingsschuhe, aber auf der Arbeit will sie größer als nur 1.68 m erscheinen.

Marie-Claire ist gerade dabei, die Pressemitteilungen zum 'Fête de la Bonnotte' per E-Mail zu versenden, als Yannic das Touristenbüro betritt.

»Hallo Claire«, begrüßt er sie, »Wie geht es dir?«

»Danke gut und dir?«, antwortet Marie-Claire etwas verunsichert.

»Es geht. Danke.«

»Was macht die Arbeit?« Eine andere Frage fällt Marie-Claire im Moment nicht ein.

Yannic arbeitet in einem Immobilienbüro in der Fußgängerzone, nur wenige Meter vom Office de Tourisme entfernt.

»Heute haben wir endlich beim Notar den Vertragsabschluss für die Jugendstilvilla am 'Plage des Souzeaux'. War nicht leicht, einen Käufer für das Millionenobjekt zu finden, den die Verkäufer akzeptieren«, antwortet Yannic mit stolzer Brust und streicht seine Krawatte glatt.

»Dann herzlichen Glückwunsch zu deinem Deal«, freut sich Marie-Claire. »Von wo kommt der neue Eigentümer?«, fragt Marie-Claire nach.

»Normalerweise darf ich es dir nicht sagen, aber er ist aus Paris. So ein arroganter Schnösel. Der Sohn eines Privatbankiers. Du weißt aber nichts. Versprochen?«, flüstert Yannic ihr zu, damit das Ehepaar, welches im Moment hereinkommt, nichts hört.

Aha, der Typ also. Will sich hier niederlassen und den dicken Macker spielen, geht es Marie-Claire durch den Kopf, *hoffentlich ist er mehr in Paris als auf der Insel.*

»Ist Aurelie heute nicht da?«, holt Yannic sie aus ihren Gedanken zurück.

»Doch, aber sie ist heute im Office in Barbâtre, warum?«

»Schon gut, ich fahr mal hin. Schönen Tag noch, Claire«, antwortet Yannic, dreht sich um und verlässt das Büro.

Was war das denn jetzt, hab ich ihm was getan, denkt Marie-Claire, *oder hat er etwas mit Aurelie?* Sie hat Yannic schon lange nicht mehr gesehen und Aurelie hat nie über Yannic gesprochen.

Nach Feierabend treffen sich Marie, Aurelie und Yannic oft in der Bar am Quai, aber seit ihrer Rückkehr aus Deutschland ist Marie-Claire nicht mehr mitgegangen.

Sie wählt die Nummer vom Büro in Barbâtre.

»Bonjour«, meldet sich Aurelie.

»Schon gut, ich bin es, Claire«, unterbricht sie den Rest von Aurelies Begrüßungstext.

»Ah, hallo Claire, Bonjour, was kann ich für dich tun?«

»Yannic war eben hier und hat nach dir gefragt.«

»Ja und?«, fragt Aurélie in einem gleichgültigen Ton, der Marie-Claire zu verstehen gibt, was geht das dich an.

»Nichts weiter, ich wollte dich nur darüber informieren. Er kommt jetzt zu dir«, antwortet Marie-Claire.

»Oh schön«, hört sie Aurélie in einem freudigen Tonfall.

»Dann noch einen schönen Tag.« Marie-Claire legt etwas misslaunig auf. *Blöde Zicke, was ist der heute über die Leber gelaufen? Ich hab ihr doch nichts getan,* denkt sie und widmet sich einem Touristen, der nach einer Fahrradkarte fragt.

7

Abreise

Gegen halb acht passieren sie die belgische Grenze bei Aachen.

Sophie hat die Beine auf dem Armaturenbrett ausgestreckt und grübelt mit einer Tasse Kaffee in der Hand darüber nach, ob sie die richtige Entscheidung getroffen hat. Einerseits freut sie sich auf die salzhaltige Meeresluft, die Gezeiten, das Essen, auf die Insel und endlich wieder in Frankreich zu sein, andererseits kann sie sich mit Wohnmobil noch nicht anfreunden. *Wenn der seine Marie findet, fresse ich einen Besen*, denkt sie, als Pierre abbremst und im morgendlichen Stau bei Liège zum Stehen kommt.

Nur stockend geht es voran, und die kilometerlange Blechlawine erstreckt sich bis zum Horizont. *Das kann dauern*, ärgert sich Sophie, *und nun?* Sie spürt schon seit Minuten ein Rumoren im Bauch.

»Wann kommt der nächste Rastplatz? Ich muss dringend«, übertönt sie den Titel 'Mama Mia' von Abba, einer von Pierres Lieblingssongs.

»Wir haben eine Toilette an Bord«, antwortet Pierre, ohne den Blick von der Straße zu nehmen.

»Und wie funktioniert die?«, fragt Sophie.

»Deckel hoch, Hinsetzen, Geschäft machen, Spülen, Deckel zu, Fertig. Warst du noch nie auf einer Toilette?«

Diesen sarkastischen Tonfall, der gleichzeitig eine gewisse Freude und Unbekümmertheit ausdrückt, kennt sie von Pierre gar nicht.

»Darf ich mich einfach abschnallen?«

»Logisch, danach fragst du im Flugzeug und im Bus auch nicht, wenn du zur Toilette gehst, oder?«, antwortet Pierre.

Sophie steht auf, geht nach hinten zum Badezimmer und schließt die Tür.

Staus sind für Pierre im Alltag ein Gräuel, doch heute kann ihn der Stop-and-go-Verkehr und die Schlange, deren Ende nicht abzusehen ist, nicht aus der Ruhe bringen. Gut gelaunt singt er: »Marie, ich komme. Marie, ich komme – zu dir nach Noirmoutier.«

Seit fünfzehn Minuten ist Sophie schon weg.

»Sophie bist du durchgefallen?«, ruft er nach hinten.

Sophie steht der Schweiß auf der Stirn, sie ist nervös und es ist ihr peinlich. *Was hab ich falsch gemacht? Wie sage ich es Pierre?*

Die Geruchsentwicklung in dem kleinen Raum wird fast unerträglich, der Spülknopf funktioniert nicht und ihre Hinterlassenschaft bleibt einfach in der Schüssel liegen.

»Die Spülung funktioniert nicht«, ruft sie in zaghaftem Ton nach vorne.

»Was hast du gesagt?«, ruft Pierre zurück und stellt das Radio leiser.

»Die Spülung funktioniert nicht.« Sophies Tonfall wird energischer.

»Du musst auch die Wasserpumpe einschalten, habe ich dir doch gesagt«, gibt Pierre zurück.

»Hast du nicht. Wo ist die?«, flucht Sophie.

»Über der Eingangstür.«

Sophie kommt aus dem Bad. Schnell schließt sie die Tür, damit sich die Duftwolke nicht überall verbreitet.

Sie befolgt Pierres Anweisungen und verschwindet wieder nach hinten. *Hurra, das Wasser läuft, aber alles bleibt im Becken stehen und läuft nicht ab.*

»So ein Scheiß. Im wahrsten Sinne des Wortes«, flucht sie leise vor sich hin.

»Es läuft aber nicht ab«, ruft sie genervt wieder nach vorne.

»Hast du den Schieber unter der Toilettenbrille etwa nicht geöffnet?«, fragt Pierre nach.

Sophie sucht und findet ihn. Sie schiebt ihn zur Seite, sofort schaltet sich das Abluftsystem ein und Schwups sind alle Hinterlassenschaften weg. Sie reinigt das WC und verflucht Pierre, weil er vor lauter Abba ihr nicht vorher gesagt hat, was sie alles beachten muss.

Zurück auf ihrem Beifahrerplatz übergeht sie kommentarlos Pierres Feststellung: »Die Landluft in Belgien ist schon eigenartig.«

Zwei Stunden später erreichen sie die französisch-belgischen Grenze und Pierre legt auf dem Rastplatz der ehemaligen Zollgrenzstelle eine Pause ein. Noch immer wettert Pierre über die belgischen Straßenzustände und die unzähligen, kilometerlangen Baustellen, auf denen kein Arbeiter zu sehen war.

»Wie geht unsere Route nun weiter?«, fragt Sophie und schmiert für jeden ein Butterbrot.

»Wir fahren jetzt auf der Autobahn bis Cambrai weiter und dann auf der Nationalstraße über Amiens und Le Havre nach Honfleur. Dort gibt es einen großen Stellplatz, da bleiben wir über Nacht«, erklärt Pierre und zeigt ihr die Route auf der Karte.

Fassungslos fragt Sophie nach: »Über Land?«

»Ja. Das Navi kennt die Route auch. Ich habe mautfreie Strecken programmiert, weil mir die Mautgebühren für das Wohnmobil zu hoch sind und ich etwas von der Landschaft sehen will. Weiterer Einspruch zwecklos«, fügt er sarkastisch hinzu.

Die Pause und der Kaffee sind eine Wohltat und nach einer halben Stunde setzen sie ihre Reise bei strahlendem Sonnenschein fort. Die Strecke führt sie auf einer nicht endenden, langen Nationalstraße, an unzähligen Kriegsgräberstätten aus dem Weltkrieg und durch kleine, teilweise fast verlassene Dörfer vorbei, die ihre besten Zeiten hinter sich haben.

Kurz vor Le Havre werden sie wieder auf die Autobahn geleitet, und Sophies Gesichtsfarbe wird immer blasser.

»Geht es dir nicht gut?«, fragt Pierre.

»Ich habe Höhenangst und hasse Brücken«, kommt ihre leise Antwort zurück.

Vor ihnen liegt die Pont de Normandie. Das imposante Bauwerk, eine über zwei Kilometer lange Schrägseilbrücke, verbindet die beiden Ufer der Seine. Der steile Anstieg auf über fünfzig Meter Höhe ist schon jetzt erkennbar und versetzt Sophie in Angst und Schrecken.

»Höhenangst? Du bist doch ständig mit dem Flieger unterwegs«, wundert sich Pierre.

»Fliegen ist etwas anderes. Brücken, Seilbahnen und Hochhäuser sind ein Gräuel für mich«, gibt Sophie kleinlaut zurück.

Nach Zahlung der Brückenmaut genießt Pierre bei der Überfahrt die Aussicht von der Brücke, auf die Mündung der Seine im Atlantik und auf den malerisch am Meer gelegenen Zielort Honfleur.

Sophie kann dem Panorama nichts abgewinnen und richtet ihren Blick starr in den Fußraum, in der Hoffnung, die andere Seite der Brücke bald erreicht zu haben.

»Wir sind wieder unten«, scherzt Pierre, »Du kannst wieder hochschauen«, als das Ende der Brücke und die Ausfahrt Honfleur erreicht sind.

René

René Chevalier steht im Wohnzimmer seines neu erworbenen Jugendstilhauses und genießt den Ausblick über den idyllischen 'Plage des Souzeaux' und das Meer. Inmitten des 'Bois de la Chaise', ein Wald mit Eichen und Strandkiefern, stehen für viele nicht einsehbar, kleine und große Villen. Einige sind nur in den Sommermonaten bewohnt. Ein Fleck der Ruhe, fernab vom Trubel. Die Zufahrt zu den Grundstücken auf den schmalen und teilweise unbefestigte Wegen ist schwierig und für größere Fahrzeuge fast nicht befahrbar.

Ohne sich zu dem Malermeister umzudrehen, beginnt René: »Also,. in einer Woche sind sie mit allen Malerarbeiten fertig, Monsieur Bruley. Ich verlasse mich auf sie. Und der von ihnen empfohlen Gärtner soll mich schnellstens anrufen, den Garten will ich auch bis zu diesem Termin aufgeräumt haben. Wir haben uns verstanden, Monsieur Bruley«,

»Aber sicher, sie können sich auf mich zu einhundert Prozent verlassen, Monsieur Chevalier. Mitte nächster Woche ist alles fertig, bevor ihr Umzugswagen kommt. Das garantiere ich ihnen«, antworte der Malermeister und verlässt den großen Salon.

Ihr Superreichen meint, ihr könnt alles diktieren. Aber gut, bei dieser Summe, die ich dir abgeknöpft habe, ist mir das auch egal, denkt Bruley, und steigt in seinen Lieferwagen.

Außer den üblichen Malerarbeiten sind an dem alten Haus keine Arbeiten nötig. Die Vorbesitzer hatten erst letztes Jahr eine Komplettsanierung durchführen lassen. Sämtliche Leitungen und die Heizung sind ausgetauscht und ein neues, luxuriöses Badezimmer installiert worden.

René wählt die Nummer von Dubois & Fils, dem Umzugsunternehmen in Nizza und bestätigt den Termin für den Umzug. Seit seiner Kindheit verbrachte er, mit und ohne Eltern und mit Ausnahme einiger Fernreisen, seinen Urlaub in der Familienvilla an der Côte d'Azur. Vor fünf Jahren überredete ihn sein Vater, eine zum Verkauf stehende Villa in unmittelbarer Nachbarschaft zum Familiensitz, zu erwerben. Die verbaute Küste, die ständigen Einladungen zu irgendwelchen Empfängen, die sommerliche Hitze und die Kontrolle durch seine Eltern sind ihm zu viel geworden. Er wollte raus, an den Atlantik – in die Natur, Wellen und Wind spüren, Ebbe und Flut genießen, den Duft des Meeres riechen und ohne Verpflichtungen - einfach leben. Fast ein Jahr war er auf der Suche, bis er diesen Traum, fünfhundert Kilometer von Paris, auf der Île de Noirmoutier fand, eine Insel, die er nur vom Namen kannte. Er hatte sich sofort in sie verliebt, nur an die Menschen und deren entspannte Lebensweise muss er sich noch gewöhnen.

Eine Stunde später parkt René seinen Jaguar am Hafen von L'Herbaudière vor Pascals Marineladen. *Bevor ich zur Capitainerie gehe, kann man mir hier bestimmt auch Auskunft geben*, denkt er, als den Laden betritt.

»Bonjour Monsieur, was kann ich für sie tun?«, wird er von Pascal begrüßt.

»Bonjour Monsieur. Sie können mir bestimmt Auskunft geben. Bei welchem Händler kauft man hier am besten Boote?«

»Kommt darauf an, was sie suchen Monsieur. Sie suchen bestimmt keinen Fischkutter, oder doch?«, fragt Pascal, nachdem er René musterte.

»Mit Sicherheit nicht, sondern eine schöne Motoryacht, jetzt wo ich mich hier mit einem Zweitwohnsitz niedergelassen habe. Ich dachte so an zwanzig bis fünfundzwanzig Meter«, dabei lässt René lässig seinen Schlüsselbund um seinen rechten Zeigefinger kreisen.

Pascal überlegt und antwortet: »Da werden sie hier nichts finden, im Hafen sind maximal siebzehn Meter zulässig. In dieser Klasse fällt mir nur Madame Dupont ein. Ihr Mann ist vor einigen Wochen verstorben, und nun verkauft sie seine neue Monte Carlo. Die soll aber noch eine halbe Million kosten, und müsste um die fünfzehn oder sechzehn Meter haben. Dazu kommt noch der Liegeplatz mit knapp zehntausend Euro im Jahr.«

»Eine S5 also. Sie ist zwar was klein, aber wenn sonst nichts in den Hafen passt. Wo finde ich dieses Boot und wie war noch der Name der Eigentümerin?«

»Dupont«, antwortet Pascal.

In diesem Moment kommt Marie-Claire zur Tür herein. *Nicht der schon wieder*, denkt sie, als sie René an der Theke erkennt. Heute Nachmittag hat sie frei. Sie trägt eine Jeans mit einem weißen Sweatshirt und Turnschuhe, dazu hat der Wind ihren Bob wieder einmal in eine Sturmfrisur verwandelt.

»Hallo Claire«, begrüßt Pascal seine Schwester. »Du kennst doch das Boot von Madame Dupont, kannst du diesem Herrn einmal zeigen, wo es liegt?«

»Bonjour Madame, ich glaube, wir haben uns schon einmal gesehen«, grüßt René mit einer kleinen Verneigung.

»Tut mir leid Monsieur, aber ich kann mich nicht an sie erinnern«, lügt Marie-Claire. Sie will ihn nicht an ihren Fahrfehler mit dem Rad oder an die Parkplatzgeschichte erinnern.

»Monsieur, wie ist noch ihr Name?«, fragt Pascal.

»Entschuldigung, dass ich mich nicht vorgestellt habe. Mein Name ist René Chevalier. Ich wohne in der kleinen Bucht in der 'Allée de la Plage des Souzeaux'. Und vielen Dank für die Informationen. Ich werde mich jetzt direkt von der netten Dame zum Boot entführen lassen, denn einer so reizenden Frau möchte ich nicht die Zeit stehlen. Wir werden uns in Zukunft bestimmt öfters sehen. Au revoir Monsieur.«

»Letour, Pascal Letour ist mein Name«, beendet Pascal den Satz und legt er Marie-Claire seine Hand auf den Kopf. »Und diese junge Dame ist meine kleines Schwesterchen, Claire Letour. Au revoir Monsieur Chevalier und viel Erfolg.«

Marie-Claire kocht innerlich, geht zum Ausgang, und René, der ihre Rückansicht von oben bis unten taxiert, folgt ihr grübelnd. *Woher kenne ich diese Frau?*

Einem Chamäleon gleich, ändert Rene seinen Charakter, ohne dass es ihm bewusst wird. Die Arroganz und Überheblichkeit seines autoritäreren Vaters prägten ihn genauso, wie sein elitäres und teils adliges Umfeld. Gegenüber schönen Frauen zeigt er sich jedoch immer freundlich, galant und zuvorkommend. Erst wenn er einige Zeit der Welt der 'Reichen und Schönen' den Rücken gekehrt hat, kommt sein wahres und sympathisches Ich zum Vorschein.

Rene ärgert sich oft selbst im Nachhinein über seine herablassende und arrogante Art und hofft, dass die Insel dazu beitragen kann, seine Persönlichkeit zu ändern und um zu sich selbst zu finden. Der Ausbruch aus dem engen familiären Kreis musste sein, auch wenn sein Vater alles mit Argwohn betrachtet und kein Verständnis für seinen Umzug zeigte. Die Worte seiner Mutter beim Auszug klingen heute noch in seinen Ohren: »Ich freue mich und bin froh über deinen Entschluss, gehe deinen eigenen Weg, bevor du ein Tyrann wie dein Vater wirst.«

Wortlos geht Marie zum Liegeplatz der Yacht voraus.

»Bitteschön Monsieur, hier ist sie, die Yacht der Duponts«, kommentiert Marie-Claire schnippisch und zeigte auf das Boot.

Ich hab's, die Stimme – aber die Kleidung. Doch, sie muss es sein, geht es René durch den Kopf.

»Vielen lieben Dank Madame, eine sehr schöne Yacht, wie ich von hier sehe. Aber ich bin ihnen doch noch einen Kaffee schuldig.«

»Nicht das ich wüsste Monsieur, das mit dem Boot war doch selbstverständlich«, lügt Marie.

»Doch Madame, ich hatte ihnen doch gestern unverzeihlicherweise den Parkplatz weggenommen, erinnern sie sich nicht?«

Maries Blutdruck steigt an. *Der arrogante Schleimscheißer*, denkt sie, findet ihn aber heute mit seiner freundlichen Art und legeren Bekleidung etwas sympathischer.

»Dann wollen wir einmal etwas klarstellen, Monsieur Chevalier. Modisch gekleideten und geschminkten Damen, denen sie den Parkplatz wegnehmen, bieten sie einen Kaffee an. Frauen auf einem Fahrrad, die sie mit ihrer chaotischen Fahrweise fast über den Haufen fahren, nennen sie Bauern-Tussi - eine wundervolle Pariser Logik. Schönen Tag noch, Monsieur.«

René fällt es wie Schuppen von den Augen. *Auweia, das hat jetzt gesessen.* Er will noch etwas sagen und dreht sich um. »Autsch«, entfährt es ihm. Er hat den Beleuchtungsmasten nicht gesehen, der hinter ihm steht, als er sich nach Marie-Claire umdrehte. *Kein Blut,* stellt er fest und betrachtet seine rechte Handfläche, mit welcher er sich über die schmerzhafte Stirn gefahren ist.

Marie-Claire schmunzelt, »Hoffentlich ist jetzt ihr Lack nicht ab«, und lässt Rene wie einen begossenen Pudel am Laternenpfahl stehen.

Honfleur

Das bezaubernde Hafenstädtchen Honfleur gehört, wie das daneben liegende mondäne Strandbad Deauville, zu den beliebten Zielen im Departement Calvados.

Pierre folgt dem Wegweiser Camping-Car, dem Begriff für Wohnmobile in Frankreich, und erreicht am Hafen den großen unübersehbaren Stellplatz, auf dem sich eine weiße Flotte von etwa zweihundert Wohnmobilen tummelt.

»Mein Gott, sind das viele«, entfährt es Sophie erstaunt.

Langsam rollt Pierre über das Gelände und hält Ausschau nach einer freien Lücke. Endlich, am Ende des Areals findet er einen geeigneten Platz zwischen einem Franzosen und einem Engländer und parkt rückwärts ein. Wie Gerd es ihm erklärt hat, nimmt er die Wasserwaage und prüft, ob das Mobil in der Waage steht.

»Alles klar, so kann er stehen bleiben«, stellt Pierre fest und schließt die Rollos an der Front- und den Seitenscheiben.

»Schau mal, die anderen sind alle am Strom angeschlossen, müssen wir das auch?«, fragt Sophie.

»Vielleicht sollten wir das auch tun«, antwortet Pierre und beginnt mit der Suche nach dem Stromkabel, doch ohne Erfolg.

»Wir haben kein Kabel«, stellt er fest.

»Kann nicht sein, die anderen haben auch eins«, kommentiert Sophie.

Zu zweit begeben sie sich nochmals auf die Suche, werden aber nicht fündig.

»Ich rufe Gerd an, irgendwo muss er es doch versteckt haben«, und Pierre greift nervös zum Telefon.

»Hallo Gerd …«

»Was ist passiert?«, unterbricht Gerd die ersten Worte von Pierre.

»Nichts, alles klar. Aber ich suche das Stromkabel«, wiegelt Pierre ab.

»Welches Stromkabel?«

»Das, was man außen ins Fahrzeug steckt.«

»Hatte ich dir doch gezeigt, warte mal« Gerd legte den Hörer zur Seite und Pierre hört, wie er zuerst einen Gast bedient und bei einem anderen kassiert.

»Da bin ich wieder. Auf der Fahrerseite ist unter dem Küchenfenster eine kleine Klappe mit einem Stromzeichen. Die öffnest du und ziehst den Stecker raus. Dahinter ist eine automatische Aufrolltrommel, die du nicht siehst, die Leitung ist ca. zwanzig Meter lang. Den Stecker steckst du dann in die Stromsäule. Wenn es aber kein CCE-Anschluss ist, dann musst du …«

»Alles klar«, unterbricht ihn Pierre, »ich habe ihn gefunden. Danke dir und Grüße an Grete, Tschüss«, verabschiedet sich Pierre abrupt.

»Warum hast du es bei dem Anruf so eilig gehabt?«, fragt Sophie.

»Auslandsgespräche sind teuer«, erwidert Pierre.

»Das war einmal, Pierre, deine Flat gilt auch in Europa.«

»Oh, danke. Gut zu wissen, das wusste ich nicht. Hoffentlich ist Gerd jetzt nicht beleidigt.« Pierre zieht den Stecker aus der Fahrzeugwand und steckt ihn in die Stromsäule hinter dem Fahrzeug.

»Wir sollten jetzt aber einmal etwas Warmes essen. Ich habe riesen Appetit auf Moules Frittes, und vorher müssen wir noch ein Ticket ziehen«, sagt Sophie, als Pierre wieder in das Wohnmobil steigt.

»Moules? Meinst du etwa Muscheln? Wir haben Anfang Mai und Muscheln gibt es nur in Monaten mit R.« Pierre schaute Sophie verdutzt an. »Und woher weißt du, dass wir ein Parkticket ziehen müssen?«, fragt Pierre verwundert und zieht sich ein neues Hemd über.

»Erstens ist das mit den Monaten mit R ein Irrglaube und stammt aus vergangenen Zeiten. In jedem Land, Holland, Frankreich, Belgien und so weiter, bekommst du das ganze Jahr Muscheln. Früher, als es noch keine Kühlung gab, wurden wegen der langen Transportwege Muscheln nur von Ende September bis April, also in Monaten mit R nach Deutschland gebracht.

Und zweitens, wenn du nicht so faszinierend die anderen Wohnmobile betrachtet hättest, wären dir die Parkautomaten aufgefallen. So, jetzt gehen wir bezahlen und dann essen.« Ihr Kommentar lässt erkennen, dass eine Widerrede zwecklos ist.

Fehltritt

Während Sophie mit ihrer Kreditkarte am Automaten die Zahlung vornimmt und das Ticket zieht, beobachtet Pierre fachmännisch einen Wohnmobilfahrer an der Entsorgungsstation. *Das erwartet mich also morgen früh. Abwasser leeren, Frischwasser füllen, WC leeren,* denkt er, als Sophie ihn anspricht: » Träumst du?«

»Nein, alles okay, ich wollte nur sehen, wie das mit der Entsorgung funktioniert.«

Nachdem sie das Ticket hinter die Windschutzscheibe gelegt haben, gehen sie über die kleine Hafenbrücke in Richtung Zentrum am 'Bassin de L'Est' entlang, wo zwei große Seine-Flusskreuzfahrtschiffe angelegt haben. Sie erreichen das alte, kleine und berühmte Hafenbecken 'Vieux Bassin', Honfleurs bekanntes Fotomotiv. Rund um den Hafen stehen alte, hohe Fachwerkhäuser, die sich gegenseitig vor dem Umfallen abstützen und in denen zahlreiche Restaurants, mit Tischen am Kai, ihre Spezialitäten anbieten.

»Ist das schön«, schwärmt Sophie »und ich habe meine Kamera im Auto gelassen«, flucht sie. Sofort zückt sie ihr Smartphone und beginnt zu fotografieren.

Die Lokale sind jetzt gegen zwanzig Uhr fast alle besetzt. So beschließen sie, beim Gang durch die alten engen Gassen, ein Lokal in der Oberstadt, abseits vom Touristenrummel zu suchen.

»Schau dir das an, hat diese alte Stadt Charme oder nicht?« Sophie ist aus dem Häuschen, bestaunt die historischen Bauten und achtet nicht darauf, was vor ihr liegt.

Der weich nachgebende, matschige Tritt, dessen warme Masse ihre Zehen umschließt und durch seine

Zerstörung zeitgleich eine stinkende Duftwolke freigibt, holt Sophie mit einem Ruck in die Realität zurück.

»Nein! Heute ist ein Scheißtag.«

Wie recht sie doch hat.

Pierre muss sich das Lachen verkneifen, als er Sophies rechte Sandale in dem riesigen, braunen Hundehaufen sieht, und kann nur bemerken: »Das stammt aber nicht von einem Dackel.«

»Und nun? Sag was. So kann ich nicht weiter, geschweige denn ins Restaurant. Tue endlich was!«, kreischt Sophie Pierre hysterisch an.

Sämtliche Papiertaschentücher in Sophies Handtasche müssen daran glauben, bevor ihr Fuß letztendlich ein Bad in einem Brunnen findet.

»Die Schuhe sind hin«, stellt Sophie weinerlich fest, als Pierre ihre rechte weiße Sandale im Wasser reinigt.«

«Die lassen sich ersetzen. Jetzt gehen wir Essen.«

»Nicht mit diesen Schuhen, der Rechte ist nass und quietscht, hörst du das nicht?«, widerspricht Sophie.

»Nein, ich höre nichts, er stinkt nicht, und ich sehe nichts. Dass er nass ist, bemerkt niemand, und was du jetzt fühlst, ist mir egal. Wir gehen essen, ich habe Hunger.«

Im Umfeld der vollständig aus Holz errichteten Église Ste-Cathérine finden sie, in einem der rund um den Kirchplatz angesiedelten Lokale, einen gemütlichen Außenplatz mit schönem Blick auf die Kirche.

Ein Menu ist beiden zu mächtig, außerdem hat sich Sophie auf 'Moules á la crême' eingeschossen, Pierre entscheidet sich für Moules in einer Variation mit Calvados. Dazu genießen sie eine Flasche 'Muscadet sur Lie', bevor sie ihr Mahl mit einem Kaffee und dem zur

Region gehörenden Calvados abschließen, den sie gleich dreimal bestellen. Sie prosten sich zu, einmal auf die Fahrt, einmal auf ihre Freundschaft und zu guter Letzt auf die Schuhe. Jetzt muss sogar Sophie über ihren Fehltritt lachen.

Der zwanzig Jahre alte und sanfte Calvados hatte seine Wirkung nicht verfehlt. Leicht beschwipst und gut gelaunt schlendern sie durch die Gassen und am romantisch beleuchteten Hafen entlang, zurück zum Stellplatz.

Irrtum

Pierre schwärmt immer noch von seinen Muscheln. »Das muss ich Gerd erzählen, die müssen auf seine Karte und nicht nur immer die Rheinische Art.«

»Ups, und welches weiße Auto ist uns?«, fragt Sophie, die außer Wein sonst keinen Alkohol trinkt, als sie den Stellplatz erreichen.

»Gute Frage. Er müsste weiter hinten stehen. Die sehen ja fast alle gleich aus, aber mit Kölner Kennzeichen sind wir bestimmt die Einzigen«, ist Pierre überzeugt.

Weit gefehlt. Zehn Fahrzeuge vor Gerds Wohnmobil steht das identische Fahrzeug, dieselbe Marke, in Weiß und – mit Kölner Kennzeichen.

»Na also, wir sind da«, stellt Pierre fest.

Er zieht den Schlüssel aus der Tasche und drückt den Knopf. Nichts tut sich, kein Pieps, kein Türschlossknacken, keine Blinkerleuchten. Nach dem dritten Versuch gibt er auf.

»Und nun?«, lacht Sophie, »Schlafen wir draußen?«

«Nein, ich schließe einfach mit dem Schlüssel auf.«

Im selben Moment, als er den Schlüssel ins Schloss steckt, schlägt im Inneren des Fahrzeugs ein Hund an.

»Seit wann haben wir einen Hund? Wie kommt der da rein?«, wundert sich Pierre und schaut Sophie ungläubig an.

Im selben Moment öffnet ein Bär von einem Mann, in Boxershorts und weißem Doppelripp-Unterhemd von innen die Tür.

»Was machen sie hier?«, brüllt der Fremde Pierre an, und hält seinen bellenden Schäferhund am Halsband fest.

»Das muss ich sie fragen, was machen sie in meinem Fahrzeug?«, schnaubt Pierre.

Nach einigen Diskussionen ist das Dilemma aufgeklärt. Es stellt sich heraus, dass der Fremde, der Müller heißt, mit Gerd im gleichen Club der Herstellermarke ist und Freunde sind.

»Wenn ich das Gerd erzähle, der lacht sich schlapp. Ich wünsche euch noch eine gute Reise. Wo geht es hin?« fragt er.

»Nach Noirmoutier«, antwortet Pierre.

»Na dann, vielleicht sehen wir uns noch, das ist auch meine Richtung«, verabschiedet sich Paul und schließt die Tür.

Hoffentlich nicht, denkt Sophie.

Sophie steht im Badezimmer und schließt die Tür. *Dieser Tag wird ewig in meiner Erinnerung bleiben. Ich hoffe, es geht nicht so chaotisch weiter.*

In einem weißen Seidenpyjama kommt sie wieder heraus. »Das Bad ist frei. Ich gehe schon ins Bett«, gibt sie schlaftrunken von sich.

»Wo willst du schlafen? Rechts oder links?«, fragt Pierre.

»Rechts, wenn man davor steht«, antwortet Sophie, steigt ins Bett und fällt ohne ein weiteres Wort in tiefen Schlaf.

Joyeux anniversaire

Yannic führt ein langes Telefonat mit Pascal und beendet es mit den Worten: »Dann ist alles geklärt, wir sehen uns.«

Zwei Minuten später klingelt das Handy von Jean Letour, dem Vater von Marie. »Hallo Pascal.«

»Hallo Papa.«

Kurz und bündig informiert Pascal seinen Vater, der gerade auf den Traktor steigt, über die Neuigkeiten.

»Heute? Muss das sein? Geht das nicht anders?«, fragte Jean nach. Er ist nicht begeistert, wenn man ihn vor vollendete Tatsachen stellt.

»Ja, Papa, heute. Und so wird's gemacht. Ich hab es dir doch erklärt. Also, du weißt Bescheid. Salut.« Pascal legt auf, um einer weiteren Diskussion zu entgehen.

Ende Mai ist für mich das Frühjahr abgelaufen, wenn er dann nicht kommt, dann ... Marie-Claire beendet ihren Gedanken, auf den sie keine Antwort findet. *Vielleicht hatte Pascal doch recht, und ich war nur ein kleiner Flirt. Er hätte ja auch einmal schreiben können. Worauf warte ich nur?*

Marie-Claire nimmt ihr Handy von der Anrichte und liest auf Whatsapp alle Geburtstagswünsche, die ihr heute Morgen schon gesendet wurden. *Also beginnen wir ein neues Jahr mit weinendem Himmel.*

Der typische Nadelstreifenregen, auch bretonischer Regen genannt, hat eingesetzt. Er ist so fein, dass man ihn fast nicht sieht, er aber alles durchnässt.

Marie-Claire zieht ihre weiße Regenjacke über und eilt schnellen Schrittes zum Haupthaus.

»Joyeux anniversaire, Claire. Achtundzwanzig Jahre, wo ist die Zeit geblieben?«, ihre Mutter kommt auf sie zu und umarmt sie.

»Joyeux anniversaire, Marie.« Der Großvater stützt sich mit den Händen am Tisch ab und steht auf, als Marie-Claire auf ihn zugeht. Er umarmt und küsst sie auf beide Wangen.

»Merci Papi, Merci Maman«, bedankt sie sich bei beiden. »Wo ist Papa?«

«Wo schon, auf dem Feld. Und danach ist er bei Organisationsbesprechung in der Coopérative Agricole wegen dem 'Fête de la Bonnotte'. Er wird dir aber sicher heute noch gratulieren, mein Schatz. Musst du heute nicht arbeiten?«, antwortet ihre Mutter und stellt Marie-Claire einen Milchkaffee und ein Croissant auf den Tisch.

»Doch, aber heute erst etwas später«, antwortet Marie-Claire und stellt ihrem Großvater sofort die Frage: »Papi, es regnet, kann ich …«

»Ja, du weißt, wo die Schlüssel liegen», antworte er, ohne sie zu Ende reden zu lassen.

»Wir haben beschlossen, dieses Jahr deinen Geburtstag nach dem Fest zu feiern, Claire. Der Stress wäre jetzt für alle zu viel. Wir hoffen, du hast nichts dagegen? Papa wird heute auch spät zurückkommen«, sagt Colette und räumt Brunos Gedeck ab.

»Überhaupt nicht, zum Feiern ist mir im Moment auch gar nicht zumute«, seufzt Marie-Claire.

Um diese Jahreszeit ist es normalerweise ruhig auf Noirmoutier, aber das 'Fête de Bonnotte' lockt wie jedes Jahr bereits Tage zuvor die Touristen und unzählige Wohnmobile auf die Insel. Nur am Vormittag kann sich Marie-Claire anderweitigen Arbeiten und den

Saisonvorbereitungen widmen. Am Nachmittag, als der Regen aufhört, kommen die ersten Touristen ins Touristenbüro und löchern sie mit den üblichen Fragen. Endlich achtzehn Uhr. Marie-Claire schließt die Tür.

Keiner zuhause?, denkt Marie, als sie die Tür zum Haupthaus aufschließt. Auf dem Sideboard findet sich die handschriftliche Nachricht ihrer Mutter: "Musste noch mal in die Stadt. Grand-pére ist mitgekommen. Pascal hat uns gefahren und ist bei der Besprechung. Bis Später".

Happy Birthday! Sie nimmt sich ein Stück Baguette und schlendert zu ihrem kleinen Häuschen, das im typischen Vendée-Stil gebaut wurde. Vom Eingang tritt man direkt in den Salon mit offener Küche im Anbau, und von hier geht es zum Schlafzimmer und dem Badezimmer weiter. Ein kleines Heim, das sie sich gemütlich in warmen Tönen eingerichtet hat. Marie-Claire zieht die Schuhe aus, legt sich auf die Couch und ist wenige Minuten später eingeschlafen.

Gegen neun Uhr wird sie von 'Je Vole' von Louane, dem neuen Lieblingssong ihres Vaters aus dem Schlaf gerissen, den sie als Telefonton für seine Anrufe eingerichtet hat.

»Hallo Papa«, meldet sie sich schlaftrunken.

»Hallo Claire, mein Liebes. Du musst unbedingt schnellstens mit dem Traktor zum 'Plage des Sableaux' kommen. Ich habe mich im Sand festgefahren und die Flut ist im Anmarsch.«

»Am 'Plage des Sableaux'? Was machst du dort?«, fragt Marie-Claire verwundert.

»Ich bin dort zum Fußfischen, beeil Dich.«

»Ich bin schon unterwegs, aber du gehst dort nie Fußfischen, und warum hast du nicht auf dem Parkplatz geparkt?«, fragt sie aufgeregt nach, als sie in eine Jeans schlüpft und vor der Tür in die Gummistiefel steigt.

»Bis gleich, Papa. Bin unterwegs.«

Der alte Traktor braucht einige Zeit, bis er endlich anspringt und seine Wolken aus dem Auspuff in Richtung Himmel bläst. Marie-Claire nimmt die Route durch den Wald über die 'Allee de la Clere' und erreicht nach drei Kilometern den Strand.

Der Parkplatz ist leer, keine Menschenseele zu sehen, und in der bereits eingesetzten, starken Dämmerung kann sie auch am Strand nichts erkennen. *Verflucht, wo ist er? Er müsste hier am Strand stehen.* Sie greift zum Telefon.

»Wo bist du?«, brüllt sie nervös ins Telefon, als auf der anderen Seite abgenommen wird.

In diesem Moment entfacht auf dem Strand ein riesiger Scheiterhaufen und ein großes Transparent mit der Aufschrift 'Joyeux anniversaire Claire' erstrahlt im Schein von vier Autoscheinwerfern.

Hinter dem brennenden Holzberg kommen alle ihre Freunde und ihre Familie hervor und stimmen gemeinsam den Titel 'Happy Birthday' an.

Marie-Claire fällt vor Überraschung aus allen Wolken. In Reih und Glied kommen sie ihr entgegen, umarmen und küssen sie und wünschen ihr alles Gute.

Es ist ein feucht-fröhlicher Abend mit Wein, Baguette, Käse und köstlichen Meeresfrüchten. Die Texte zu den Gitarrenklängen von Stephan, einem Freund von Pascal, kennt jeder, und außer Bruno singen alle mit.

Beim Essen erfährt Marie-Claire, dass Yannic und Aurélie das Ganze geplant und organisiert haben. Ihre Familie und Freunde waren eingeweiht, nur sie hatte davon nicht das Geringste mitbekommen.

Am späten Abend geht Yannic auf Marie-Claire zu, schaut ihr tief in die Augen und legt seine Hände auf ihre Schultern.

»Bist du mir jetzt böse?«, fragt er mit leiser Stimme.

»Nein, Yannic, überhaupt nicht. Das war eine tolle Überraschung. Ich dachte nur, du hättest, ach vergiss es«, beendet Marie-Claire ihren Satz.

»Etwas mit Aurélie?«, lacht Yannic, »Nein, du weißt, dass ich Dich liebe«, und drückt ihr einen Kuss auf die Lippen.

Marie-Claire wendet sich leicht ab, stupst mit ihrem rechten Zeigefinger auf seine Nase und sagte: »Langsam, lass es uns langsam angehen; ich brauche noch etwas Zeit.«

Erst nach Mitternacht erlischt das Feuer, und ein wunderschöner Abend unter einem klaren, leuchtenden Sternenhimmel geht zu Ende. Nach und nach verlässt jeder den Strand, nur vier Freunde bleiben, um alle Reste der Feier zu beseitigen.

Lange denkt Marie-Claire in dieser Nacht noch über Pierre und Yannic nach. Yannic ist ein liebenswerter Mensch, sie mag ihn, aber er löst nicht die Gefühle und das Kribbeln in ihr ausgelöst, wie Pierre, den sie sehnlichst herbeisehnt.

8

Technik

Schlagartig öffnet Sophie am frühen Morgen ihre Augen und springt aus dem Bett. Sie spürte etwas Hartes an ihrer Pobacke. Pierre schläft tief und fest. Er ahnt nicht, dass sein männliches Körperteil Sophie aus dem Schlaf riss, ein morgendliches Phänomen eben.

Der wollte doch nichts von dir, der hat doch fest geschlafen. Der hat bestimmt nur geträumt, versucht Sophie das Erlebte aus ihrem Kopf zu bekommen, als sie sich die Zähne putzt. *Solange er noch schläft, kann ich schon einmal eine Dusche nehmen.*

Sophie freut sich auf die Dusche, doch statt warmem Wasser prallt nur kaltes auf ihre nackte Haut.

Ihr lauter Schrei lässt Pierre aus dem Bett springen.

»Was ist passiert?«, ruft er erschrocken.

»Gibt es hier kein warmes Wasser?« Vor Kälte zitternd steht Sophie in der Dusche und hat das Wasser wieder abgedreht.

»Doch, das hat Gerd auf jeden Fall gesagt. Bist du sicher, dass kein warmes Wasser kommt?«, fragt Pierre nach.

»Ich bin zwar blond, aber nicht blöd«, kommt die Antwort verärgert zurück.

»Vielleicht ist was kaputt?«, vermutet Pierre, »Ich rufe Gerd auf dem Handy an.«

»Bist du verrückt? Es ist sieben Uhr morgens, der schläft doch noch.«

»Na und?« Pierre wählt Gerds Nummer.

Erst nach dem zehnten Klingelton hört Pierre, wie jemand abnimmt.

»Guten Morgen Gerd«, meldet sich Pierre direkt.

«Hier ist Grete, seine Frau, wer ist denn da? Gerd schläft noch?«, hört Pierre eine schlaftrunkene Frauenstimme.

Verunsichert fährt er fort: »Hallo Frau Schulte, tut mir leid. Hier ist Pierre, ich bin in ihrem Wohnmobil«

»Sie sind wo?«, unterbricht Grete ihn überrascht und ist hellwach.

»In ihrem Wohnmobil und bekomme kein warmes Wasser. Können sie mir helfen?«

»Was machen sie in unserem Wohnmobil? Wie kommen sie da rein?«, ruft sie aufgeregt in den Hörer.

»Ich stehe in Honfleur und brauche ihre Hilfe.« Pierre wird ungeduldig.

»Moment.«

Pierre hört wie Grete mit den Worten »Gerd, Gerd, wach schnell auf, da hat jemand unser Wohnmobil geklaut«, ihren Mann aufweckt.

Im Hintergrund hört Pierre die verschlafene Stimme von Gerd. »Ach du Scheiße, wer ist am Telefon?«

»Irgendeiner, der sich Pierre nennt und in unserer Lady kein warmes Wasser bekommt. Das ist vielleicht auch ein Irrer«, meint Grete ganz aufgeregt.

»Verdammte Scheiße. Das erkläre ich dir später, gib mir mal das Telefon«, hört Pierre die erstaunte Stimme von Gerd, der mit dem Hörer in die Küche geht, damit Grete nichts mitbekommt.

»Zum Teufel, wie kannst du mich um diese Zeit und dann noch auf meinem Handy anrufen? Meine Alte weiß doch nicht, dass ich dir unsere Lady verliehen habe. Was ist jetzt wieder los?«, flüstert Gerd zornig.

»Sorry, das wusste ich nicht mit Grete, tut mir leid«, entschuldigt sich Pierre, »aber wie bekommt man hier warmes Wasser zum Duschen?«

»Du hättest besser zuhören sollen, als ich dir alles erklärt habe. Aber ihr allerweltsgescheiten Akademiker meint ja, ihr wisst alles und könnt alles, aber ihr solltet auch mal zuhören. Du bist wie mein Arzt, der kann es auch nicht«, tobt Gerd.

»Vielleicht ist mir das entgangen, kannst du es mir bitte nochmals erklären?«, fragt Pierre kleinlaut nach.

Bis ins kleinste Detail, dass es jedes Kindergartenkind versteht, erklärt Gerd alles nochmals Schritt für Schritt und Pierre betätigt gleichzeitig alle Tasten wie erklärt.

»Und falls du jetzt noch mal ein Problem hast, vorne im Fahrerhaus findest du eine Tasche mit allen Anleitungen. Und lass dir schon einmal etwas einfallen, wie du das mit Grete wieder gut machst. Du kannst dir gar nicht vorstellen, was mich jetzt erwartet. Schönen Tag noch«, und Gerd legt verärgert auf.

Irgendwie scheint der Spruch 'Morgenstund hat Gold im Mund' nicht zu stimmen, denkt sich Pierre und bereitet das Frühstück vor, während Sophie endlich ihre Dusche genießen kann.

Sophie macht es sich auf den Beifahrersitz bequem und hat zu Pierres Verwunderung einen Jogginganzug, natürlich in Weiß, an. »Bereit zur Abfahrt.«

»Noch nicht ganz«, antwortet Pierre, »Wir müssen noch Frischwasser auffüllen und den Abwassertank entleeren.«

Mittig über den Ablauf der Entsorgungsstation stellt er das Wohnmobil ab und steigt aus.

Was haben die anderen gestern gemacht, die ich beobachtet habe, versucht er sich zu erinnern, *und wie war das noch mal mit Abwasser? Wo ist das Ablaufrohr? Ich hätte doch besser zuhören*

und mir Notizen machen sollen. Gerd kann ich nicht mehr
anrufen, der bringt mich um.

Zwischenzeitlich stehen drei weitere Mobile hinter
ihm und warten bereits verzweifelt, dass er den Platz
räumt.

»Kann ich helfen?« Herr Müller von gestern Abend
steht neben ihm.

»Sie schickt der Himmel. Es klingt zwar blöd, aber
ich habe vergessen, wie das mit dem Frisch- und
Abwasser funktioniert«, erklärt Pierre und rauft sich die
Haare.

»Mann oh Mann, und so was lässt Gerd mit Gretes
Heiligtum losfahren«, brummt sich Müller in den Bart,
und zeigt Pierre, wie alles funktioniert.

»Danke, Herr Müller, und nochmals Entschuldigung
für die Störung heute Nacht.«

»Nichts für ungut. Dafür sind Wohnmobilisten
untereinander da, die helfen sich gegenseitig. Und
übrigens, ich heiße Paul. Lies dir mal alle Anleitungen
durch, sonst kommt ihr nicht weit.« Er schüttelt Pierre
die Hand und wünscht ihm eine gute Fahrt.

Blitz

Pierre und Sophie setzen ihre Reise in Richtung Rennes
fort. Ihr Gesprächsthema handelt vom gestrigen Abend,
dem guten Essen und sie machen Witze über den
Fehltritt von Sophie und die kalte Dusche.

»Heute Abend sollten wir die Betten tauschen. Ich
glaube, ich schlafe auf der anderen Seite besser«, spricht
Sophie das Thema ihrer morgendlichen Erfahrung an,
ohne weiter darauf einzugehen. Sie vermutet, dass Pierre
ein Linksschläfer ist.

»Können wir machen, ich schlafe auf jeder Seite gut.
Soviel ich weiß, drehe ich mich nachts sowieso öfters.

Ich wache nämlich jeden Morgen in einer anderen Lage auf«, antwortet Pierre.

Sophie gibt nur einen leisen Seufzer von sich und lässt ihren Blick mit hochgezogenen Augenbrauen über die vorbeifliegende Landschaft gleiten.

Rund um Caen geht es nur zögerlich vorwärts.

»Bist du sicher, dass du sie findest?«, fragt Sophie und reicht Pierre den Kaffeebecher.

»Wen meinst du, Sophie?«

»Marie natürlich, oder warum unternehmen wir die Fahrt?«, antwortet Sophie.

»So wahr ich bis heute jede Todesursache ermittelt habe, so werde ich auch Marie finden, und wenn du alleine zurück nach Köln fahren musst.«

»Du klingst sehr überzeugend, aber was ist, wenn sie dich inzwischen vergessen hat und du doch nur ein kleiner Urlaubsflirt warst? Was machst du, wenn du sie im Arm eines anderen findest?«, beginnt Sophie zu sticheln.

An Pierres Atmung und seinen bebenden Nasenflügeln erkennt Sophie seine innere Unruhe. Sie hat in ein Nest gestochen und eine Tatsache erwähnt, die Pierre gar nicht bedacht hatte oder nicht wahrhaben will?

Pierre schweigt, den Blick stur auf die Straße gerichtet.

»Hallo Pumuckel, bist noch da oder beleidigt?«, hakt sie nach und nimmt ihre Füße vom Armaturenbrett.

»Ich denke, du kannst einem wirklich alle Illusionen nehmen«, gibt Pierre zurück ohne ihr einen Blick zuzuwerfen.

Wieder herrscht Funkstille zwischen den beiden, nur Santanas 'Maria Maria' ist zu hören.

»Wenn dem so ist und Marie mich verarscht haben sollte, dann verliere ich jedes Vertrauen in die Frauen und werde schwul«, platzt es aus Pierre heraus.

Als Sophie das hört, prustet sie den Schluck Kaffee, den sie noch im Mund hat, gegen die Scheibe.

»Das will ich sehen«, lacht sie und wischt mit einem Tuch die Scheibe sauber.

»Was willst du sehen?«, fragt Pierre in einem trockenen Tonfall.

»Wie du mit einem Typ wie Gerd oder mit dem Müller mit seinem Bierbauch …« vor Lachen bringt, sie ihren Satz nicht zu Ende.

Der helle Blitz einer Radaranlage lässt beide den Schreck in die Glieder fahren.

»Auch das noch, Gerd wird sich freuen«, flucht Pierre.

»Wie schnell warst du?«

»Sechsundneunzig und nach den Schildern sind Einhundertzehn erlaubt.«

Sophie schlägt sofort im Ratgeber 'Frankreich-Mobil-Erleben' nach und gibt Entwarnung. »Du darfst hier Einhundert fahren, bist aber vom Radar als LKW erkannt worden. Der darf nur Neunzig fahren, deswegen wurden wir geblitzt. Und somit bekommt Gerd auch keine Post.«

Pierre atmet erleichtert auf: »Gott sei Dank, das hätte mir noch gefehlt.«

»Aber am nächsten Rastplatz solltest du mal anhalten? Ich müsste mal zur Toilette und würde gerne einen neuen Kaffee aufschütten. Und ein Butterbrot schmieren, wenn du schon keinen Stopp an einem Restaurant einlegst«, schlägt Sophie vor.

Rotlicht

An der nächsten Rastanlage fährt Pierre ab.

»Dann lass uns ein Päuschen einlegen. Ich vertrete mir inzwischen die Beine«, sagt Pierre und atmet die heranwehende Meeresluft ein, als er die Fahrertür öffnet.

Das Wohnmobil hat er noch nicht komplett umrundet, als Sophie ganz aufgeregt aus dem Wagen steigt. »Pierre, da stimmt was nicht. Die Toilette ist defekt, da brennt ein rotes Licht.«

Krampfhaft geht es Pierre durch den Kopf: *Rot, Rot, Rot, was kann es sein*, dann fällt es ihm ein. Die WC-Kassette ist voll. Heute Morgen hatte er in der Hektik vergessen, sie zu leeren.

»Warte, ich muss das WC nur entleeren«, ruft er Sophie zu und denkt: *Das wird eine meiner kleinsten Übungen.* Pierre nimmt die Kassette aus dem Fach und marschiert damit zur Entsorgungsstation. Er öffnet den Bodeneinlass für Chemietoiletten und schraubt den Verschluss am Ausguss der Kassette ab. Nur Tröpfchen für Tröpfchen fließt aus dem Ausgussrohr, mehr nicht. Er beginnt kräftig zu schütteln, und stoßweise schießt jetzt ein Schwall nach dem anderen unkontrolliert in alle Richtungen hinaus, auf seine Hose, auf seine Schuhe. Entsetzt und angeekelt stellt er die Kassette ab.

Ein Franzose hinter ihm, ebenfalls mit einer WC-Kassette, beginnt zu lachen. Fragend schaut Pierre ihn an. Dem Französischen nicht mächtig, schaut Pierre den Alten verdutzt an, der pausenlos auf ihn einredet. Bald merkt der Franzose, dass Pierre ihn nicht versteht, und zeigt ihm dann, dass er zum Entleeren den kleinen Entlüftungsknopf drücken muss, damit alles fließend und ohne Spritzen herausläuft.

»Sophie, gib mir bitte aus meinem Schrank eine neue Jeans, wenn du fertig bist.«

Sophie muss herzlich lachen, als sie Pierre in seiner gelb-braun befleckten weißen Hose vor sich stehen sieht. »Du siehst besser aus, als ich gestern. Was ist passiert?«, und rümpft die Nase, als ihr die Duftwolke entgegenströmt.

Pierre ist es peinlich, aber er erzählt ihr von seinem Missgeschick.

Zurück auf der Autobahn erblickt Sophie am Horizont den berühmten Klosterberg Mont-Saint-Michel.

»Lass uns da mal kurz hinfahren«, platzt es aus ihr heraus.

»Wohin?«

»Zum Mont-Saint-Michel. Das ist neben dem Eiffelturm die meistbesuchte Sehenswürdigkeit von Frankreich. Ein berühmter Klosterberg mitten im Meer«, klärt Sophie ihn auf.

»Beim nächsten Mal, jetzt geht es nach Noirmoutier«, beendet Pierre desinteressiert die Diskussion. Er hat sein Missgeschick und die Blamage vor Sophie von eben immer noch nicht verdaut.

Vor lauter Frust schiebt Sophie eine CD von Johnny Hallyday in den Schacht und bemerkt: »Jetzt ist Schluss mit deiner Dudelei. Wir sind in Frankreich, also auch französische Musik.«

Bouin

Die Brücke über die Loire bei Nantes haben sie zu Sophies Erleichterung bereits überquert, und das Navi zeigt nur noch fünfunddreißig Kilometer bis zum Ziel an.

Pierre strahlt über das ganze Gesicht, als er kurz hinter Bourgneuf-de-Retz am Straßenrand das Schild 'Bienvenue en Vendée' mit zwei verschlungenen roten Herzen sieht. »Hast du das gesehen Sophie? Die zwei Herzen können nur ein gutes Zeichen sein.«

»Willkommen im Departement Vendée, heißt das und die zwei Herzen sind das Wappen der Vendée«, klärt Sophie Pierre lachend auf.

Ihre Fahrt nimmt ein abruptes Ende, sie stehen im Stau.

»Was hat der Polizist gesagt?«, will Pierre wissen, nachdem sie nach dreißig Minuten Stop-and-go am Ortseingang von Bouin ankommen und der Gendarm ihnen Anweisungen erteilt hat.

»Wegen eines Unfalls ist die Straße gesperrt, durch die großräumige Umleitung sind es jetzt noch fast sechzig Kilometer bis zu unserem Ziel. Es reicht für heute Pierre, lass uns morgen weiterfahren, hier können wir sicherlich irgendwo übernachten. Es ist schon spät, ich bin müde, habe Hunger und keinen Bock mehr, weiterzufahren.« Sophies Stimme klingt genervt.

Pierre, der sich mit Sophies Vorschlag nicht anfreunden kann, fährt trotzdem an den Straßenrand, öffnet eine Stellplatz-App und lässt sich die umliegenden Plätze anzeigen.

Misslaunig erwidert er: »Okay, in fünf Kilometer ist ein Platz.«

Die schmale Straße führt in Richtung Meer durch flaches Marschland zum 'Port des Brochets', einem Austernhafen. Schon aus der Ferne sehen sie mehrere Mobile an der Küste stehen.

Als sie entlang des Kanals in Richtung der Wohnmobile fahren und die im Schlick liegenden bunten Boote bewundern, entdeckt Sophie ein kleines Lokal.

»Wenn wir geparkt haben, wird hier etwas gegessen«, beschließt Sophie und zeigt auf das Restaurant.

»Schau dir diese Aussicht an«, schwärmt Sophie, nachdem Pierre das Wohnmobil direkt am Meer geparkt hat.

»Und dort drüben, wo die Lichter brennen, muss Marie sein«, seufzt Pierre, als er über das Meer auf die Insel Noirmoutier blickt.

Kopfschüttelnd antwortet Sophie: »Ja, ja. Aber lass uns endlich Essen gehen, ich habe Hunger. Unsere Suche beginnt morgen.«

»Kannst du mir sagen, warum du dich schon wieder umgezogen hast?«, fragt Pierre, als Sophie in ihren High Heels und einem langen schwarzen Kleid aussteigt. »Wir sind hier auf dem Land in einem kleinen Hafen. Wir machen Camping, wir gehen nicht zu einem Gala-Dinner, sondern in eine Kneipe«, beendet Pierre empört seinen Satz.

»Weil ich es so gewohnt bin und nicht wie du, der wie ein Touri, in Shorts und T-Shirt in ein Lokal geht.«

»Deswegen brauchst du kein Business Dress, ich habe auch nicht meinen weißen Kittel an, also zieh dir bitte etwas anderes an«, bittet Pierre Sophie mit einem Seufzen.

Misslaunig geht Sophie in den Wagen zurück und kommt einige Minuten später in einer Designerjeans und in einer langen, weißen Chiffon Bluse, die sie um die Hüften geknotet hat, heraus.

Pierre sieht sie erstaunt mit großen Augen an und pfeift anerkennend durch die Zähne.

»Danke, gefällt dir das?«, freut sich Sophie erstaunt.

»Oh ja, hast du was vor mit mir? So gehst du doch etwa nicht zum Essen?«, grinst Pierre.

»Spinnst du, das ist leger. Was hast du jetzt wieder zu bemängeln?«, empört sich Sophie.

Pierre zeigt mit einem Schmunzeln und etwas verlegen auf ihren festen Busen, dessen Knospen sichtbar durch den Stoff drücken. »Ohne BH?«

Sophie schaut an sich herunter. »Scheiße, den habe ich vergessen, unter dem schwarzen Kleid habe ich den nicht nötig gehabt«, und verschwindet mit rotem Kopf wieder im Wohnmobil.

Auf dem Weg zum Restaurant beschließen sie, weder über seine Arbeit, deren Ausführungen beim Essen nicht angebracht sind, noch über Sophies Job zu sprechen, obwohl Sophie als Einkäuferin für einen großen Modekonzern über ihre Reisen bestimmt viel zu erzählen hätte.

Gegensätze ziehen sich an, so auch bei Sophie und Pierre. Die gegenseitigen Sticheleien und Frotzeleien sind seit dem ersten Tag fester Bestandteil ihrer Freundschaft. Jeder weiß, wie es der andere meint, und nie fühlt sich einer gekränkt, auch wenn sie oft unterschiedlicher Meinung sind und verschiedenartige Lebenseinstellungen haben. So amüsieren sie sich auch an diesem Abend bei frischen Austern, gegrilltem Wolfsbarsch und trockenem Weißwein über die Erlebnisse des Tages.

Ce la vie

Marie-Claire sitzt seit Stunden auf der alten Bank am Strand, die einen neuen Anstrich vertragen könnte. Eingehüllt in eine leichte Decke, geschützt vor der kühlen Meeresbrise, blickt sie sehnsuchtsvoll hinauf zu den unzähligen Sternen am wolkenlosen Firmament, die leuchtend über Noirmoutier stehen.

Immer wieder lässt sie ihre Hände durch ihr kurzes schwarzes Haar gleiten und kleine Tränen kullern ab und zu über ihre Wangen. Mehr als zwei Monate sind vergangen, seitdem sie in Köln die Schmetterlinge im Bauch spürte. Es hat einfach eingeschlagen, wie ein Blitz, als sie Pierre sah.

Und nun? Bis heute keine Nachricht, kein Anruf, kein Brief, einfach nichts. Pascal hat recht, ich bin kein Teenager mehr, ich muss aufhören zu träumen, »Aber, ich liebe ihn« brüllt sie in Richtung Meer, als wolle sie die Brandung der einlaufenden Flut übertönen. Sie kann nicht wissen, dass Pierre schon auf der anderen Seite am Festland steht. Voller Wut und aus Verzweiflung wirft sie einen Stein in die Fluten, bevor sie den Strand verlässt.

Mit gesenktem Kopf, niedergeschlagen und gedankenverloren geht sie über den feuchten Rasen zurück in ihr kleines Häuschen.

Geistig abwesend zieht sie sich aus, lässt entgegen ihrem Ordnungssinn ihre Kleidung einfach auf dem Boden liegen, und steigt in die Dusche. Die Wasserstrahlen sind eine Wohltat und bringen sie in die Realität zurück. *So kann es nicht weitergehen, Marie,* kommt sie zum Entschluss, als sie sich in den roten Bademantel hüllt. Sie steigt über die auf dem Boden verstreute Wäsche, geht ins Schlafzimmer und lässt sich rücklings aufs Bett fallen. Kurz vor Mitternacht greift sie zum Handy.

Lange Zeit starrt sie auf das dunkle Display, dann wählt sie die Nummer von Yannic.

9

Passage du Gois

»Sophie, steh auf, schnell«, aufgeregt rüttelt Pierre sie aus ihren Träumen.

»Was ist passiert?« Schlaftrunken sieht ihn Sophie mit einem offenen Auge an.

Pierres Stimme überschlägt sich. »Es ist zehn Uhr! Wir haben verschlafen. Schau mal, wie die Sonne scheint. Und das Meer ist auch wieder da. Wenn wir noch mehr trödeln, kommen wir heute wieder nicht an.«

Sophie streckt sich, reibt sich die Augen und blickt durch das Dachfenster auf den wolkenlosen, blauen Himmel. »Pierre komm wieder runter, wir haben heute nur noch wenige Kilometer. Du kannst die Insel doch schon sehen. Und nun lass mich erst einmal wach werden und duschen. Inzwischen kannst du ja ausnahmsweise schon das Frühstück machen«, murmelt sie vor sich hin und zieht die Decke wieder über den Kopf.

Der Alkohol am gestrigen Abend hat seine Wirkung nicht verfehlt. Nachdem sie sich im Restaurant zwei Flaschen Wein genehmigt hatten, gab es zum Abschluss im Wohnmobil noch sechs Calvados aus der dunklen Tonflasche, den sie Honfleur gekauft hatten, bevor sie in die Federn fielen.

Trotz der Dusche sieht Sophie gerädert aus, und ihr Brummschädel verlangt eindeutig nach einer Kopfschmerztablette.

»Hast du etwa einen dicken Kopf?«, neckt Pierre sie in bedauerlichem Ton.

Sophie spült mit dem Kaffee zwei Tabletten hinunter, bevor sie mit der Hand im Nacken antwortet: »Es geht. Aber du siehst auch nicht gerade frisch aus. «

»Mir geht's gut, so gut wie nie. Nur noch wenige Kilometer, dann …«

Sophie unterbricht ihn. »Bist du überhaupt schon in der Lage Auto zu fahren? Du müsstest es doch als Mediziner besser wissen, wie lang Alkohol im Blut bleibt.«

Pierre fällt ihr direkt ins Wort. »Ich weiß, aber ich kann fahren. Glaube mir«, beendet Pierre den Satz und beißt in die Scheibe Brioche, ein helles Hefebrot.

»Das schmeckt besser als bei uns der Weck«, stellt er fest.

Sophie hat noch den letzten Bissen im Mund, da beginnt Pierre schon den Tisch abzudecken. In Windeseile macht er das Fahrzeug abfahrbereit und kurze Zeit später erreichen sie Beauvoir-sur-Mer.

Pierres Nervosität und Vorfreude sind merklich spürbar und mit den Geschwindigkeitsbegrenzungen nimmt er nicht mehr so genau. Sein Ziel heißt Noirmoutier.

»Die nächste Straße rechts abbiegen«, meldet die weibliche Stimme des Navis.

»Dein Wille ist mir Befehl, aber nur heute«, kommentiert Pierre gut gelaunt, und achtet nicht auf die blinkende Hinweistafel zum Befahren der 'Passage du Gois'. Sophie, abgelenkt durch das Lesen ihrer E-Mails, nimmt die Anzeigentafel auch nicht wahr.

Fünf Kilometer führt sie Landstraße durch das flache Land des Marais, bis sie erneut vor der großen Anzeigetafel stehen.

»Stopp! Wir können die Straße nicht benutzen«, brüllt Sophie, »sie ist überflutet und kann erst in sechs Stunden wieder befahren werden.«

»Du spinnst, das Navi hat gesagt, es geht hier entlang.« Pierre hat seinen Satz nicht ganz beendet, da steht er schon am Ende der Straße, die in die Fluten führt und im Meer versinkt.

Sophie schüttelt ungläubig den Kopf. »Ich hab es dir doch gesagt. Du solltest auf mich hören. Das ist die berühmte 'Passage du Gois', wovon ich dir erzählt habe. Bei Ebbe wären wir in knapp vier Kilometer drüben. Du hast jetzt die Wahl. Sechs Stunden hier warten oder umdrehen und über die Brücke.«

Île de Noirmoutier

Wieder in Beauvoir-sur-Mer angekommen, folgt Pierre dem grünen Wegweiser 'NOIRMOUTIER par le pont' und schaltet genervt den Ton der Navistimme mit der Bemerkung: »Halt die Klappe!«, ab, die ihn ständig zu Umdrehen bewegen will.

Pierre wird immer aufgeregter. Endlich, nach elf Kilometern erreichen sie die Brückenauffahrt zur 'Île de Noirmoutier', deren geringe Höhe ausnahmsweise keine Panik bei Sophie auslöst.

Pierre kann es kaum erwarten und tritt aufs Gaspedal.

»Fünfzig! Und nicht siebzig, sonst bekommt Gerd doch noch Post«, wird er von Sophie ermahnt.

Naserümpfend nimmt er den Fuß vom Gas und steuert auf den Scheitelpunkt der Brücke zu. Aus den Lautsprechern ertönt passend zum Bild 'La mer' von Charles Trenet, von einer aus Gerds CD-Sammlung.

»Halt an! Halt an!«, Sophie ist außer sich. »Das ist unglaublich, sieh dir das an.«

»Hier ist Halteverbot. Was ist unglaublich?«

»Das Licht, das wunderbare Licht über der Insel. Ich muss ein Foto machen. Wie unberührt sie vor uns liegt und in dieses Licht gehüllt, genau wie es viele Maler beschrieben haben«, schwärmt Sophie.

»Dann musst du eben die nächsten Tage einmal zu Fuß hierher.« Pierre schüttelt den Kopf und hört nur, wie der Auslöser von Sophies Kamera unaufhörlich klickt.

Die sechszehn Kilometer der schnurgeraden, vierspurigen Straße zur Stadt Nourmoutier-en-l'Île führt sie mittig über die Insel, vorbei an Feldern und kein Meer in Sicht. Linker Hand vorbei an Ortschaften mit den typischen, kleinen, in Weiß getünchten Häusern mit ihren blauen und grauen Fensterläden; und auch nach rechts versperrt der Damm die Aussicht auf das Meer.

Die Enttäuschung ist Sophie anzusehen und ratlos sagt sie zu Pierre: »Ist das alles? Nur flaches Land, Felder und ein paar Häuschen?«

Pierre versucht, Sophie zu beruhigen, er hat viel über das Eiland gelesen. »So sehen die Insel leider viele Touristen, das habe ich in einigen Reiseberichten gelesen. Die fahren hin zur 'Passage du Gois', einmal in die Stadt und sind wieder weg. Insider freut es, so bleibt die Insel ein Geheimtipp. Wenn du hier die versteckten Schönheiten sehen willst, musst du dich schon bewegen, zu Fuß oder mit dem Fahrrad. Noirmoutier ist eine Radfahrinsel. Und mit unseren Drahteseln werden wir uns auf die Suche nach Marie machen.«

Am Ortsrand La Guérinière weiten sich Pierres Augen. »Sophie, schau ein Salzbauer«, freut sich Pierre, als er rechts eine Holzhütte mit der Aufschrift 'SEL' neben den Salzbecken sieht. »Den fragen wir jetzt.« Er setzt den Blinker und biegt auf den Zufahrtsweg ab. Sophie schüttelt nur den Kopf.

Er fährt auf die Freifläche vor dem Grundstück, um zu parken, aber Sophie fordert ihn auf: »Fahr weiter, es ist geschlossen«, als sie das Schild FERMÉ sieht.

»Versuch eins gescheitert«, stellt Pierre enttäuscht fest, dreht und fährt zurück auf die Hauptstraße.

Am nächsten Kreisverkehr, das gleiche Erlebnis, wieder ein Verkaufsstand 'SEL' und wieder geschlossen, so zieht es sich bei allen Ständen bis zur Stadt fort.

In der Stadt Noirmoutier-en-l'Île folgt Pierre dem Schild 'Camping-Car', und unweit vom Zentrum erreichen sie den Wohnmobilstellplatz.

»Mein Gott, was ist hier los?«, staunt Sophie, als sie auf dem Platz fast zweihundert Wohnmobile sieht.

»Doch eine beliebte Insel«, stellt Pierre fest.

Sie wissen nicht, dass am nächsten Samstag das berühmte 'Fête de Bonnotte' stattfindet, und zu diesem Ereignis schon Tage zuvor die Insel mit fast fünfhundert Wohnmobilen bevölkert wird.

Nur zwei deutsche Kennzeichen kann er auf der Suche nach einer freien Lücke sichten und stellt erleichtert fest: »Gott sei Dank, Gerds Freund, der Müller von Honfleur ist nicht da.«

»Der hätte mir jetzt auch noch gefehlt. Komm, beeil dich, ich will die Stadt sehen«, fordert Sophie ihn ungeduldig auf.

Gemeinsam schlendern sie durch die kleine Fußgängerzone. Kleine Boutiquen, aber auch Fisch- und Lebensmittelgeschäfte wechseln sich mit Restaurants und anderen Fachgeschäften ab und bieten ein buntes Bild mit einem vielfältigen Angebot.

»Schön, wenigstens nicht das sonst übliche Einheitsangebot, das man bei uns sieht«, kommentiert Sophie ihren Eindruck. An fast jeder Boutique bleibt sie stehen, um Pierre mit ihrem Fachwissen zu jedem Stück einen Kommentar abzugeben.

Ungeduldig wird sie von Pierre aus einer Boutique gezogen. »Komm, vielleicht haben die hier auch eine Pathologie«, aber weiter kommt er nicht, Sophies Hand trifft ihn am Hinterkopf.

Entdeckt

In der kleinen Crêperie 'L'Her du Temps' bestellen sie sich eine köstliche, bretonische Galette und sitzen bei strahlendem Sonnenschein vor dem Lokal unter der Markise. Hier können sie hautnah das Treiben auf der Fußgängerzone verfolgen und beginnen mit ihrer üblichen Lästerei über einzelne, vorbeilaufende Gestalten.

»Ist das nicht schön? Wann haben wir zuletzt zusammen draußen gesessen und gelästert?«, fragt Sophie.

»Schon lange her. Es gehört sich zwar nicht, macht aber trotzdem immer wieder Spaß. Was würden die Menschen über Dich sagen, wenn Du vorbeiläufst? Schau mal, die blonde Zicke, läuft wie auf einem Laufsteg und meint, sie wäre etwas Besseres«, antwortet Pierre mit einem Lachen und erntet nicht nur einen strafenden Blick, sondern auch einen Tritt gegen sein Schienbein.

»Blödmann. So bin ich nicht. Und du? Manche würden sagen: Oh mein Gott, ein Mann mit roten Haaren, Shirt und kurzen Hosen. Der sieht aus wie Pumuckl, das kann ja nur ein Touri sein, und wie der geht«, kontert Sophie.

»Touché«, gibt Pierre mit erhobenem Zeigefinger zurück und hebt mit der anderen Hand seine Cidretasse.

»Santé«, antwortet Sophie und prostet ihm zu. Dabei bemerkt sie, wie ein junger, gepflegter Mann, der aus dem gegenüberliegenden Immobilienbüro kommt, stutzig stehen bleibt und seinen starren Blick zu ihnen richtet.

Yannic taxiert beide längere Zeit, denn der große Rotschopf hat seine Aufmerksamkeit geweckt. *Das wird doch wohl nicht der Deutsche sein, auf den Claire wartet?*, geht ihm durch den Kopf. Gemütlichen Schrittes schlendert Yannic näher. An der Speisekarte am Eingang bleibt er stehen. Er hofft einige Brocken des Gesprächs, von Sophie und Pierre zu hören, die nur zwei Tische von ihm entfernt sitzen.

Der Kerl ist wohl heiß auf mich, denkt Sophie. Im Augenwinkel lässt sie ihn nicht aus den Augen und bemerkt seine ständig schielenden Blicke zu ihrem Tisch.

Sorry, aber du bist nicht mein Typ. Dann werde ich dir mal den Tag verderben. Sophie steht auf, beugt sich über den Tisch zu Pierre, hebt mit der Hand sein Kinn und küsst ihn auf die Lippen, mit dem Satz: »Ich lieb Dich«, in der Lautstärke, das Yannic es hören müsste.

Vollkommen perplex und mit fragender Mine schaut Pierre Sophie an. »Was war das denn jetzt?«

»Mir war einfach danach«, lacht sie. »Da war ein Typ, der hat mich die ganze Zeit angegafft, und jetzt – ist er weg.«

Deutsche! Eindeutig, es waren Deutsche. Aber er kann es ja nicht sein. Der hat ja schließlich eine Frau. Ich dachte immer, die Deutschen wären blond und nicht rot. Zufrieden, aber doch mit einem mulmigen Gefühl im Bauch, geht Yannic weiter.

»Lass uns die Straße bis zum Ende gehen«, schlägt Sophie vor, als sie das Lokal verlassen, und schlägt den Weg in Richtung Château ein.

Der Weg, am Rathaus vorbei, führt sie zu einem kleinen Platz. Plötzlich nimmt Pierre Sophie an die Hand und zieht sie mit sich. »Komm, hier werden wir einmal nachfragen, ob sie jemand kennt, die müssen doch Gott und die Welt auf der Insel kennen.« Er hat in einiger Entfernung den großen Aufsteller auf dem Bürgersteig mit der Aufschrift 'Office de Tourisme' erkannt.

Auskunft

»Denise, in einer halben Stunde bin ich wieder da. Meine Sitzung beim Zahnarzt wird nicht lange dauern, und es ist ja auch noch ruhig. Wenn etwas sein sollte, frag einfach Claire«, gibt Aurélie der neuen Saisonaushilfe die Anweisung.

Denise, mit ihrem blonden Pferdeschwanz, hat mit ihren zwanzig Jahren erst vor einer Woche die Stelle angenommen. Aurélie verlässt das Büro, kurz bevor Pierre und Sophie das Office de Tourisme erreichen.

»Du weißt, was du fragen sollst?«, fragt Pierre zum dritten Mal nach.

»Ich sagte schon mehrfach, ich bin zwar blond, aber so blond auch nicht«, antwortet Sophie genervt, als sie das Touristenbüro betreten.

Von den zwei Schreibtischen ist nur einer besetzt. In perfektem Französisch spricht Sophie Denise an: »Bonjour Madame.«

»Bonjour, Madame, wie kann ich ihnen helfen«, erwidert Denise mit einem freundlichen Lächeln.

»Vielleicht können sie uns weiterhelfen. Kennen sie zufällig einen Saunier, der eine Tochter namens Marie hat, die circa siebenundzwanzig Jahre alt ist?«

»Das tut mir außerordentlich leid Madame, aber da kann ich ihnen nicht weiterhelfen. Versuchen sie es doch einmal in der 'Coopérative Agricole' oder bei der 'Coopérative des producteurs de sel'«, antwortet Denise.

»Und können sie mir freundlicherweise auch sagen, wo diese beiden Genossenschaften sind?«

»Die Coopérative Agricole finden sie am Ortsausgang nach L'Épine, und die der Sauniers«, Denise stockt, »Ein Moment bitte, ich frage nach.«

Sie greift zum Telefon und wählt die Nummer vom 'Office de Tourisme' in Barbâtre, das an der Zufahrt zur Passage de Gois steht. »Hallo Claire, hier ist Denise. Aurélie ist im Moment nicht da. Kannst du mir sagen, wo man Auskunft über die Sauniers bekommt?«

»Am besten in der Boutique gegenüber vom Kanal in der Rue de L'Écluse. Warum?«

»Schon gut, Danke Claire, das wollt ich nur wissen.«

Marie-Claire will ihr noch weitere Infos geben, aber Denise hat bereits aufgelegt. Denise erklärt Sophie auf einem Stadtplan die beiden Standorte und kreuzt sie an, bevor sie den Plan Sophie in die Hand drückt. Außerdem überreicht sie ihr noch eine Broschüre, eine Radfahrkarte und das Restaurantverzeichnis von Noirmoutier.

Pierre, der sich zwischenzeitlich diverse Broschüren ansieht, kann nur erahnen, was die beiden besprechen.

Sophie klärt ihn in kurzen Worten beim Hinausgehen auf und legte ihm, zum Zeichen des Trostes, den Arm um seine Hüften.

Denise schüttelt den Kopf, *Wie kann man sich nur einen Rothaarigen angeln?*, und widmet sich wieder ihrer Arbeit.

Erkundung

Auf der Brücke des Kanals 'Étier du Moulin', der ins offene Meer hinaus führt, blasen Sophie und Pierre kräftige Windböen ins Gesicht.

»Wo kommt der Wind auf einmal her?«, fragt Pierre.

»Schau, das Wasser drückt vom Meer in den Kanal. Die Flut hat eingesetzt. Und bei jedem Gezeitenwechsel kommt üblicherweise Wind auf«, klärt Sophie ihn auf.

»Aber auf Mallorca habe ich davon aber nichts gespürt«, wundert sich Pierre.

»Das Mittelmeer ist auch eine Badewanne, da merkst du von Ebbe und Flut eben nichts. Hier am Atlantik sieht es anders aus. Der Wasserpegel zwischen Ebbe und Flut kann je nach Region und Mondphase bis zu zwanzig Meter betragen.«

»Danke für die Erklärung, Frau Lehrerin. Ich bewundere ihr Wissen«, scherzt Pierre und verbeugt sich spaßeshalber.

»So etwas lernt man an der Küste. Ich habe schließlich fast zehn Jahre meiner Kindheit bei meinen Großeltern an der Küste bei Arcachon verbracht. Komm lass uns dort über die Brücke gehen und die Genossenschaft suchen.«

Enttäuscht stehen beide vor dem geschlossenen Laden, der dem Anschein nach nur in der Saison geöffnet hat. Sie schlendern noch einige Meter weiter und entdecken große Lagerhallen mit der Aufschrift 'Sel marin Noirmoutier', doch das Tor ist verschlossen.

»Tja, noch wird kein Salz geerntet. Dann lass uns zur Coopérative Agricole gehen. Nicht den Kopf hängen lassen, Pierre.«

Pierres Ungeduld und Enttäuschung sind ihm ins Gesicht geschrieben. Sophie nimmt seine Hand und zieht ihn, wie ein trotziges Kind, hinter sich her.

»Geduld - das müsstest du doch haben, oder nicht? Du findest auch nicht immer sofort die Todesursache, oder doch? Also Kopf hoch.«

Am Kanal wieder angekommen, bleiben sie stehen und schauen hinüber auf die andere Seite, um das Panorama der Stadt, mit seiner weißen Burg und dem hohen Kirchturm auf sich wirken zu lassen. Sophie ist mit ihrer Kamera wieder in ihrem Element und entdeckt dabei den Schiffsfriedhof.

»Pierre, dort müssen wir jetzt hin. Die alten Wracks muss ich unbedingt fotografieren.«

»Nein, nicht heute. Es ist schon spät und wir wollen noch zu der Genossenschaft, der Agri Dingsbums«, protestiert Pierre. Ohne die Reaktion von Sophie abzuwarten, nimmt er den Weg in Richtung Brücke und Sophie folgt ihm unter Protest.

Vorbei an einem kleinen ‚Cabane de pêcheur', einer Fischerhütte auf Stelzen, von der man ein quadratisches Netz zum Fischen ins Wasser lässt, führt der Fußweg zur Coopérative.

»Wir sind ja wieder am Stellplatz«, wundert sich Pierre, als sie daran vorbeikommen.

»Und in zweihundert Meter hinter der Kurve sind wir am Ziel«, antwortet Sophie.

Auf dem Freigelände der Genossenschaft herrscht reges Treiben. Zwischen den Traktoren und LKWs schleppen Mitarbeiter unaufhörlich Holztische und Holzbänke heran. Am Eingangstor kündigt ein schönes Plakat das bevorstehende alljährliche Ereignis des 'Fête de la Bonnotte' an. Ein Event zum Erntestart der Bonnotte, mit einer Fahrrad-Rallye am Nachmittag. Ab neunzehn Uhr beginnt dann das Fest, mit Verkostung der Kartoffel mit gegrillten Sardinen, dazu Livemusik.

»Darauf freue ich. Erstmals die berühmte Bonnotte zu kosten und dann noch mit gegrillte Sardinen. Einfach lecker«, strahlt Sophie, als sie vor dem Plakat steht.

»Und ich freue mich, Marie zu sehen.«

»Sehen oder kosten?«, lacht Sophie, bevor sie den kleinen Laden der Genossenschaft betreten.

Frühkartoffeln von Noirmoutier, teilweise so klein wie eine Fingerkuppe, Fleur de Sel, grobes Meersalz, Salicorn und andere Spezialitäten in Gläsern und Dosen, alle heimischen Produkte werden hier angeboten.

Der älteren Frau an der Kasse stellt Sophie erneut die Frage, ob sie einen Salzbauern mit einer Tochter namens Marie kennt.

»Eine Marie in dem Alter kenne ich nicht. Da kenne ich nur die Familie Guerin, deren Tochter heißt Roseline, aber die lebt glaube ich in Nizza, dann die Familie Martin, deren Tochter heißt Virginie und die wohnt in Brest, und die Familie Letour, deren Tochter heißt aber Claire und die lebt hier. Aber halt, da ist noch der alte Mercier, dessen Tochter heißt Marie. Aber ich glaube, die ist schon dreißig, man kann sich ja heutzutage schnell verschätzen.«

»Sie sind Gold wert, Madame. Wo kann ich die Familie Mercier finden?«, freut sich Sophie.

»Die wohnen drüben in L'Épine, aber die Adresse kenne ich nicht. Ich sehe mal in unserem Verzeichnis nach.« Sie blättert in einem Ordner und notiert geheimnisvoll auf einem Zettel die Adresse. »Bitte schön, aber von mir haben Sie die Adresse nicht«, sagt die Frau und schaut sich um, ob niemand etwas gesehen oder gehört hat.

»So, ein Anfang ist gemacht. Morgen fahren wir dort hin«, strahlt Pierre, als Sophie ihm alles erklärt und den Zettel zeigt.

Betrübt

»Salut, Yannic«, grüßt Marie-Claire und steigt in seinen Renault.

»Salut, Claire, wie war dein Tag?«

»Ruhig. Hier in Barbâtre ist nicht ganz so viel Trubel wie in Noirmoutier. Und nochmals danke, dass du mich heute fährst.«

»Du weißt, für dich tue ich doch alles«, antwortet Yannic und startet den Wagen. »Bist du morgen auch wieder in Barbâtre?«

»Ja, die nächsten Tage noch, vielleicht kann ich auch mit Aurélie einmal tauschen. Aber ab morgen kann ich wieder Papis Méhari benutzen. Jetzt lass uns noch in Noirmoutier was trinken gehen. Vielleicht sind die anderen auch noch da«, schlägt Marie-Claire vor.

»Oh, schaut mal, wer sich da mal wieder blicken lässt«, werden Marie-Claire und Yannic begrüßt, als sie die kleine Bar am Kanal betreten.

Aurélie und Denise, die an einem Tisch bei einem Glas Weißwein sitzen, stehen auf und begrüßen beide, bevor sich Marie-Claire und Yannic zu ihnen setzen.

»Und was gibt's hier im Office Neues?«, fragt Marie-Claire.

»Keine Besonderheiten, wie immer das Alltägliche«, antwortet Aurélie.

»Und warum wolltest du heute das mit der 'Coopérative des producteurs de sel' wissen, Denise?«, fragt Marie-Claire.

»Ach, da war so eine Blondine, die hat jemanden gesucht. Irgendeine Tochter von einem Saunier. Da hab ich gedacht, dass ihr die Coopérative weiterhelfen könnte.«

Die Gesichtsfarbe von Yannic verändert sich schlagartig. Blass sitzt er da und sein Magen, beginnt sich zu drehen.

»Wann gehen wir eigentlich mal wieder gemeinsam ins Kino?«, versucht Yannic schnell das Thema zu wechseln.

Es gelingt ihm, und lange diskutieren sie über die aktuellen Kinofilme.

»Eine Komödie wäre nicht schlecht. Den amerikanischen Actionfilmen kann ich nämlich nichts abgewinnen«, schlägt Aurélie vor.

»Am besten eine mit Dany Boon oder Christian Clavier«, schwärmt Marie-Claire.

»Ich habe früher als Kind am liebsten die Filme mit Pierre Richard gesehen«, fällt Yannic Marie-Claire ins Wort. Das hätte er besser nicht gesagt.

»Aber dann mit roten Haaren«, beginnt Denise zu lachen.

Aurélie prustet fast ihren Wein heraus. »Pierre Richard mit roten Haaren, wie kommst du darauf?«

»So einer war heute im Office, so über eins achtzig, schlank und mit einer Blondine«, antwortet Denise in heiterem Ton.

Marie-Claires Blutdruck und ihr Puls steigen schlagartig an. »Erzähl Denise. Ein Rothaariger war mit einer blonden Frau im Office, und die haben nach einer Saunier-Tochter gefragt?«

»Ja, es war eine Französin, die wohl auf der Suche nach einer Saunier-Tochter ist – aber ich weiß den Namen nicht mehr.«

»Und der Mann?«, hakt Marie-Claire nach.

»Der hat nur zugehört, der sagte überhaupt nichts. Sie hat ihm dann irgendetwas erzählt, das konnte ich aber nicht hören. Danach hat sie ihn umarmt und sind gegangen. Warum fragst du?«

»Bist du sicher, dass es Franzosen waren? Und sie haben sich umarmt?«, fragt Marie-Claire nach.

In Yannics Kopf spielen sich alle möglichen Szenarien ab und schnell greift er ein. »Ach, du meinst das Liebespaar, die habe ich heute auch schon gesehen, wie sie in der Crêperie 'L'Her du Temps' rumknutschten. Sie mit langen blonden und er mit roten Haaren. Die müssen schwer verliebt sein.« Er hofft, dass das Thema nun ausgestanden ist. Dass er die deutsche Sprache erkannt hat, erwähnt er absichtlich nicht.

»Ja, es waren Franzosen«, bestätigt Denise etwas zögerlich und unsicher. »Sie ist sehr elegant, aber auch etwas dominant, mit einem leichten Akzent aus der Ecke von Bordeaux. Er dagegen machte eher einen schüchternen Eindruck und hat auch kein einziges Wort gesagt. Und ja, sie hat ihren Arm um seine Hüften gelegt, als sie gegangen sind«, ergänzt Denise. »Warum interessiert dich das so? Kennst du das Pärchen?«

Geistesabwesend antwortet Marie-Claire: »Nein, nein. Ich dachte nur. Ach, vergiss es.« *Warum suchen die ein Mädchen von einem Saunier? Pierre hat meinen Namen und meine Adresse, aber die Beschreibung passt auf ihn.*

Marie-Claire kann keinen klaren Gedanken mehr fassen. *Warum musste ich auch gerade heute in Barbâtre sein?*

»Yannic, fährst du mich bitte nach Hause«, bittet sie ihn, »ich habe schreckliche Kopfschmerzen.«

Mit dieser Ausrede gelingt es Marie-Claire, frühzeitig aufzubrechen. Sie kann sich nicht mehr konzentrieren und hat keine Lust mehr auf weitere Gespräche.

Bis in die Morgenstunden liegt Marie-Claire im Bett und unendliche Fragen schwirren in ihrem Kopf umher. *Wenn es Pierre gewesen ist, wer ist dann die französische Blondine? Seine Frau oder Freundin? Hab ich ihm die Insel so schmackhaft gemacht, dass er mit ihr hier nun seinen Urlaub verbringt? Aber warum sollten sie mich dann suchen?* Mit dem Gedanken: *Alles Blödsinn, das waren ja Franzosen. Wer weiß, wen und warum sie gesucht haben,* versucht sie, sich selbst zu beruhigen und schläft übermüdet ein.

10

Gegenwind

Kraftlos scheint die Sonne an diesem frühen Morgen und lässt die unzähligen kleinen Tautropfen auf dem Wohnmobil wie Diamanten glitzern, als Pierre die Fahrräder aus der Heckgarage lädt.

»Zieh dir was Warmes an, es ist frisch heute Morgen«, ruft er Sophie zu, die im Fahrzeug mit dem Bettenmachen beschäftigt ist.

»Bist du mit deinem Citybike überhaupt schon einmal gefahren, das ist ja brandneu«, fragt er Sophie und streicht über seinen rötlichen Dreitagebart.

»Natürlich. Schon zwei Mal bin ich damit im Stadtwald rund um den Decksteiner Weiher gefahren«, empört sich Sophie. »Und du solltest dich rasieren, sonst bekommt Marie noch einen Schock.«

Pierre geht auf seinen Bart nicht ein, und muss laut lachen. »Das sind ja fast wahnsinnige zehn Kilometer. Und das hast du mit deiner Muskelkraft allein geschafft? Wäre ein E-Bike nicht besser für dich?«, lästert er.

»Erstens mein Lieber, bin ich keine alte Oma und außerdem fahre ich nur dort, wo es flach ist; also brauch ich auch kein E-Bike. Und zweitens fahre ich Rad, um mich fit zu halten«, protestiert Sophie und schlägt Pierre einen Klaps auf den Po.

»Na, na, keine sexuelle Belästigung bitte«, schmunzelt Pierre, »dann wollen wir heute einmal sehen, wie fit du bist.«

Erstaunt sieht sie Pierre an, als er in seinem Radsport-Look vor ihr steht. »Du fährst bei dieser Kälte in einer kurzen Hose?«

»Es ist nicht kalt, es ist nur noch etwas kühl. Du wirst sehen, die Sonne kommt noch.«

Pierre sitzt in seiner Freizeit, wenn es nicht in Strömen regnet oder schneit und er sich nicht in seine Bücher vertieft hat, ständig auf seinem Rennrad oder Mountainbike. Fahrten in die Eifel und ins Bergische Land sind seine Lieblingsstrecken und einhundert Kilometer oder mehr je Tour sind keine Seltenheit.

Sophie steigt aus dem Wohnmobil. Ihre Füße stecken in malvenfarbigen Sneakers, die schwarze Jersey-Stretch-Leggings, lassen ihre Beine noch länger und schlanker wirken, und ihren Oberkörper hat sie in eine weiße Softshell-Jacke gehüllt. Ihr schulterlanges Haar ist zu einem Pferdeschwanz gebunden und passend zu den Schuhen, trägt sie ein Sportcap in gleichem Farbton.

Pierre kann sich das Grinsen nicht verkneifen. »Chic, Chic. Und wo ist dein Helm?«, um gleich mit einer Lüge fortzufahren: »In Frankreich ist Helmpflicht, glaube ich gehört zu haben.«

»Dann gehe ich zu Fuß. Auf meinen Kopf kommt keine halbe Eierschale. Weißt du, wie das aussieht?«, protestiert Sophie energisch.

»Schon gut«, erwidert Pierre und schließt das Fahrzeug ab. »Ich habe geschwindelt, du darfst auch ohne fahren. Aber darf ich fragen, was du unter den Leggings trägst?«

Leicht geschockt schaut Sophie ihn an. »Bitte? Was geht Dich das an, was ich darunter trage? Aber wenn du es unbedingt wissen willst, bitte schön«, und zieht die Leggings über ihren Po nach unten. Zum Vorschein kommen drei dünne Bänder auf ihrem nackten Gesäß, die den String auf ihrem Platz halten. Dabei kann Pierre einen Blick auf ein kleines Tattoo auf ihrer rechten Backe erhaschen, dessen Motiv er aber definieren kann.

»So genau wollte ich es auch nicht wissen, aber wir fahren heute mehr als deine paar Kilometer. Und du wirst dir ohne anständige Radhose mit Sicherheit einen Wolf fahren.« *Sag jetzt gar nichts über das Tattoo*, denkt er sich.

Fragend steht sie ihm gegenüber »Einen Wolf? Was meinst du?«

»Das wirst du dann heute Abend merken, wenn du deine Wunden leckst. Aber so gelenkig bist du, glaube ich jedenfalls, auch nicht. Einfach ausgedrückt, du hast dann einen wunden Hintern, und ich werde dich dann nicht pflegen oder Mitleid mit dir haben, geschweige denn, mir dein Gejammer anhören. Hast du etwa keine Fahrradhose oder Fahrradunterhose?«

Sophie wird so langsam sauer. »Doch beides. Aber nur eine kurze Radhose, und die Fahrradunterhose trägt auf. Da meinen die Leute ja, ich trage eine Windel.«

»Dann pack wenigsten die Radfahrhose in dein Lenkerkörbchen. Dann kannst du später die Hose wechseln, wenn es warm wird oder du nicht mehr im Sattel sitzen kannst«, fleht Pierre sie mit gefalteten Händen vor der Brust an.

Sophie zeigt ihm den Vogel. »Ich mach doch auf der Straße keinen Striptease und zieh mich dann um, spinnst du?«

»Wir werden unterwegs sicherlich ein Plätzchen für dich finden, glaube mir. Zum Pinkeln setzt ihr Frauen euch ja auch hinter ein Gebüsch«, versucht er, Sophie eine Lösung vorzuschlagen.

Sophie gibt des lieben Friedens willen auf und steigt, mit der Radfahrhose im Körbchen, auf ihr Citybike.

Pierre rollt an ihr vorbei und klopft ihr dabei freundschaftlich auf den Rücken. »Dann ab in Richtung L'Épine. Fahr mir einfach hinterher, die Strecke habe ich mir schon angesehen.«

Pierre hat den für sich schnellsten Weg nach L'Épine, über die D96, vorbei an der 'Coopérative Agricole', gewählt. Freies Land, rechts und links nur das Marais. In der Ferne sind bereits die ersten Häuser von L'Épine erkennbar.

Schon wieder Gezeitenwechsel? Verfluchter Wind, muss der gerade jetzt von vorne blasen. Und der Idiot da vorne radelt, als wenn es etwas zu gewinnen gibt, flucht Sophie vor sich hin und kann Pierres Tempo nicht mehr halten.

Pierre dreht sich um und sieht, wie Sophie dreihundert Meter hinter ihm schwer in die Pedale tritt. Sie kämpft mit dem starken Gegenwind und ihre rechte Hand hält krampfhaft das Sportcap auf dem Kopf.

Vorwand

Unkonzentriert sitzt Marie-Claire an ihrem Schreibtisch. Selbst bei den Telefonaten gerät sie wegen ihrer Gedankenlosigkeit öfters in Stocken und fragt mehrmals nach. Alle möglichen Szenarien spielen sich in ihrem Kopf ab. *War er es oder nicht? Wenn ja, wer ist die Blonde? Merde,, wenn ich doch seinen Nachnamen nicht vergessen hätte, könnte ich wenigstens einige Hotels anrufen. Wenn er jedoch eins der fast unzähligen Ferienhäuser gemietet hat, bringt das auch nichts. Und ich sitze hier fest. Ich muss mir freinehmen. Falls er hier sein sollte, kann ich ihn als Touri nur an den berühmten Stellen finden. Vielleicht läuft er mir irgendwo über den Weg.*

Sie nimmt den Hörer in die Hand und ruft den Direktor an. Erntearbeiten und die Vorbereitungen für das 'Fête de la Bonnotte' nimmt sie als Vorwand. Am Ende des Telefongesprächs bedankt sich freundlich für das Verständnis und die Erlaubnis, freizunehmen. Zoé vom Office in Beauvoir-sur-Mer würde ihre Vertretung übernehmen. Erleichtert und motiviert geht sie an die Arbeit, obwohl sie im Kopf schon Pläne für die nächsten Tage schmiedet.

Mit dem Anruf von Yannic hat sie jetzt nicht gerechnet. »Hallo Claire, ich wollte nachhören, ob es dir heute wieder besser geht?«, beginnt Yannic mit einem mitleidigen Ton.

»Ja, danke. Tut mir leid wegen gestern Abend.«

»Macht doch nichts. Was hältst du davon, wenn wir heute Abend essen gehen? Ich lade Dich ein. Der Verkauf an den Pariser Snob muss doch gefeiert werden.«

Marie-Claire beginnt zu grübeln: Nicht jetzt Yannic, falscher Zeitpunkt. Wie sage ich's ihm?

»Claire, bist du noch dran?«, fragt Yannic.

93

»Ja, ja. Ich musste nebenbei nur eben noch schnell eine E-Mail absenden«, lügt Marie-Claire. »Aber das Essen sollten wir auf nächste Woche verschieben, diese Woche habe ich durch die Ernte und das Drumherum gar keine Zeit und keinen Kopf dafür. Ich hoffe, du bist jetzt nicht gekränkt? Trotzdem vielen Dank für deine Einladung«, beschwichtigt ihn Marie-Claire.

»Schon gut Claire, das kann ich verstehen. Wir sehen uns bis dahin ja noch, spätestens am Samstag auf dem Fest. Einen schönen Tag noch.« Seine Enttäuschung ist deutlich heraushören.

Nach Yannics Anruf stutzt Marie-Claire, der gestrige Abend geht ihr nicht aus dem Kopf. *Waren es Franzosen oder Deutsche? Yannic hat nichts darüber nichts gesagt und Denise hat nicht gehört, was die beiden besprochen haben. Wenn ich richtig überlege, ist Yannic bei diesem Thema sehr nervös geworden, er hat sich ständig die Hände gerieben und hatte kleine Schweißtropfen auf der Stirn. Vielleicht weiß er doch mehr und verheimlicht was?*

Täuschung

Pierre steht am Straßenrand und wartet geduldig auf Sophie, die vollkommen erschöpft auf ihn zu radelt.

Völlig außer Atem flucht Sophie: »Bist du eigentlich wahnsinnig? Das ist doch kein Radrennen.«

»Ich wusste nicht, dass dir zwanzig Stundenkilometer schon zu viel sind, ich denke, du bist fit«, Pierre kann sich ein heimliches Grinsen nicht verkneifen, obwohl auch ihn die Windstärke überrascht hat.

»Zwanzig! Ich war froh, als eine Neun auf dem Tacho stand. Bei dem Wetter kann man doch nicht Radfahren«, keucht Sophie.

94

Bis sie wieder ruhig atmen kann, vergehen fast zehn Minuten. »Jetzt aber bitte etwas langsamer. Und wie lange fahren wir noch auf dieser Straße?«

»Ich wollte nur den kürzesten Weg nehmen, wir biegen vor der nächsten kleinen Brücke nach links ab. Fahr einfach hinter mir im Windschatten«, gibt Pierre ihr den Rat.

»Wie willst du schmaler Hecht mir Windschatten bieten, außerdem habe ich Angst, so nahe aufzufahren. Also fahr los, aber langsam«, stöhnt Sophie und setzt sich wieder auf den Sattel.

Wenige Meter später biegen sie ab. Auf der windberuhigten Strecke sehen sie zwei weitere Hütten mit der Aufschrift 'SEL' neben den Salinenbecken. Doch die Hütten sind verschlossen und niemand ist auf dem Gelände zu sehen. An der Landstraße nach L'Épine angekommen, geht es auf dem Radweg die letzten zwei Kilometer weiter, natürlich mit Gegenwind.

»Der Platz ist aber schöner, als der, auf dem wir stehen«, bemerkt Sophie, als sie am Ortseingang von L'Épine den gefüllten Wohnmobilstellplatz sieht und stehen bleibt. »Die haben mehr Platz und alle haben Stromanschluss, sieh mal.«

»Ich hab auch nur Gutes darüber gelesen, aber ich wollte erst in die Stadt, vielleicht fahren wir morgen hier her oder auf einen Campingplatz, mal sehen. Jetzt finden wir aber erst die Adresse«, antwortet Pierre und radelte weiter in Richtung 'Centre Ville'.

An einer kleinen Boulangerie auf der Ecke, direkt neben dem 'Hôtel de Ville', bleibt Pierre stehen. »Sophie frag hier mal, wo die Adresse ist und bring uns ein Teilchen mit«, fordert er sie auf und steigt vom Rad.

Das freundliche Mädchen hinter der Theke weiß, wo Sophie das Haus der Familie Mercier findet, und erklärt ihr den Weg.

Mit zwei Croissants aux amandes und zwei Éclairés au café kommt Sophie aus der Bäckerei und hebt lächelnd ihren rechten Daumen.

Am Hôtel de Ville, dem Rathaus, beschließen sie, ihre kleine Mahlzeit einzunehmen, obwohl Pierre bereits äußerst ungeduldig ist und es kaum erwarten kann, Marie zu sehen.

»Jetzt erst einmal die Stärkung« freut sich Sophie, beißt in das noch warme Croissant amandes und lässt sich den leckeren Mandelgeschmack auf der Zunge zergehen. »Einfach köstlich«, und verdreht die Augen. »So gute habe ich schon seit Ewigkeiten nicht mehr gegessen.«

Pierre dagegen verschlingt in aller Eile sein Éclairé. Die Kaffeecreme-Füllung verziert seinen rötlichen Stoppelbart dezent mit hellbraunen Spuren. »Das war eine Wohltat. Aber jetzt zu den Merciers.« Den letzten Bissen noch im Mund, sitzt er schon abfahrbereit auf seinem Fahrrad. "Nun komm schon. Wie kann man so lange kauen?", fordert er Sophie zur Eile auf.

Die angegebene Route der Verkäuferin führt sie quer durch den reizvollen kleinen Ort, vorbei an kleinen weißen Häusern, in Richtung 'Port de Morin', einem Freizeithafen.

»Hier könnte ich auch wohnen«, schwärmt Sophie, »und der Duft ist wirklich einzigartig, ich kann ihn nur noch nicht genau definieren.«

Pierres Nervosität steigt, zumal er hinter Sophie radeln muss, die mangels Energiereserven gemütlich zwischen den windgeschützten Gebäuden vorausfährt und sich an den Vorgärten erfreut.

»Bist du sicher, dass wir richtig sind?«, fragt Pierre.

»Ja.«

Kurz vor dem Yachthafen biegt Sophie in eine Siedlung ab und hält vor einem langen Grundstück, an dessen Ende das Haus der Merciers steht.

»Dann wollen wir mal. Ich bin schon richtig nervös.« Pierre tippelt wie ein kleines Kind von einem Fuß auf den anderen, bis Sophie das Tor öffnet.

Sophie und Pierre wurden schon bemerkt, eine junge Frau kommt hinter dem Haus hervor und putzt sich ihre mit Gartenerde beschmutzten Hände an der Schürze ab.

»Bonjour Madame, Bonjour Monsieur. Was kann ich für sie tun?«, fragt sie mit freundlicher aber skeptischer Stimme.

»Bonjour Madame. Wir suchen eine Marie Mercier?«, antwortet Sophie und bleibt auf dem Zufahrtsweg stehen.

»Das bin ich, warum?«

Pierre schüttelt enttäuscht den Kopf. Sophie erklärt Marie Mercier in kurzen Worten, dass sie eine Frau namens Marie suchen, die siebenundzwanzig Jahre und die Tochter eines Saunier ist. Sie erntet aber nur einen misstrauischen Blick.

Marie Mercier taxiert beide von oben bis unten, bis sie schnippisch antwortet: »Und warum, wenn ich fragen darf? Da kann ja jeder kommen.«

Ohne Einzelheiten zu erzählen, pauschaliert Sophie ihre Antwort. »Mein Freund hier, hat die Dame in Köln kennengelernt und würde sie gerne einmal besuchen. Er macht hier Urlaub, hat aber leider ihre Adresse nicht dabei.«

Na warte ab, endlich wieder eine Chance, freut sich Marie Mercier innerlich.

Mit falschem Lächeln und innerem Hass lügt Marie: »Na, wenn dem so ist, werde ich Ihnen selbstverständlich helfen. Marie heißt mit Nachnamen Lefevre. Ich glaube, die wohnen noch in Le Mûrier in der Gemeinde L'Herbaudière. Ich weiß aber nicht, ob sie schon umgezogen sind, denn finanziell geht es ihnen nicht sehr gut. Wenn sie sie in Le Mûrier nicht mehr antreffen, müssten sie am Ortsende von La Guérinière in Richtung Barbâtre suchen. Zwischen den beiden Orten stehen ein paar alte Häuschen an den 'Dunes des Sables d'Or'.«

Sophie erwähnt gegenüber Pierre die finanzielle Situation nicht, als sie ihm das Gespräch übersetzt.

»Vielen Dank für die Auskunft, Madame Mercier. Wie kommen wir von hier nach Le Mûrier?«, fragt Sophie nach.

Die Schadenfreude ist Marie nicht anzusehen.

»Fahren sie mit dem Rad zum 'Port de Morin', von dort die neu gebaute Straße an der Küste nach Norden bis zum Ende, wo der Strand beginnt. Dann den Pfad über die Dünen und den Weg hinter den Dünen weiter nach Norden, immer am Wald entlang. Am Waldende beginnt Le Mûrier. Es müsste dann direkt das vierte oder fünfte Haus sein, ich kann mich aber auch irren.«

»Nochmals vielen lieben Dank für ihre Hilfe. Au revoir, Madame.«

»Au revoir. Bonne route et bonne journée.« Marie dreht sich um und geht in ihren Garten zurück.

»Na also, endlich eine zuverlässige Spur«, freut sich Pierre.

Sébastien

Marie Mercier und Marie-Claire Letour sind ein Jahrgang. Seit ihrer Kindheit waren sie beste Freundinnen und unzertrennlich gewesen. Um ständige Verwechslungen zu vermeiden, haben die befreundeten Familien und alle anderen, einschließlich der Lehrer, damals begonnen, Marie-Claire nur noch Claire zu nennen, und nur Marie Mercier wurde mit Marie gerufen.

Marie Mercier sieht durch ihre sonnengegerbte Haut wesentlich älter aus als Marie-Claire. Seit dem Tod ihrer Mutter und der schweren Erkrankung ihres Vaters pflegt sie den kleinen Salzgarten und die kleine Ackerfläche.

Zum großen Bruch zwischen den beiden Freundinnen ist es gekommen, als Claire, nach Ansicht von Marie, ihr vor vier Jahren Sébastien ausgespannt hat, ihre große Liebe. Schon während der Schulzeit hatte Claire immer Glück mit den Jungs, aber trotz ihrer Eifersucht konnte sie ihr das verzeihen. Nicht aber die Sache mit Sébastien, mit dem sie über drei Jahre ein festes Verhältnis hatte und schon die Hochzeit geplant war. Dass sich alles anders abgespielt hat, davon kann man Marie Mercier bis heute nicht überzeugen.

Sébastien wusste nicht, wie er sich von Marie trennen kann, und vertraute sich Claire an.

Es geschah an einem sonnigen Julitag. Marie gab vor, sie müsste zu einem Termin nach Challans, blieb aber im Ort, um Sébastien zu beschatten. Schon seit Wochen war ihr sein zurückhaltendes Verhalten aufgefallen, und so folgte sie ihm unauffällig den ganzen Tag, bis sie ihn am frühen Nachmittag im Haus von Claire verschwinden sieht. Zwei Stunden später kamen beide heraus und spazierten am 'Plage de la Clère' entlang, bis zum kleinen Wäldchen, wo sie sich in den Strand legten. Marie konnte aber dem Gespräch nicht lauschen.

Claire versprach Sébastien, mit Marie zu sprechen, auch wenn es für sie eine unangenehme Situation sein würde, aber Sébastiens Trennungsgründe konnte Claire nachvollziehen. Sébastien war überglücklich, dankte ihr, umarmte sie und gab ihr einen dicken Freundschaftskuss, aber auf die Lippen. Das hätte er nicht tun sollen. Marie musste mehr nicht sehen, zudem beide zuvor zwei Stunden in Claires Haus verbrachten. Maries Fantasie hatte ausgereicht und alle anschließenden Erklärungen von Sébastien und Claire wurden von ihr ignoriert. Claire war für Marie die Schuldige, die Freundschaft war seitdem beendet und sie sprachen kein Wort mehr miteinander.

Tage später verließ Sébastien die Insel Noirmoutier und heuerte in seinem Beruf als Fischer auf einem Trawler in Cotinière auf der Île d'Oléron an.

Madame Dupont

»Also sind wir uns einig, genau 450.000«, bestätigt Madame Dupont die vereinbarte Kaufsumme.

»Exakt. Ich werde die Überweisung morgen veranlassen«, verspricht René, und tritt aus der Kajüte auf das Deck. Er hat ein Schnäppchen gemacht, für ein Boot, das erst drei Monate alt und mit allen Extras ausgestattet ist.

»Und falls sie noch Zubehör benötigen, Monsieur Letour vom Marineshop ist ihr richtiger Ansprechpartner«, gibt sie René die Empfehlung und steigt über die Reling auf den Bootssteg.

»Monsieur Chevalier, darf ich sie zum Abschluss noch auf einen Champagner in mein Haus einladen?« Trotz ihrer fünfundfünfzig Jahre strahlte sie mit ihrer sportlichen Figur und der blondierten Kurzhaarfrisur die Attraktivität einer Vierzigjährigen aus. Während ihrer Ehe, die eigentlich nur auf dem Papier bestand, da ihr Mann ständig auf Geschäftsreisen war, hatte Madame Dupont immer erfolgreich junge Männer diskret verführen können.

René kennt den Blick, den Madame Dupont ihm zugeworfen hat, und erahnt ihr Vorhaben. Er ist aber auf kein Abenteuer mit ihr aus.

»Ich weiß die Einladung zu schätzen, Madame Dupont, aber zurzeit bin ich sehr unter Termindruck. Ich schlage vor, wir holen es in den nächsten Wochen bei einer kleinen Bootstour nach«, versucht René sich aus der Affäre zu ziehen.

»Wenn sie die nächsten Wochen in diesem Sommer meinen, Monsieur Chevalier, dann sehr gerne. Wir werden mit Sicherheit einen wundervollen Tag auf See verbringen. Aber nur an einem sonnigen Tag, damit wir unser Sonnenbad auf dem Deck genießen können«, zwinkert sie ihm zu.

Am Parkplatz angekommen verabschieden sie sich mit einem leichten Händedruck.

»Au revoir, Monsieur Chevalier und vergessen sie nicht, mich anzurufen, an welchem Tag wir unseren Törn unternehmen.« Sie steigt in ihren Porsche und hebt wie eine Diva ihren Kopf zu René, der ihre Fahrertür schließt. »Ach, ich heiße übrigens Catherine. Und sie?«

»René, Madame, René. Ich wünsche Ihnen noch einen schönen Tag. Ich melde mich. Au revoir.«

Bevor sie den Wagen startet, bemerkt sie noch augenzwinkernd : »Das will ich doch hoffen, René. Au revoir.«

Was für eine Insel, denkt René, *bei jungen Frauen trete ich ins Fettnäpfchen oder fahre sie fast um, und die ältere Generation will mich abschleppen.*

Schmerzhaft

Sophie und Pierre erreichen das Ende, der am Meer entlang verlaufenden, neu gebauten Straße.

»Ist das nicht traumhaft? Sieh dir den langen Sandstrand an, kein Mensch da und türkisgrünes klares Wasser«, schwärmt Sophie und zückt zum wiederholten Mal ihre Kamera.

»Willst du jetzt etwa schwimmen gehen?«, scherzt Pierre und schaut auf seine Radfahrkarte.

»Nicht heute, aber die nächsten Tage bestimmt, außerdem habe ich keinen Badeanzug dabei.«

Pierre blickt von der Landkarte auf. »Nicht schlimm. So wie ich das auf der Karte sehe, beginnt in etwa zweihundert Metern ein FKK-Strandabschnitt, auf der Karte steht nämlich 'Plage Naturiste'. Also tu dir nach unserem Besuch kein Zwang an«, lacht er.

Wenn Blicke töten könnten, denkt Pierre, als Sophie ihn empörend anschaut, anstatt darauf zu antworten.

»Das ist aber kein Radweg«, protestiert Sophie, als sie hinter dem Damm die Fahrräder über einen Sandweg schieben, in dem die Räder tief versinken. »Außerdem ist mir heiß und mein Hintern tut weh«, beschwert sie sich.

»Der Radweg kommt auch wieder. Wir schieben die Räder jetzt durch den Wald, da ist der Boden härter«, schlägt Pierre vor. »Und vor deinem Hintern habe ich dich gewarnt. Also zieh dir im Wald die andere Hose an und endlich deine Winterjacke aus.«

Sophie bleibt stehen und antwortet grimmig: »Geht nicht. Die Jacke bleibt an. Darunter habe ich nur ein

102

dünnes Top und damit fahre ich sicherlich nicht durch die Landschaft.«

»Ich dachte, du hättest die Pubertät hinter dir, aber so wie du am Zicken bist, bezweifle ich das«, faucht Pierre zurück und schiebt sein Rad weiter, ohne auf Sophie zu achten.

In seinen Gedanken ist er bei Maire, da reißt ihn ein hysterischer Schrei aus der Ferne in die Realität zurück.

»Pierre! Hilfe! Komm schnell! Pierre!«

»Wo bist du, Sophie?«, ruft er zurück. Sophie ist nirgendwo zu sehen.

»Ich bin hier! Hilf mir«, kreischt Sophie.

Pierre geht einige Meter zurück, um die Richtung, aus der die Rufe kamen, besser zu lokalisieren.

»Wo bleibst du, verflucht noch mal. Mich hat was gebissen«, hört er aus dem Gebüsch die verzweifelte Stimme von Sophie.

Trotz der Panik von Sophie kann Pierre sein Lachen nicht unterdrücken, als er sie hinter einem Busch mit heruntergelassener Stretch-Leggings, die ihr auf den Knien hängt und sich im Buschwerk verfangen hat, entdeckt.

»Nicht gucken«, beschwert sich Sophie.

»Was nun? Ich denke, dich hat was gebissen, also lass mich auch sehen«, sagt Pierre und rückt seine Brille zurecht.

Beschämt streckt Sophie ihm ihren nackten Hintern entgegen und zeigt mit dem Zeigefinger in die Mitte ihrer rechten Pobacke.

»Hier schau mal. Genau da, wo mein Finger ist. Das war bestimmt ein giftiges Tier. Es juckt und brennt. Oder es ist eine Zecke, die vom Baum gefallen ist. Nun mach schon.« Sophies Stimme wird fast weinerlich.

Pierre beugt sich vor, nimmt ihren Finger von der Stelle und betrachtet die rot angeschwollene Stelle, mit drei Einstichen.

In ernstem Ton sagt Pierre: »Zecken fallen nicht von Bäumen, aber du musst direkt in die Klinik, dich hat wahrscheinlich eine Schlange gebissen.«

»Waaas?«, brüllt Sophie und will sich vor lauter Schreck umdrehen, aber die verheddedrte Hose hindert sie daran. Als sie zu stürzen beginnt, fällt sie Pierre rücklings in die Arme, der den Sturz kommen sah, und sieht ihn mit aufgerissen Augen an.

»Sorry, es war ein Scherz. Keine Panik, da haben lediglich drei Moskitos zur selben Zeit Appetit auf dich gehabt und dein Tattoo als Zielscheibe angesehen. Das wird jetzt anschwellen und einige Tage jucken. Wenn wir an einer Apotheke vorbei kommen, holen wir eine entsprechende Salbe.«

Pierre sieht an ihr herunter, »Schaffst du es, deine Hose jetzt alleine zu wechseln?«, grinst Pierre, nachdem er die Leggings aus dem Geäst befreit hat und ihr die Radfahrhose reicht. »Aber vielleicht willst du vorher ein Selfie machen, für Euren neuen Werbespot?«

»Blödmann. Wer kam nur auf die Idee, sich im Wald umzuziehen? Und jetzt dreh dich um.«
Pierre möchte ihr nicht sagen, dass ihm das neues Outfit, kurze Radfahrhose und Softshell-Jacke, nicht gefällt, als sie aus dem Gebüsch vorkommt.

Sie schieben ihre Räder durch die Dünenlandschaft mit gelbblühenden Pflanzenteppichen zwischen den lichten Bäumen hindurch und erreichen den befestigten Weg, der sie nach Le Mûrier führt.

»Das dritte oder fünfte Haus? Was hat sie gesagt?«, fragt Pierre, als sie vom Rad steigen.

»Ich hab es vergessen. Wir beginnen beim Dritten und fragen einfach nach. Soviel Häuser stehen hier ja nicht«, antwortet Sophie.

Der Name am Eingangstor ist nicht Lefevre und auf das Klingeln öffnet niemand.

»Ist hier alles ausgeflogen? Und keiner heißt Lefevre?« flucht Pierre, als sie am achten Haus ankommen.

»Vielleicht wohnen sie schon nicht mehr hier. Marie hat ja gesagt, dass sie vielleicht schon umgezogen sind. Also fahren wir morgen in den anderen Ort«, versucht Sophie, ihn zu trösten.

»Lass uns weiterfahren, aber am Meer entlang. Im Ort werden wir für dich erst einmal eine Apotheke suchen«, seufzt Pierre, dem die Enttäuschung ins Gesicht geschrieben steht.

Auf dem Küstenweg, entlang der Klippen erreichen sie den Campingplatz La Pointe.

Sophie beginnt zu flehen: »Auf diesen Platz möchte ich. Wie die anderen hier, direkt am Meer an den Klippen stehen«, und zeigt auf die Wohnmobile in der ersten Reihe, die einen freien Blick auf das Meer haben.

»Wir werden sehen, jetzt ab zu einer Apotheke.«

»Stopp«, ruft Sophie, als sie am Marineshop von Pascal vorbeikommen.

Verwundert schaut Pierre sie an. »Brauchst du einen Anker, oder was willst du hier?«

Sophie stellt ihr Rad neben einem roten Jaguar ab. »Meinst du ich, fahre bei dieser Hitze in meiner Jacke weiter? Im Schaufenster habe ich ein schickes Shirt gesehen. Das werde ich mir jetzt kaufen.«

»Dann mach mal, ich suche eine Apotheke und wir treffen uns dort«, sagt Pierre und zeigte auf eine Eisdiele am Hafen.

»Du kannst aber kein Französisch.«
»Aber Englisch und Latein, somit müsste ein Apotheker verstehen, was ich benötige. Bis später.« Ohne eine Antwort abzuwarten, radelt Pierre weiter.

Intermezzo

René, den Kopf zu Pascal zugewendet, verabschiedet sich von ihm, und bewegt sich rücklings zum Ausgang, als im gleichen Moment Sophie die Tür öffnet und unweigerlich mit ihm zusammenstößt.
Beide stehen sich vor Schreck gegenüber, keiner sagt ein Wort und sie blicken sich eine Sekunde ohne Regung in die Augen.

Oh la la, René ist fasziniert. »Madame, verzeihen sie mir. Es war eindeutig mein Fehler. Ich hoffe, sie haben sich nicht verletzt. Ich bereue zutiefst meinen Fehler, eine so bezaubernde Frau nicht beachtet zu haben. Ich kann mich nur entschuldigen, in der Hoffnung, dass sie meine Entschuldigung annehmen.«

Sophie ist wie berauscht von dem Duft seines Parfums, das ihr entgegenweht. »Nein, nein, Monsieur, es ist nichts passiert. Mir geht es gut«, stammelt Sophie verlegen.

Sie schauen sich nochmals an, bevor sie sich gegenseitig einen schönen Tag wünschen und Sophie in den Laden tritt.

Sophie hätte ihr Rad an einer anderen Stelle abstellen sollen. Eine heftige Windböe erfasst ihr Fahrrad und es fällt. Dabei streift der Radlenker den vorderen Kotflügel des Jaguars, dessen Besitzer gerade verträumt aus dem Laden kommt.

»Mon dieu!«, flucht René, *wem gehört dieses verfluchte Fahrrad, wenn ich den erwische*. René macht auf dem Absatz kehrt und stürmt in den Marineshop. »Monsieur Letour«, ruft er aufgeregt durch den Laden, kann aber niemanden sehen.

Pascal zeigt gerade Sophie die neue Sommerkollektion und schaut hinter einem Kleidungsständer mit Regenjacken hervor. »Monsieur Chevalier. Ich bin gleich bei Ihnen. Haben Sie etwas vergessen?«

René ist ungeduldig, er kennt es nicht, dass er warten muss. »Wissen sie, wem das verflixte weiße Fahrrad auf ihrem Parkplatz gehört?«

Weißes Fahrrad? Das kann nur meins sein, warum?, geht es Sophie durch den Kopf. »Das ist mein Fahrrad. warum Monsieur?«, ruft sie mit unschuldiger Stimme aus der Umkleidekabine.

René erstarrt, als er Sophies Stimme erkennt. *Das muss jetzt aber nicht sein. Komm wieder runter und bleib ganz ruhig,* »Ich habe Zeit Madame, treffen sie erst ihre Auswahl, das andere können wir gleich in Ruhe klären.«

Sophie lässt sich nicht aus der Ruhe bringen, probiert die sechs ausgewählten Oberteile, und entscheidet sich für ein ärmelloses rotes Poloshirt, dessen Kragen und Armausschnitte weiß abgesetzt sind. *Endlich ohne Jacke fahren bei diesem Wetter,* freut sie sich und legt in der Kabine noch etwas Parfum auf, bevor sie mit dem Lippenstift die Konturen nachzieht. *Mal sehen, was er von mir will.* Mit einem amüsanten Lächeln tritt sie aus der Kabine.

»Mademoiselle, sie sehen in diesem Shirt bezaubernd aus, wenn ich mir das Kompliment erlauben darf, oder sollte ich besser Madame sagen«, schmeichelt René und geht näher auf sie zu.

»Einfach Sophie, nennen sie mich einfach Sophie«, haucht Sophie ihm ins Ohr, um noch etwas vom betörenden Duft seines Parfums zu erhaschen.

»René, ich heiße René«, und er sieht ihr tief in die grünen Augen.

Mit den Worten: »Lassen sie mich bitte erst einmal bezahlen, dann können wir uns über mein Fahrrad unterhalten«, wendet sich Sophie von ihm ab und legt ihre Kreditkarte auf die Theke. »Monsieur, das Shirt behalte ich gleich an.«

Was sag ich nun, aber der Schaden, soll ich ihn etwa selbst bezahlen oder das Risiko wagen?, grübelt René und schaut bewundernd zu Sophie. *Mein Gott, was hat diese Frau für eine Ausstrahlung, und die Figur erst*, denkt er und lässt seinen Blick über ihr langes blondes Haar bis zu den endlos schlanken Beinen hinabgleiten. *Und die Rundungen ihres festen Hinterns unter der Radfahrhose - mir muss etwas einfallen.*

Gemeinsam verlassen sie den Shop und gehen zu Renés Wagen.

»Und – was ist nun mit meinem Fahrrad?«, fragt Sophie neugierig, bevor sie es auf den Boden liegen sieht.

»Sophie, ich hoffe sie können mir verzeihen. Ich habe es, als ich ins Fahrzeug eingestiegen bin, aus Versehen umgeworfen, und wäre ihnen dankbar, wenn sie es auf mögliche Schäden prüfen, damit ich den Schaden regulieren kann.«

Sophie stutzt, stellt ihr Fahrrad wieder auf die Räder und bemerkt den Kratzer an dem Kotflügel. »Oh, ihr Fahrzeug hat dabei wohl einen Kratzer abbekommen.«

»Das ist nicht schlimm, es ist nur ein kleiner Kratzer. Und ihr Fahrrad, Sophie?«

Sie erkennt keine Schäden und sagt: »Alles in Ordnung, René, es ist nichts passiert.«

»Darf ich sie wenigstens als Entschuldigung für meine Dusseligkeit zum Essen einladen?«

Sophie wartete mit ihrer Antwort absichtlich einige Zeit, sie hatte ihn jetzt durchschaut. *Mein Rad konnte er beim Einsteigen nicht umwerfen, es stand gar nicht im Öffnungswinkel der Fahrertür, es muss selbst umgefallen sein oder er hat es absichtlich umgeworfen. Ein neuer Trick für einen Date?*

»Sie dürfen.« Sophie wagt das Abenteuer.

»Wunderbar, Sophie. Wie oder wo kann ich sie erreichen?«, freut sich René.

»Wenn sie etwas zu notieren haben, gebe ich ihnen meine Rufnummer.«

Eilig tippt René die Nummer in sein Handy, die ihm Sophie ihm diktiert.

»Eine deutsche Telefonnummer?«, stellt er überrascht fest, als er die deutsche Vorwahl notiert. »Machen sie Urlaub auf Noirmoutier?«

»Ja, und für unser Essen bleiben uns noch zwei Wochen«, beantwortet sie seine Frage.

Die Neugier sprudelt aus Pierre förmlich heraus »Erzählen sie mir mehr von sich? In welchem Hotel wohnen sie? Und warum lebt eine Französin in Deutschland?«

»Das erzähle ich ihnen alles bei unserem Essen. Wir müssen doch Gesprächsstoff haben, oder? Rufen sie mich einfach an«, weicht Sophie seinen Fragen aus. »Au revoir René, ich höre von ihnen«, und steigt auf ihr Rad.

»Au revoir, Sophie, ich freue mich, sie wiedersehen zu dürfen. Ich melde mich bei ihnen«, verabschiedet sich René und nimmt, bevor er sein Fahrzeug startet, einen Anruf entgegen.

Mücken

Sophie erkennt Pierres roten Lockenkopf schon von weitem. Er steht an der Eisdiele und winkt ihr zu. Nach wenigen Metern hat sie ihn erreicht.

»Jetzt bekomme ich erst ein Eis und dann muss ich dir eine tolle Story erzählen. Wie war es in der Apotheke? Hast du die Salbe bekommen?«

Pierre hält stolz die Creme in die Höhe »Alles bestens, die Apothekerin sprach ein perfektes Englisch und ich merkte sofort, dass sie ihr Fach beherrscht.«

»Welche Eissorte bekommst du?«, fragt Sophie.

»Zitrone und Schokolade«, antwortet Pierre.

Mit der Eiswaffel in der Hand gehen sie in Richtung Kai. Sophie hat Caramel de Sel und Café gewählt,

»Können wir mit dem Wohnmobil nicht hier übernachten?«, fragt Sophie.

»Wo du überall stehen und übernachten möchtest. Ich werde doch nicht täglich den Stellplatz wechseln. Und warum jetzt hier am Hafen?«, wundert sich Pierre und schüttelt den Kopf.

Sophie gerät ins Schwärmen. »Ich liebe das Geklimpere der Segelboote, damit kann man gut einschlafen. Als ich bei meinen Großeltern gelebt habe, hörte ich es die ganze Nacht, und morgens weckte mich das Geschrei der Möwen. Es war eine sehr schöne Zeit. Da solltest Du auch einmal hinfahren.«

»Wohin?«

»Ins Becken von Arcachon. Das habe ich dir doch schon erzählt«, antwortet Sophie. »Aber jetzt muss ich dir die Story erzählen, die mir eben im Marineshop passiert ist.« Sie erzählt Pierre ausführlich ihr Erlebnis mit René.

»Dein Typ?«, fragt René zum Schluss.

»Ja. Elegant gekleidet, sportlich, schlank und mit ausgezeichneten Manieren – einfach französisch und sympathisch«, antwortet Sophie mit verklärtem Blick.

»Tja, dann findest wenigstens du vielleicht das Glück auf der Insel«, seufzt Pierre.

Das ist jetzt nicht wahr, und ich Trottel bleibe auf meinem Schaden sitzen. René sieht, wie Sophie mit Pierre lachend am Kai steht, ihr Eis genießt und der Fremde dazu seine Hand um Sophies Hüfte gelegt hat. *Sieh mal an, Sie hat sich einen Spaß daraus gemacht und mich auf den Arm genommen.* Ungeduldig tippt René die Nummer von Sophie in sein Handy, es klingelt, aber niemand nimmt ab. Sie hat ihr Telefon im Wohnmobil liegen lassen.

Sophie ist fasziniert von der Rückfahrt zum Stellplatz. Abseits der Straßen führt der Radweg durch das Marais.

Am Wohnmobil angekommen, stellt Pierre zuerst die Campingstühle neben das Mobil, bevor er die Räder in der Garage verstaut.

»Wie geht es deinem Hintern?«, ruft er Sophie zu, die sich im Fahrzeug umzieht.

»Kommt darauf an, was du meinst. Dank der Radfahrhose muss ich mich nicht bücken und den Wolf, ach vergiss es. Die Mückenstiche dagegen jucken extrem. Ich hoffe, deine Salbe hilft, sonst habe ich mich bis aufs Fleisch aufgekratzt. Willst du dich nicht umziehen?«

Pierre hat es sich auf einem Stuhl bequem gemacht. »Nein, ich gehe nachher duschen. Wenn du raus kommst, bring bitte einen Kaffee mit.«

Sophie trägt ein bunt gemustertes Strandkleid und stellt die Tassen auf den Tisch. »Ich bin überrascht von der Insel, was ich bis jetzt gesehen habe, hat mich wirklich fasziniert«, beginnt sie das Gespräch. »Schade, ich vermisse die kleinen Salzberge in den Salzgärten und wollte sehen, wie Fleur de Sel geerntet wird, aber wir haben ja leider noch keinen Sommer.«

»Dann must du mit mir im Sommer nochmals hierher fahren.«

Ungläubig schaut Sophie Pierre an. »Du willst im Sommer nochmals hierher?«

Pierre nippt an seinem heißen Kaffe, bevor er antwortet: »Ja. Wenn ich Marie finde, um bei ihr zu sein. Wenn ich sie nicht finde, um weiter nach ihr zu suchen.«

»Du lässt nicht locker. Aber wo nimmst du den gesamten Urlaub her?«

»Jetzt sind es die Resttage vom Vorjahr und die Überstunden.«

Die hereinbrechende Dämmerung und die feuchte, kühle Luft veranlassen Sophie, sich ins Wohnmobil zurückzuziehen, um zu duschen. Als sie einsteigt, schaltet sie die Außenbeleuchtung ein.

Der hat es aber eilig, denkt sie sich, als auf ihrem Handy ein Anruf in Abwesenheit mit französischer Vorwahl angezeigt wird.

Pierre widmet sich derweil einer Broschüre über Noirmoutier, als er an den Beinen ein unangenehmes Jucken und Krabbeln verspürt. »Ameisen, verflixte Viecher«, flucht Pierre. Doch bei genauerem Hinsehen im Dämmerlicht erkennt er, dass es sich nicht um die von ihm vermuteten Tierchen handelt.

Scheiße, es sind Stechmücken. Seine Arme und Beine sind übersät, auf fast jedem Zentimeter seiner freien Haut haben sie sich niedergelassen. Ihre Artgenossen schwirren in einem schwarzen Schwarm, angezogen durch die Außenlampe, rund um Pierre und die Eingangstür.

Hastig streift Pierre die Mücken von seinen Armen und Beinen ab und verstaut in Windeseile, während er ständig mit dem Verscheuchen der Biester beschäftigt ist, die Stühle und den Tisch in der Garage, bevor er ins Wohnmobil flüchtet.

»Ist was?«, fragt Sophie erstaunt, als sie seine Hektik bemerkt.

»Wo ist die Mückensalbe?«

»Über der Tür im Schrank. Hat dich auch eine auf den Po gestochen?«, kommt Sophies amüsante Stimme aus der Dusche.

Eine Stunde später sind Pierre und Sophie gemeinsam damit beschäftigt, die Salbe auf seine Mückenstiche aufzutragen.

»Fünfundachtzig habe ich gezählt«, lacht Sophie. »Sogar durch dein Shirt haben sie dich gestochen. Du bist bei denen wohl beliebter als ich.«

Pierres Blick sagt alles. »Wie konnte ich nur direkt hinter dem Kanal parken, ich hätte wissen müssen, dass die Biester bei diesem Wetter jetzt anfangen zu schlüpfen und vom Licht angezogen werden.

11

Enttäuschung

»Musst du heute nicht arbeiten, Claire?«, fragt Colette ihre Tochter, die verträumt am Frühstückstisch sitzt und keine Anstalten zum Aufbruch macht.

»Nein, Maman, ich habe mir freigenommen«, antwortet Marie-Claire, ohne aufzublicken.

»Schön, dann kannst du uns heute helfen, die Böden der Salzbecken zu reinigen«, kommt die spontane Reaktion ihres Vaters.

Merde, daran hätte ich auch denken können, dass so etwas jetzt kommt, denkt Marie-Claire und blickt ihren Vater an.

»Das würde ich liebend gerne Papa, aber ich muss heute wichtige Dinge erledigen«, lügt Marie-Claire. Um weiteren Diskussionen und Fragen zu entgehen, blickt sie auf ihre Uhr. »Oh, ich muss los, schönen Tag noch« und verlässt schnellstens den Raum.

Gegen Mittag sitzt Marie-Claire auf der Terrasse des Restaurants am romantischen von den Bäumen des 'Bois de la Chaise' eingerahmten 'Plage des Dames', dem Zielpunkt vieler Touristen. Schon der berühmte Maler Auguste Renoir sagte: »Es ist eine bewundernswerte Ecke, schön wie der Süden, aber mit einem Meer, so schön wie das Mittelmeer.«

Ständig lässt sie ihren Blick von einem Ende der Bucht über die kleinen weißen Umkleidekabinen, den Cabans, bis zum anderen Ende gleiten, wo die berühmte und renovierte Seebrücke steht, in der Hoffnung, Pierre zu entdecken.

Eine bekannte Stimme lässt sie herumfahren.

»Bonjour, Madame Letour.« René Chevalier steht hinter ihr. »Darf ich mich zu ihnen setzen?«

Marie-Claire ist geschockt. *Nicht der schon wieder. Falscher Zeitpunkt.* »Monsieur Chevalier. Bonjour. Sie dürfen sich gerne setzen, aber ich muss leider weiter.«

»Aber erst wenn sie mir die Ehre erweisen, sie zu einem Kaffee einzuladen. Diese Minute haben sie sicherlich noch, Madame. Ich wäre ansonsten zu tiefst gekränkt«, versucht René, sie zu überzeugen.

Und wenn jetzt wirklich Pierre kommen sollte und mich mit diesem Lackaffen am Tisch, beim Kaffee sitzen sieht, geht es Marie-Claire durch den Kopf.

»Ich sehe, sie trinken einen Grande Créme, Madame«, und René gibt, ohne den Widerspruch von Marie-Claire abzuwarten, dem Kellner die Bestellung auf.

»Mit einem Kaffee kann ich mein grobes Verhalten ihnen gegenüber wirklich nicht entschuldigen. Ein Dinner dagegen wäre angemessener, um meinen Fahrfehler und die unbedachten Äußerungen ihnen gegenüber wieder gutzumachen. Wenn sie erlauben, würde ich sie gerne zu einem«, aber weiter kommt Pierre nicht.

»Monsieur Chevalier, wir sollten es vorläufig bei dem Kaffee belassen und weiteren Entwicklungen nicht vorgreifen«, antwortet Marie-Claire höflich und führt ihre Tasse an den Mund, um sie im gleichen Moment wieder abzusetzen.

Mit einem Satz springt sie auf, nimmt ihre Tasche und stürmt in Richtung Seebrücke davon.

»Au revoir«, hört René nur noch aus der Ferne und schaut ihr verdutzt hinterher.

Auf der Brücke steht, den Rücken zur Terrasse zugewandt, ein roter Lockenkopf. Völlig außer Atem kommt Marie-Claire am Ende der Brücke an, um enttäuscht festzustellen sie fest, dass es eine Frau ist.

Diese Frau! Hab ich etwas Falsches gesagt? René konnte ihr nicht hinterherlaufen, zum einen war die Rechnung noch nicht bezahlt, und zum anderen vibrierte sein Handy in der Hosentasche.

Mathieu, sein Tennispartner von der Côte d'Azur, war am Apparat und erkundigte sich, wie er sich auf Noirmoutier eingelebt hat.

»Schön, dass es dir dort gefällt. In den nächsten Wochen werde ich Dich einmal besuchen. Und wie sieht es dort mit den Frauen aus?«, fragt Mathieu.

»Wie in einem Irrenhaus«, antwortet René.

»Noch nichts aufgerissen?«, bohrt Mathieu weiter.

»Das ist hier nicht so einfach. Zwei habe ich im Visier, und zu meiner eigenen Überraschung sind es zwei verschiedene Charaktere. Die eine mit blondem Haar, sportlich, sehr elegant, schlank und groß, vermutlich aus Bordeaux, vielleicht gerade dreißig. Die andere kleiner, mit schwarzem Kurzhaarschnitt und normaler Figur. Aber an ihr gefällt mir ihre freche, spitzbübische Art, sie ist ein Typ wie die Kleine damals im Film "La Boum". Doch die Blonde ist wohl gebunden und die Kleine lässt mich ständig abblitzen«, schildert René seine Erfahrungen mit den Frauen auf auf Noirmoutier. »Und wenn du auf Ältere stehst, gebe ich dir gerne Madame Dupont ab, von der ich eine Monte Carlo gekauft habe und die mich abschleppen will. Ansonsten brauchst du hier keinen Hund, um mit Menschen in Kontakt zu kommen, sondern ein Fahrrad, aber das erkläre ich dir später.«

Aufmerksam beobachtet René während seines Gesprächs, wie Marie-Claire zu einer Rothaarigen geht.

116

Als René das Telefonat beendet, ist Marie-Claire aus seinem Blick verschwunden, die Rothaarige aber steht noch dort.

Frust

Nach dem gestrigen Mückenüberfall wechselten Pierre und Sophie am frühen Vormittag ihren Stellplatz. Als Alternative, um nahe an der Stadt zu bleiben, wählt Pierre den Campingplatz 'Le Clair Matin' in Noirmoutier-en-l'Île aus.

»Hier gefällt es mir«, freut sich Sophie, als Pierre das Wohnmobil auf dem Rasen einer großen Parzelle parkt.

»Jetzt richten wir uns erstmal ein, bevor wir gleich losradeln«, sagt Pierre und kurbelt die Markise aus. Nachdem er den Vorzeltteppich ausgelegt und Tisch und Stühle aufgestellt hat, holt er die Räder raus.

Sophie steigt aus dem Fahrzeug und wohl hat vom Vortag gelernt. »Ich bin fertig.« Sie trägt eine Radfahrhose und unter einer leichten Windjacke ein Kurzarm-Shirt. *Ich sehe zwar beschissen aus, aber hier kennt mich ja keiner*, denkt sie, bevor sie fortfährt: »Lass uns, wenn wir schon in dieser Ecke sind, durch den 'Bois de la Chaise' zum berühmten 'Plage des Dames' fahren. Hier soll es wunderschöne Abschnitte geben. Und zu dem Ort Le Vieil, der soll mit seinen typischen Häusern am Strand wirklich sehenswert sein«, schlägt sie vor.

»Woher weißt du das alles?«

»Ich kann auch lesen und habe mich gestern Abend im Reiseführer informiert«, kommt die schnippische Antwort von Sophie zurück.

»Dann machen wir morgen die Route. Heute wird Marie gesucht, also radeln wir jetzt nach La Guérinière«, schlägt Pierre Sophies Wunsch aus.

Sophie zückt wieder ihre Kamera, als sie am Damm 'Jetée Jacobson' ankommen, der eineinhalb Kilometer, entlang der Hafeneinfahrt, zur Stadt führt. »Ein tolles Motiv.« Links der gezeitenabhängige Kanal, rechst das Marais, auf dem einzelne Pferde und Esel zwischen einzelne Salzbecken grasen, und am Horizont thront das weiße Château von Noirmoutier-en-l'Île.

Pierre wird ziemlich ungeduldig. »Nun ist gut, pack die Kamera wieder ein, sonst kommen wir heute nicht mehr an.«

Wieder auf dem Rad freut sich Sophie. »Mein Gott bin ich fit heute. Ich habe schon fünfundzwanzig auf dem Tacho.«

Pierre muss schmunzeln, sagt aber nichts darauf und lässt sie in ihrem Glauben. Als erfahrener Radsportler hat er den starken Rückenwind längst wahrgenommen.

An der Kreuzung beim Super U, einem Supermarkt, schlägt Pierre vor, anstatt den direkten Radweg zu nehmen, über L'Épine zu fahren, um etwas von der Insel zu sehen. Auf der Strecke haben zwei von drei Salzbauern ihren Verkaufstand geöffnet, doch auch dort kennt keiner eine andere Marie, als Marie Mercier aus L'Épine.

Kreuz und quer geht es über kleine Straßen und Radwege, durch Wohnsiedlungen, durch den Wald und am Meer entlang bis nach La Guérinière.

Dort angekommen, sieht Sophie beim Vorbeifahren das Gebäude des 'Musée des Traditions de l'Ile de Noirmoutier'. »Vielleicht können die uns weiterhelfen.«

Aber auch hier erhalten sie wieder die gleiche negative Auskunft, und Pierres deprimierter Gesichtsausdruck sagt alles.

»Ich gebe nicht auf. Lass uns zu den Häusern fahren, die uns Marie beschrieben hat.

»Warum sind wir nicht auf einen von diesen Campingplätzen gefahren?«, beschwert sich Sophie wieder einmal, als sie den Ortsausgang erreichen. Sie hat inzwischen gemerkt, dass sie heute doch nicht so fit ist, wie sie sich am Anfang fühlte. »Dann hätten wir uns die Kilometer mit dem Rad sparen können. Und der Wohnmobil-Stellplatz sieht auch gut aus.«, dabei deutet sie auf den gefüllten Stellplatz neben einem Campingplatz.

»Dann hätten wir die schönen Ecken von eben nicht gesehen, und wie du siehst, ist der Stellplatz komplett belegt.« Die schlechte Laune von Pierre ist deutlich herauszuhören.

Am Radweg, der an einer weiten, langen Dünenlandschaft entlang führt, erreichen sie die von Marie beschriebenen alten Häuschen. Pierre hatte es schon befürchtet, auch hier kennt niemand seine Marie.

Hoffnungsschimmer

Die Enttäuschung ist groß, es war nicht Pierre auf dem Pier. Marie-Claire sieht zu ihrer Erleichterung, dass René noch tief in sein Telefonat vertieft ist, und ohne dass er sie bemerkt, gelingt es ihr, ihr Fahrrad zu erreichen. Ein zweites Treffen mit René will sie momentan unbedingt verhindern. Mit feuchten Augen und dem Gedanken: *Wo kann er sein?*, macht sie sich auf den Rückweg nach Le Vieil.

Sie stellt ihr Rad in den Holzverschlag und freut sich, dass der Méhari auf seinem Platz steht. Im Haus ist niemand, auch ihre Mutter hilft heute in den Salzfeldern mit. Der obere Bereich der alten Schiefertafel in der Küche, der für wichtige Notizen oder Nachrichten reserviert ist, ist leer; niemand hat eine Nachricht hinterlassen. Marie-Claire nimmt sich den Kreidestift und schreibt: Den Méhari habe ich, MARIE!

Ziellos fährt sie über die Insel, zu jeder Stelle und zu allen Stränden, die von Touristen am meisten aufgesucht werden, bis sie unter der Brücke am 'Pointe de la Fosse' steht. Hier fahren in der Hochsaison die Schiffe zur Île d'Yeu ab. Sie parkt das Auto und trottet gedankenverloren unter der Brücke hindurch zu dem leeren, langen Strand. *Wo soll ich noch suchen? Vielleicht ist er es gar nicht. Ich muss es aber wissen.* Weinend bleibt sie einige Zeit am Strand sitzen.

Auf ihrer Rückfahrt biegt sie in La Guérinière nach rechts zum 'Port du Bonhomme' ab. Die großen Lettern 'Huîtres' sind schon von weitem zu sehen und führen zu den am Damm ansässigen Austernzüchter. Zwei Dutzend dieser Köstlichkeit will sie zum Abendessen kaufen, und stellt den Méhari auf dem großen geschotterten Parkplatz neben einem Wohnmobil mit Kölner Kennzeichen ab.

Schuhlos

»Wo fährst du jetzt hin?«, fragt Sophie erstaunt, als sie bemerkt, dass Pierre nicht zurück, sondern den Radweg weiter in Richtung Brücke fährt. »Das ist die falsche Richtung.«

»Ich weiß! Du kannst ja umdrehen. Ich kann beim Radfahren aber am besten denken.«

Sophie kennt diesen sarkastischen und harten Tonfall von Pierre überhaupt nicht und sagt, um ihn nicht weiter zu provozieren, nichts mehr. Sie hat Verständnis für sein Verhalten und bedauert ihn. Wortlos radelt sie hinter ihm her und versucht das

Tempo zu halten, obwohl sie keine Kraft mehr in den Beinen hat und ihr Magen knurrt.

Vorbei geht es in Barbâtre an einer Boulangerie und Pâtisserie, mit leckeren Auslagen, vorbei an Restaurants und Bars, doch Pierre fährt zu weit vorne, sodass Sophie ihn nicht zu einem Stopp auffordern kann.

Am Kreisverkehr biegt Pierre in Richtung 'Passage du Gois' ab. Es ist Ebbe und auf der ‚Passage du Gois' herrscht reger Verkehr. Pierre folgt der Straße einige hundert Meter und wartet an einem der hölzernen Rettungspfähle auf Sophie. Oft genug klettern von der Flut überraschte Personen auf die Pfähle und warten auf Rettung, während sie zusehen, wie ihr Fahrzeug unter den Wassermassen verschwindet.

Vollkommen erschöpft kommt Sophie bei Pierre an. Sie keucht, schnappt nach Luft und trotz Radfahrhose spürt sie jede Stelle an ihrem Hinterteil.

Pierre dreht sich deprimiert und mitleidlos um, »Bitteschön. Da ist sie wieder, deine Passage.«

»Sieht aus wie vor zwei Tagen, nur diesmal von der anderen Seite und es ist Ebbe. Ich dachte schon, du willst aufs Festland rüber«, kommentiert Sophie noch außer Atem.

Unzählige Fahrzeuge parken seitlich der Straße rechts und links auf dem Meeresboden, deren Besitzer mit Harke, Schaufel und Körben bewaffnet, weit ins Watt marschieren.

»Was machen die Menschen da draußen alle?«, fragt Pierre.

»Das nennt man 'Pêche à pied' oder auf Deutsch: Fußfischen. Und da wir Vollmond haben, ist die Fangquote am höchsten, weil die Gezeiten am stärksten sind. Daher sind heute viel mehr Menschen im Meer, um ihr Essen einzusammeln, als sonst«, erklärt ihm Sophie.

»Und das ist erlaubt?«, wundert sich Pierre.

»Ja. Im Prinzip darf sich jeder in Frankreich aus dem Meer bedienen, aber es sind auch Regeln zu beachten. Es gibt Vorschriften, was und wie viel man je Sorte und mit welcher Mindestgröße eingesammelt werden darf.«

»Es liegen doch keine Fische auf dem Boden, oder?«, lacht Pierre.

»Nein, man sammelt Muscheln, Austern, Schnecken, Krabben und so weiter. Komm mit, wir gehen rein, schauen den anderen zu, und ich erkläre dir, wie man fündig wird.«

»Das will ich sehen, lass uns gehen.« Pierre schließt die Fahrräder ab und folgt Sophie. »Die haben aber fast alle Gummistiefel an«, stellt Pierre fest.

»Es gibt feste Stellen am Boden, vertraue und folge mir. Ich habe einen Blick dafür, tritt also nicht woanders hin«, wird Pierre von Sophie belehrt.

Auch Sophies Blicke können täuschen. Sie haben keine fünfzig Meter zurückgelegt, da hört Pierre ein dumpfes schmatzendes Geräusch und Sophies Körperhaltung hat sich sichtbar zur Seite verlagert. Bis zum Knöchel steckt ihr linker Fuß im Matsch fest.

»Merde«, entfährt es ihr, »meine schönen Schuhe.«

Pierre achtet besser auf den Untergrund und greift Sophie von hinten unter die Arme, damit sie das Gleichgewicht nicht verliert.

»Dafür habe ich einen Blick«, bemerkt er ironisch und spürt im gleichen Moment Sophies rechten Ellenbogen in den Rippen.

Mühevoll versucht Sophie, ihren Fuß aus dem Schlick zu befreien, der ihn nicht freigeben will. Nach mehreren anstrengenden Versuchen zieht sie ihn mit einem Ruck heraus, aber ohne Schuh. Luftblasen steigen empor und langsam schließt sich der Meeresboden wieder.

»Mein Schuh!«, ruft Sophie entsetzt.

In der Hocke drückt Pierre seine Hand in die schlammige Masse, immer tiefer, fast bis zum Ellenbogen. Er zieht den Schuh, der die Farbe vom modischen Malve in natürliches Schlammbraun gewechselt hat aus dem Schlick und hält ihn Sophie vor die Nase.

»Der ist hin. Wie fahre ich jetzt Fahrrad? Und sieh dir die Sauerei an meinem Fuß und deinen Händen an«, jammert Sophie.

Pierre kann ihre Jammerei nicht verstehen. »Ich denke, du bist am Meer aufgewachsen. Also kennst du es doch.« Er sieht sich um, und findet eine Vertiefung, in der etwas Meerwasser steht, das die Ebbe nicht mitgenommen hat. Notdürftig reinigt er seine Hände und Sophies Schuh.

»In Fehltritten hast du Übung, oder?«, lästert Pierre, als sie wieder an den Fahrrädern stehen und er eine Flasche Mineralwasser aus dem Rucksack nimmt. »Aber diesmal stinkt es nicht.«

Sophie muss sich beherrschen, jetzt nichts Dummes zu sagen, während Pierre mit dem Wasser ihren Fuß und seine Hände vom Restschmutz befreit.

Lichtblick

Marie-Claire steigt aus dem Auto und erkennt ein 'K' auf dem deutschen Kennzeichen des Wohnmobils. *Der wird doch wohl nicht mit einem Camping-Car hierher gefahren sein*, denkt sie, und hoffnungsvolle Gefühle werden in ihr wach. Neugierig geht sie um das Fahrzeug, aber niemand ist anwesend. Plötzlich steht ein Schäferhund neben ihr und schnüffelt an ihrer Wade.

Paul, der sich die Gelegenheit der Austernverkostung nicht entgehen lassen wollte, kommt gerade von einem der Austern-Läden zurück.

»Entschuldigung Madame«, versucht Paul, sich in gebrochenem Französisch bei Sophie für das Verhalten seines Hundes zu entschuldigen und befiehlt seinem Hund: »Platz, Amigo!«

»Das macht doch nichts«, antwortet Marie-Claire in perfektem Deutsch mit unverkennbarem französischem Akzent, »Ich liebe Hunde. Und warum heißt ihr Hund Amigo?«

»Den habe ich vor drei Jahren in Spanien aus einem Tierheim mitgenommen. Er ist Spanier und mein Freund geworden, also heißt er Amigo. Aber ihnen scheint mein Wohnmobil zugefallen?«, fragt er voller Stolz.

»Ja, ja, ich musste nur an jemanden denken, der in Köln wohnt«, antwortet Marie-Claire frustriert.

»Tja, da wohnen eine Million Menschen.« Paul wollte gerade beginnen, seine Stadt in den schillerndsten Farben zu beschreiben, als Marie-Claire ihm ins Wort fällt.

»Ich weiß, ich war über Karneval dort und dachte eben, ein Freund wäre auf der Insel, als ich ihr Camping-Car sah.«

»Naja, vielleicht kommt er noch. Hoffentlich ist es nicht so ein Tollpatsch, wie der Rotschopf, den ich in Honfleur kennengelernt habe, der auch mit seinem Wohnmobil hierher kommen wollte«, lacht Paul.

Maries Augen weiten sich, und beginnen zu leuchten. »Ein rothaariger, schlanker Mann mit leichten Locken, so um die dreißig?«, fragt sie aufgeregt.

»Ja, das könnte hinhauen«, meint Paul, »der ist mit seiner blonden Freundin unterwegs. Ich weiß gar nicht, was die an ihm findet, aber – wo die Liebe hinfällt. Mein Gott hatten die an diesem Abend getankt.«

»Getankt?«, wundert sich Marie-Claire.

»Ja, das sagt man, wenn jemand zu viel getrunken hat«, wird sie von Paul aufgeklärt. »So, jetzt muss ich weiter, sonst bekomme ich in L'Épine keinen Stellplatz mehr. War nett mit ihnen zu plaudern. Ich wünsche ihnen noch einen schönen Tag.«

»Ach, wissen sie, wann der Rothaarige von Honfleur losgefahren ist?«

»Ich glaube, das war letzten Samstag oder Sonntag. Warum?« Paul wollte gerade die Fahrertür schließen.

»Danke. Nur so. Und Süss.« Marie-Claire versucht, das in Köln neu gelernte Wort Tschüss, anzuwenden.

In ihrem Kopf beginnen wieder alle Fragen gleichzeitig einzustürzen. *Dann ist das der, der bei Denise nachgefragt hat. Und die Blonde ist wohl doch seine Freundin. Vielleicht will er gar nicht zu mir, sondern nur Urlaub machen, und ich Trottel hab ihm unsere Insel auch noch schmackhaft gemacht. Das muss ich jetzt genau wissen. Ein zweites Wohnmobil mit Kölner Kennzeichen dürfte ja leicht zu finden sein.* Sie kauft ihre frische Austern und fährt los.

Erschöpft

Sophie und Pierre schieben ihre Räder über den Damm hinab zum Radweg, um am Damm entlang zurück zu radeln. Der Weg führt am Natur- und Vogelschutzgebiet 'Polder de Sébastopol' vorbei. Die Brutzeit hat begonnen. Fast viertausend Paare von Seeschwalben, Möwen, Säbelschnäbler und andere Wasservögel ziehen hier bis Juli ihren Nachwuchs groß. Jedes kleine Inselchen zwischen den Wassermassen ist mit weißen und grauen Vögeln besetzt, die mit ihrem lauten Gekreische und Geschnatter fast jede Unterhaltung unmöglich machen.

Sophie beginnt wieder zu schwärmen und hat vor lauter Eindrücken und Fotografieren ihren Frust über die Schuhe vergessen.

»Lass uns weiter, wir haben noch knapp zwanzig Kilometer vor uns, und ich wollte vor Einbruch der Dämmerung zurück sein«, fordert Pierre sie auf.

»Was? Zwanzig Kilometer? Ich kann jetzt schon nicht mehr. Weißt du, wie sich meine Beine und mein Hintern anfühlen?«, beginnt Sophie zu ächzen.

Für sie scheinen die endlosen sieben Kilometer bis zum 'Port du Bonhomme', nicht enden zu wollen, und Pierre muss immer wieder halten, bis Sophie wieder bei ihm ist.

»Gönnen wir uns noch ein paar Austern als Stärkung?«, fragt Pierre.

»Nein, heute nicht. So gerne ich sie esse, aber ich bekomme jetzt nichts runter. Mir ist jetzt schon schlecht«, schlägt Sophie vollkommen erschöpft seinen Vorschlag aus.

Wenige Meter von ihnen entfernt, fährt ein weißblauer Méhari vom Parkplatz in Richtung Hauptstraße.

»Ein Traum von einem Auto, den hätte ich auch gerne«, begeistert sich Pierre und dreht sich zu Sophie um. »Los Sophie, bald haben wir es geschafft, nur noch zehn Kilometer.« Inzwischen hatte er doch Mitleid mit ihr.

12

Hilfestellung

»Warum bist du gestern nicht ans Telefon gegangen, Claire?«, fragte Maries Mutter als Erstes, noch bevor Marie-Claire einen Guten Morgen wünschen konnte.

»Ich hab vergessen, den Klingelton wieder anzustellen«, lügt Marie-Claire, »Warum?«

»Yannic hatte mehrmals angerufen. Nicht nur er, auch wir haben uns Sorgen gemacht. Wo warst du den ganzen Tag? Du hattest das Auto dabei, es hätte ja auch etwas passieren können. Außerdem bist du gestern Abend nicht mehr reingekommen.« Ihre Mutter klopft mit den Fingerkuppen auf den Tisch und wartet ungeduldig auf eine Antwort.

Marie-Claire hatte sich am Abend direkt in ihr Heim zurückgezogen und bei einem Weißwein 'Gros Plant sur Lie' ihre Austern verzehrt. Was für die einen zum Trost die Schokolade ist, sind für Marie-Claire die Austern.

»Colette. Marie ist sechsundzwanzig und keine fünfzehn mehr. Nun lass das Mädchen doch«, mischt sich Marie-Claires Großvater, in das Gespräch ein.

»Ich meinte ja nur, oder gibt es Geheimnisse in unserer Familie?« Beleidigt dreht sich Colette um, und verschwindet wieder in ihr Reich, die Küche. Sie gehört zu den Frauen, die nicht nur fruchtige Konfitüre zaubern, sondern stellt auch herzhafte Rillettes, Confits und delikate Terrinen liebevoll selbst her.

Bruno streichelt Marie-Claire über den Rücken. »Schon gut Marie, aber das muss man deiner Mutter immer wieder sagen, dass du kein Kind mehr bist. Ich hoffe du hattest einen schönen Tag.«

»Nicht wirklich Papi.«

»Dann komm. Lass uns auf die Bank gehen«, schlägt Bruno vor und steht auf.

Marie-Claire nimmt ihre Tasse und folgt ihrem Großvater an den Strand. Dort erzählt sie ihrem Großvater von ihren Erlebnissen.

»Wo hast schon gesucht Marie?«

»Gestern bin ich noch die Stellplätze in Barbâtre, in La Guérinière, L'Épine und Noirmoutier-en-l'Île abgefahren. Sage und schreibe fast vierhundertfünfzig Camping-Car habe ich kontrolliert, dabei waren nur fünf Deutsche, aber keiner mit dem Kennzeichen für Köln, nicht einmal den, mit dem ich am 'Port du Bonhomme' gesprochen habe, hab ich gefunden. Heute nehme ich mir die anderen Plätze vor.«

»Vielleicht kann ich dir helfen. Sag mir, wo ich suchen kann«, bietet sich Bruno an.

»Danke, Papi. Du bist ein Schatz«, und drückt ihm einen Kuss auf die Stirn. »Du kennst ja fast alle Ecken, wo viele unerlaubt frei stehen. Wenn du die abfahren könntest und dazu die Campingplätze zwischen La Guérinière bis Barbâtre. Ich nehme heute das Rad und suche die Plätze hier im Norden ab«, freut sich Marie-Claire.

»Dann los, wenn er hier ist, werden wir ihn auch finden. Und wehe, ich sehe diesen Rotschopf Arm in Arm mit einer Blonden, dann lernt er einen alten Mann kennen«, spricht Bruno seine Warnung aus und steht auf.

Bruno

Bruno kennt jeden Stein und Winkel auf seiner Heimatinsel. Hier wurde er vor 76 Jahren geboren und hat bis auf seine Militärzeit bei der Marine und Ausbildung bei der Gendarmerie all seine Jahre auf Noirmoutier verbracht.

Fast an jedem angefahrenen Punkt, wo er Pierre sucht, werden Erinnerungen in ihm wach. In La Guérinière hatte er seine Frau Paulette mit sechszehn Jahren kennengelernt, die aus Dolus-d'Oléron kommend im Urlaub bei Verwandten zu Besuch war. So kann er aus eigener Erfahrung mit Marie-Claire mitfühlen.

Unten bei La Fosse, sie waren noch nicht verheiratet, haben sie im Peugeot 404 seines Vaters Jean, ihren Sohn gezeugt und haben zwei Monate später geheiratet.

Doch vor sechs Jahren, sie waren lange Jahre glücklich verheiratet, verstarb Paulette plötzlich an einem Herzstillstand. Sie war die Seele der Familie und kümmerte sich um die Pflege der Salzbecken und Kartoffelfelder, während Bruno seinen Dienst bei der Wasserschutzpolizei verrichtete. Er wurde die enge Vertrauensperson seiner Enkel. Marie und Pascal beichteten immer ihm zuerst ihre Vergehen oder vertrauten ihm ihre Geheimnisse und Wünsche an.

In Erinnerungen schwelgend fährt er alle Plätze ab, von denen er weiß, wo Wohnmobile legal oder verbotener Weise gerne stehen, aber ohne Erfolg.

Hindernisse

René Chevalier läuft nervös im Garten vor seinem Haus auf und ab. Der Umzugstransporter sollte schon längst hier sei, und die Zentrale des Unternehmens Dubois & Fils kann die Umzugscrew nicht erreichen.

Wenigsten auf Monsieur Bruley war Verlass, der hat seine Malerarbeiten wirklich bestens erledigt hat und war zum Termin fertig, welch Wunder. Der hat sein Geld wirklich verdient, aber von Dubois & Fils habe ich mehr erwartet, lobt René in Gedanken den Malermeister, als sein Handy klingelt.

»Monsieur Chevalier, hier ist Roland von Dubois & Fils, wir stehen hier in Noirmoutier und kommen nicht weiter.«

»Was heißt hier, sie kommen nicht weiter? Sie haben doch die genaue Adresse, oder nicht«, brüllt René ins Telefon.

»Das schon, Monsieur Chevalier, aber sie hätten uns sagen müssen, dass wir mit unserem LKW und Anhänger nicht bis zu ihrem Haus fahren können. Die Zufahrtsstraßen und Abzweigungen sind zu eng. An der Kreuzung beim 'Plage des Dames' war Schluss für uns. Wir müssen jetzt kleinere Transporter oder einen kleineren LKW organisieren und alles umladen«, versucht Roland das Dilemma zu erklären.

»Wollen sie mich auf den Arm nehmen, wie lange soll das denn dauern?«, flucht René.

»Wenn wir direkt kleine Transporter auf der Insel auftreiben können, werden wir frühestens heute Nacht fertig. Wir können schlecht zu Ihnen rüber fliegen, obwohl unser LKW schon einmal mit einem Transporthubschrauber zu einem Grundstück geflogen wurde.«

»Sind sie krank? Wissen sie, was eine solche Aktion kostet, oder zahlt das ihre Firma? Lassen sie sich was einfallen und heute Abend ist alles erledigt. Wie, ist ihre Sache.« Ohne eine Antwort abzuwarten, legt René auf und flucht: »*Sind eigentlich nur noch Dilettanten am Werk. Jede Spedition prüft doch vor der Anfahrt die Zufahrtsmöglichkeiten.*«

Durchforsten

Sophie bemerkt, wie Pierre das Wohnmobil auf den Kopf stellt. »Was suchst du?«

»Mein Handy. Das kann doch nicht weg sein, vor einigen Tagen hatte ich es doch noch in der Hand.«

»Ich ruf Dich an«, sagt Sophie und drückt auf Pierres Foto auf dem Display. Eine freundliche Stimme teilt ihr mit, dass dieser Anschluss zurzeit nicht erreichbar ist, und auf der Mailbox keine weiteren Nachrichten mehr hinterlassen werden können.

»Dein Handy ist aus«, ruft sie Pierre zu, der die Schränke über dem Bett durchwühlt.

Sophie schüttelt den Kopf. »Pierre, dort hinten kann es nicht sein. Wann hast du es denn zuletzt gehabt?«

»Auf der Fahrt hierher«, kommt die nervöse Antwort zurück. Blitzartig stürmt Pierre hinaus und klettert in die Garage. Voller Stolz kommt er mit seinem Handy in der Hand zurück. »Ich habe es.«

»Und wo war es?«, fragt Sophie.

»In der Jeans, die ich mir bei der WC-Entleerung versaut habe. Und die lag hinten in einer Wäschebox. Aber es ist leer, ich muss erst wieder aufladen.«

»Warum brauchst du jetzt dein Handy? Wenn du jemanden anrufen musst, nimm meins«, bietet Sophie ihm an.

»Nein, schon gut. Ich wollte nur nachsehen, ob jemand angerufen hat, das Institut vielleicht.« Pierre legt sein Smartphone auf die Küchenablage und nimmt sein

Ladekabel aus dem Handschuhfach; vergisst aber, es anzuschließen.

»Wie sieht dein Plan für heute aus?«, fragt Sophie, «Ich mache ja fast alles mit, aber keine vierzig Kilometer mehr.«

Pierre beruhigt Sophie. »Nein, heute nur noch mal zum Hafen, wo du dein Shirt gekauft hast und von dort über das Marais zurück. In dem Gebiet soll es auch viele kleine Salzbauern geben.«

»Und wenn wir noch mal zu Marie fahren, die uns verarscht hat und sie zur Rede stellen?«, schlägt Sophie vor.

»Das tun wir auch noch, verlass Dich drauf.«

Kurze Zeit später sitzen beide wieder auf dem Fahrrad und fahren, vorbei an der Rezeption, vom Gelände des Camping Le Matin.

Zur gleichen Zeit fährt Marie-Claire auf den Campingplatz, jedoch am anderen Ende über den Fußweg.

Leichtsinn

Marie-Claire lässt keine Parzelle aus, Straße für Straße fährt sie ab. Am Anfang des Campingplatzes stehen auf dem großen, baumlosen Areal überwiegend Wohnmobile. Vor Pierres Fahrzeug mit Kölner Kennzeichen bleibt sie stehen. *Ach da hat es ihn mit seinem Hund hingeschlagen, hat wohl in L'Épine gestern keinen Platz mehr bekommen*, geht es ihr durch den Kopf. Sie kann nicht wissen, dass Pierre das identische Wohnmobil fährt. Gefrustet verlässt sie den Platz und setzt ihre Suche auf dem daneben liegenden Campingplatz fort.

132

Verschwörung?

Mit frischem Merlu im Einkaufskorb verlässt Marie Mercier den Fischhändler in der Fußgängerzone und stößt, als sie aus dem Laden tritt, mit Yannic zusammen, der auf seinem Weg ins Büro in ein neues Immobilienangebot auf seinem Smartphone vertieft ist.

»Pardon, Madame«, entschuldigt sich Yannic ohne aufzublicken.

»Yannic?«, stutzt Marie.

Yannic blickt auf und erkennt Marie, die ehemals beste Freundin von Marie-Claire. »Hallo Marie, wie geht es dir? Wir haben uns ja lange nicht mehr gesehen. Gut siehst du aus.«

»Danke, Yannic. Gut und dir?« Marie gefällt das Kompliment. Zuletzt hat ihr das vor Jahren Sébastien gesagt.

»Comme ci comme ca, es könnte besser sein«, antwortet Yannic.

Yannic, mit seinem jugendlichen Charme und seiner Eleganz, war schon lange Maries Typ, dazu zuvorkommend und immer elegant gekleidet. Sie hat gehört, dass er schon seit langer Zeit sein Glück bei Marie-Claire versucht, die ihn aber zappeln lässt.

»Lass uns doch drüben im Tam-Tam einen Kaffee trinken«, schlägt Marie ihm vor.

Yannic schaut auf seine exklusive Uhr und sagt zu: »Okay ich habe noch dreißig Minuten Zeit.«

Warum es zum Bruch zwischen Marie und Marie-Claire kam, weiß er nicht so genau und es hat ihn auch nie richtig interessiert. Marie, die bereits früh für die Familie sorgen musste, war für Yannic bodenständiger als Marie-Claire, die aus seiner Sicht, zu viele Freiheiten genießen durfte.

Beim Kaffee erzählt Marie gezielt von dem deutschen Pärchen, das bei ihr unverhofft auftauchte und auf der Suche nach Marie-Claire ist. Deutlich kann sie die Nervosität von Yannic spüren. Ihr Plan scheint aufzugehen.

»Und, was hast du ihnen gesagt?«, will Yannic wissen.

»Warum? Bist du eifersüchtig? Der Rothaarige will bestimmt was von Claire, das habe ich irgendwie im Gespür«, stichelt Marie, »aber ihr zwei seid doch zusammen, oder?«

Yannic weiß nicht, was er sagen soll. Er merkt schon lange, dass all seine Bemühungen um Claire im Sande verlaufen, vor allen Dingen, seit Claire in Deutschland war. Er spürt immer mehr, dass sie ihn nur als guten Freund ansieht, aber zu mehr nicht bereit ist.

Yannic versucht mit einem Blick auf sein Display, eine gewisse Gleichgültigkeit zu zeigen. »Wir sind lediglich gute Freunde, Marie. Weiß der Rothaarige jetzt, wo Claire wohnt?«

»Noch nicht« lächelt Marie und beißt sich sichtbar auf die Unterlippe. »Soll ich es ihm verraten?«

Für Yannic wird der Gesprächsverlauf ziemlich unangenehm. Er will nicht zugeben, dass er bei Claire keine Chance hat, sich aber auch nicht anmerken lassen, dass er das Zusammentreffen von Claire und dem Deutschen gerne verhindern würde.

»Das überlasse ich dir. Ich habe damit kein Problem. Aber jetzt muss ich zu einem Termin«, versucht Yannic das Gespräch zu beenden.

»Komm doch einfach mal bei mir auf einen Kaffee vorbei, dann können wir unser Gespräch ja vertiefen«, schlägt Marie vor, als sie sich verabschieden und sie ihm zuzwinkert.

134

»Am Sonntag?«, fragt Yannic.

»Am Sonntagnachmittag um drei. Ich back uns einen Kuchen«, bestätigt Marie.

Beide haben nicht bemerkt, dass Aurélie sie von der anderen Straßenseite beobachtet hatte, die sich zum Mittagessen ein ‚Coq au Vin' zum Mitnehmen kaufte.

Durchatmen

»Die Düfte auf dieser Insel sind einfach unbeschreiblich. Riechst du das? Den Safranduft der Immortelle, den Geruch der Strandkiefer und dazwischen eine Duftkomposition die an Jasmin und Liebstöckel erinnert. Wie wundervoll muss es hier erst in den Sommermonaten sein, wenn dazu die ganzen Stockrosen am Wegesrand blühen.« Sophie ist ganz außer sich, als sie am Wald entlang fahren und am 'Plage Sableaux' den ersten Stopp einlegen.

»Ich denke, du machst in Mode und nicht in Parfum«, wundert sich Pierre über Sophies Schwärmerei.

Sophie hört nicht zu. Sie ist bereits wieder mit ihrer Kamera beschäftigt, um das sonnenbeschienene Strandpanorama festzuhalten.

»Willst du hier noch lange stehen?« Pierre wird ungeduldig.

»Nein, jetzt fahren wir zum 'Plage des Dames'«, antwortet Sophie und fährt im Schatten von Steineichen und Sternkiefern voraus.

Gestern saß Marie-Claire hier auf der Terrasse und hoffte, Pierre zu sehen. Sie war ein Tag zu früh. Heute sitzen Sophie und Pierre am gleichen Tisch, genießen ihren Kaffee und das Panorama.

»Weißt du, dass dieser Strand für seine Cabanes, die weißen Umkleidekabinen, und für seine hölzerne und geschichtsreiche Seebrücke bekannt ist, und dass hier vor knapp einhundertfünfzig Jahren der touristische Boom der Reichen eingesetzt hat?«, fragt Sophie.

»Willst du jetzt Reiseführer werden?«, scherzt Pierre.

»Nein, aber ich habe alles darüber gelesen, auch dass dieser Strand auch schon als Filmkulisse gedient hat. Es ist einfach wunderbar hier.«

»Und es gibt alte Jugendstilhäuser«, ergänzt Pierre und trinkt seine Kaffee aus. »Los jetzt. Wenn wir Marie gefunden haben, kannst du von mir aus die ganzen letzten Tage an diesem Strand verbringen. Vorher zeige ich dir aber noch etwas nach deinem Geschmack, den 'Plage des Souzeaux', der liegt nur wenige Meter von hier.«

Wenige Minuten später stehen sie am Ende der Allée des Soupirs. Von hier aus führt zwischen zwei Grundstücken eine Treppe zu einem kleinen Strand hinab.

Sophie steht vor dem Treppenabgang und genießt den Ausblick, eingerahmt von zwei alten Kiefern, hinaus aufs Meer.

»Hier reiht sich ja eine Postkartenidylle an die andere. Jetzt kann ich die Maler von einst verstehen. Alles versteckte Schönheiten, die man tatsächlich finden muss.«

Pierre lässt die wunderbare Aussicht noch einige Minuten auf sich wirken, bevor sie auf ihren Rädern langsam auf der kleinen unbefestigten Straße hinunter zum 'Plage des Souzeaux' rollen und Pierre Sophie zuruft: »Hier findest du jetzt bestimmt eine Villa nach deinem Geschmack.«

Dilettanten

»Monsieur Chevalier, wir stehen jetzt auf dem Großparkplatz de la Prée aux Ducs und konnten drei Kastenwagen zum Umladen mieten, aber wir haben ein kleines Problem«, meldete sich Roland, der Fahrer vom Umzugstransporter, am Telefon. »Ihr monströser alter Antikschrank passt da nicht rein. Ich kann nicht sagen, ob wir ihn zu ihrem Haus bringen können.«

René ist außer sich und brüllt ungehalten ins Telefon, dass sich der Hund aus Nachbars Garten direkt ins Haus verzieht: »Hab ich es nur mit Dilettanten zu tun? Wissen sie, wie viel der Umzug mich kostet? Kennen sie überhaupt das Werbeversprechen ihres Arbeitgebers? 'Dubois & Fils der weltweite Umzugsspezialist für Alles – Wir finden immer einen Weg', und da schickt man solche unerfahrenen Trottel hier her. Heute Abend sind sie fertig, ansonsten wird Dubois & Fils keine Villa mehr von innen sehen. In drei Minuten bin ich bei Ihnen, sie«, die restlichen Worte schluckt er herunter und eilt mit hochrotem Kopf zu seinem Wagen.

Sein Zwölfzylinder heult auf und mit durchdrehenden Reifen schießt die lange Motorhaube des alten Jaguars, auf den schmalen Anliegerweg, der die Grundstücke von der Strandbucht trennt. Sophie sieht ihn zu spät und kann nicht mehr ausweichen.

Erfolglos

Maries Suche auf den Campingplätzen zwischen Le Vieil und Noirmoutier ist erfolglos. Sie beschließt zurück fahren, um nach dem Mittagessen die letzte Möglichkeit, den Campingplatz in L'Herbaudière, zu besuchen.

Sie liebt die Fahrt über die Allée des Sableaux, unweit der Küste entlang durch den Wald, der im Sommer den nötigen Schatten bietet und im Frühjahr dezent duftet, auch wenn bei Trockenheit die Fahrzeuge viel Staub aufwirbeln und ständig wegen der eingelassenen Bodenrinnen für die Entwässerung abbremsen müssen. Vom zeitgleichen Drama am 'Plage des Souzeaux', nur knapp zweihundert Meter von ihr entfernt, bekommt sie nichts mit.

Malheur

Von links sieht Sophie die rote Motorhaube auf sich zukommen, springt geistesgegenwärtig von ihrem Rad, stolperte und fällt die kleine Brüstung hinunter auf den Strand.

Pierre, der bereits vorgefahren ist, hört das Bremsen auf dem Schotter und ein metallisches Geräusch. Blitzartig dreht er sich um und sieht Sophies Fahrrad vor dem Fahrzeug liegen. *Wo ist Sophie*, er sieht sie nicht und sprintet los. »Sophie, wo bist du?«, ruft er im Lauf.

René steigt in vollem Zorn aus seinem Auto. Als er ein Fahrrad vor der Kühlerhaube und im Sand eine Frau auf dem Bauch liegen sieht, kennt sein Wutausbruch keine Grenzen. »Typisch, schon wieder ein Fahrrad, sind wir hier in den Niederlanden? Und natürlich wieder eine Frau. Sind hier alle Frauen zu blöd um Fahrrad zu fahren?«, brüllt René in einer Lautstärke, die alle Blicke, auch aus den Nachbargärten, auf ihn zieht.

»Sie Trottel, können sie nicht aufpassen? Rasen hier wie ein Wilder durch die Gegend«, schreit Pierre ihn auf Englisch an und springt hinunter zu Sophie, die sich inzwischen aufrappelt und auf allen Vieren im Sand kniet.

Renés Augen weiten sich. *Den Rotfuchs kenne ich doch, das ist doch der Typ von der Blonden*, geht es ihm durch den Kopf und springt hinunter in den Sand.

Sophie schaut René mit einem strafenden Blick an. Erst jetzt, als sie ihr Bandana Tuch vom Kopf zieht und ihre blonden Haare auf die Schulter fallen, erkennt er sie.

»Sind sie okay, Sophie? Tut ihnen etwas weh?«, fragt Pierre besorgt. Er tastet sie ab und hilft ihr auf die Beine.

»Alles in Ordnung, ich bin ja weich gelandet«, antwortet Sophie, streift den Sand aus ihrer Kleidung und dreht sich zu René um. »Frauen sind zu blöd, um Rad zu fahren? Wer hat wen umgefahren? Ich sie oder sie mich? Und wer kam von rechts? Sie oder ich? So sieht also der wahre Charakter eines Pariser Snobs aus. Hätte ich mir auch denken können«, faucht Sophie ihn an.

René beugt sich vor und flüstert Sophie ins Ohr: »Ah, mein Charakter. Und ihrer? Ist der typisch in Bordeaux? Sie haben einen Mann und gleichzeitig haben sie mit mir geflirtet. Weiß er das?«

Pierre schaut Sophie entgeistert an. Obwohl er nichts verstanden hat, fragt er sie: »Ist das die Pfeife, wovon du mir erzählt hast? Dein Typ aus dem Laden?«

René versteht kein Deutsch und kann dem Dialog nicht folgen. »Ein Deutscher?«, fragt er verwundert Sophie.

»Ja. Und ich auch. Mein perfektes Französisch kommt daher, weil ich jahrelang bei Arcachon gelebt habe. Überrascht?«, zickt Sophie zurück. »Und außerdem ist er nicht mein Mann, sondern mein bester Freund.«

Pierre ist inzwischen oben auf der Straße, begutachtet Sophies Fahrrad, kontrolliert die Laufräder und richtet den Lenker, bevor er sich der Schaltung widmet.

Mit dem Kopf deutet René auf Pierre. »Versteht er überhaupt was davon?«

»Nicht nur davon. Seine Spezialität sind Menschen, aber nur Tote«, antwortet Sophie spitzzüngig.

Ihr entgeht der erschrockene Blick von René nicht, der sie mit weiten Augen ansieht. Im Inneren muss Sophie jetzt schmunzeln, lässt sich aber nichts anmerken, als ihr ein Gedanke durch den Kopf schießt.

Sie legt ihren Zeigefinger auf ihre roten Lippen und fährt mit ernster Miene und leiser Stimme fort: »Pst. Er liebt den Mord. Pro Tag eine Leiche und er ist glücklich. Jeder muss halt sehen, wie man zu seinem Geld kommt. Und es mangelt ihm überhaupt nicht an Aufträgen. Aber ich habe ihn überredet, einmal eine Auszeit zu nehmen.«

Renés Adamsapfel zuckt merklich auf und ab und seine sonnengebräunte Gesichtsfarbe wird deutlich blasser. »Sie wollen doch nicht etwas sagen, dass er ein professioneller...«, weiter kommt René nicht.

In diesem Moment springt Pierre mit einem Satz von der Brüstung und steht direkt Angesicht in Angesicht vor René, der vor Schreck zusammenzuckt.

Beim Anblick von Renés Gesichtsausdruck kann Sophie ihr Lachen nicht mehr zurückhalten.

»Darf ich vorstellen: René Chevalier, versnobter Playboy, vermutlich aus Paris«, sagt sie auf Deutsch und deutet mit der rechten Hand auf René. Und zu René auf Französisch: »Und dies ist Doktor Pierre Schuster aus Köln, Pathologe in der Gerichtsmedizin.«

Sichtlich erleichtert kehrte Renés Gesichtsfarbe mit einem hörbaren Atemstoß zurück, und reicht Pierre die Hand.

»Bis auf ein paar Kratzer ist dein Rad in Ordnung, aber der Jaguar hat an der Front einen etwas größeren Lackschaden«, berichtet Pierre.

René nimmt die zwei Stufen hinauf zur Straße und in seinem Kopf spielen sich alle Szenarien ab, wie er sich aus dieser Situation befreien kann.

»Sophie, so war doch ihr Name. Der Vorfall tut mir außerordentlich leid, und ich bitte meinen Wutausbruch zu verzeihen, aber heute geht einfach alles schief.« Dabei erzählt er Sophie in kurzen Worten, dass er vor einigen Tagen diese alte Villa gekauft hat und berichtet über seine heutigen Ärgernisse mit dem Umzugsunternehmen, die sein Verhalten entschuldigen sollen. »Ich weiß nicht, wie ich es wieder gut machen kann.«

»Eine Plat de fruit de mer bei Champagner und danach ein Café gourmand sind das Mindeste. Außerdem die Lackierung meines neuen Fahrrads«, stellt Sophie mit Nachdruck ihre Forderungen und stemmt die Arme in die Hüften.

»Alles, was sie wollen Sophie. Versprochen. Ich rufe sie an, aber jetzt muss ich los, sonst sitze ich heute Abend ohne Möbel im Haus. Sie verzeihen?«

»Ich warte auf ihren Anruf. Au revoir, Monsieur«, antwortet Sophie und zeigt mit ihrem Zeigefinger auf seine Brust.

René steigt ins Fahrzeug und fährt entgegen seiner sonstigen Angewohnheit besonders behutsam los.

Sophie erzählt Pierre alles, was sie mit René besprochen hat und meint zum Abschluss zu Pierres Verwunderung: »Ist das nicht schön?«

»Was soll schön sein? Dein Sturz?«

»Sein Haus mit direktem Blick aufs Meer, die kleine Bucht, die anderen Jugendstilhäuser aus vergangenen Zeiten rundherum. Einfach alles. Hier könnte ich wohnen. Dazu die Ruhe, der Duft, das Meeresrauschen.«

»Und der Typ mit dem Jaguar ist dann das Sahnehäubchen für dich. Wow«, lästert Pierre.

»Idiot. Lass uns weiterfahren. Und wenn wir deine Marie gefunden haben, finde ich vielleicht auch etwas zum Lästern«, lacht Sophie.

»Wage es Dich nicht, an Marie gibt es überhaupt nichts zu lästern«, ermahnt Pierre sie mit erhobenem Zeigefinger.

»Es sei denn, wir erwischen sie mit einem Anderen.«

Bevor Pierre darauf etwas sagen kann, ist Sophie schon losgefahren.

Juliette

Marie-Claire kann nicht ahnen, dass Pierre nur vierhundert Meter hinter ihr in die gleiche Richtung fährt, und biegt nach rechts in den Stichweg zum Strand ab, an dessen Ende das elterliche Grundstück liegt.

Hoppla, sind heute alle zum Mittagessen da?, wundert sie sich, als sie zwischen dem elterlichen Hauptgebäude und ihrem kleinen weißen Häuschen den Méhari von Opa, Papas Espace, Pascals neuen Peugeot und den Traktor stehen sieht.

An der Haustür schlägt ihr der einladende Duft von Knoblauch, Bohnen und Schinken entgegen. Sie riecht ihr Lieblingsgericht, das herzhafte weiße Bohnen-

142

Gericht, Mogette vendéennes mit Kartoffeln und Schinken.

Ihr bietet sich ein ungewöhnliches Bild für einen Werktag, alle sind zum Essen versammelt, sogar Juliette, die Frau ihres Bruders, nur Pascal fehlt.

»Salut, Claire«, schallte es ihr im Chor vom Tisch entgegen.

»Salut«, grüßte Marie-Claire zurück und setzt sich auf ihren Stuhl an die große Tafel, die Platz für vierzehn Personen bietet. Bruno hat den dunklen, rustikalen Eichentisch vor vielen Jahren bei der Auflösung eines Châteaus erworben. Seit der Tisch im Raum steht, interessiert es Marie-Claire brennend, was die massive Tischplatte in den letzten zweihundert Jahren erlebt, gesehen und gehört hat. Auch in Marie-Claires Familie ist der Tisch stiller Zeuge von Trauer- und Freudentränen, muss Wein und Speisereste bei Familienfeierlichkeiten über sich ergehen lassen, und ist der Ort für den Familienrat und die täglichen Mahlzeiten.

»Du isst heute nicht in der Stadt?«, fragt ihr Vater, ohne aufzublicken. Er weiß nicht, dass Marie-Claire sich mehrere Tage freigenommen hat.

»Nein, ich muss heute Nachmittag zur Capitainerie nach L'Herbaudière. Also fahr ich nach dem Essen direkt von hier aus hin«, lügt Marie-Claire und schiebt sich schnell eine Gabel Bohnen in den Mund.

Nur Opa weiß, dass Marie-Claire im Office de Tourisme bis Montag frei hat. Marie-Claire zwinkert fragend ihrem Großvater zu: »Und – wie geht es dir heute Papi? Einen erfolgreichen Tag gehabt?«

Bruno setzt sein Weinglas ab und putzt sich die letzten Rotweintropfen am linken Pulloverärmel ab. Mit einem angedeuteten Kopfschütteln signalisiert er Marie-

Claire, dass seine Suche erfolglos war. »Wie immer Marie, nichts Besonderes, aber der Tag ist ja noch lang.«

»So lang wird der Tag heute nicht«, widerspricht Colette und mit erhobener Stimme beschwört sie im Hinblick auf das bevorstehende Fest 'Fête de la Bonnotte': »Morgen wird ein harter Tag. Vormittags die Ernte, am Nachmittag beim Aufbau bei der Agricole helfen und am Abend dann das jährliche Gedränge an den Ausgabeständen. Also solltet ihr heute Abend alle frühzeitig zu Bett gehen. Das betrifft besonders Dich, Claire«, wird Marie-Claire von ihr noch ausdrücklich ermahnt.

Als wenn sie die Ermahnung nicht gehört hätte, wendet sich Marie-Claire an Juliette. »Was treibt Dich heute zu uns, und wo ist Pascal?«

»Pascal geht mit Robert heute Essen, und ich musste Eurer Nachbarin, der alten Frau Lambert, noch ihre Arznei vorbeibringen. Also wollte ich Guten Tag sagen und schon saß ich am gedeckten Tisch.« Juliette nimmt einen Schluck Wein und fährt fort: »Vor zwei Tagen konnte ich wieder einmal meine Englischkenntnisse unter Beweis stellen. Da kam ein deutscher Arzt, der kein Wort Französisch sprach in die Apotheke. Seine Freundin ist von Mücken gestochen worden und er hat nach einem entsprechenden Medikament verlangt. Wir hatten ein tolles Gespräch und ich kannte noch alle medizinischen Begriffe auf Englisch«, schwärmt Juliette.

»Ein Deutscher? Wie sah er aus?«, fragt Marie-Claire mit aufgeregter Stimme.

»Wieso, kennst du ihn? Er ist fast eins-neunzig, schlank und sportlich, so um die dreißig und das Tollste sind seine gelockten Haare, sie sind rot, machen ihn aber attraktiv.«

Marie-Claires Augen, beginnen zu leuchten. *Das muss er sein.* »Und wie hat seine Freundin ausgesehen? Hat er auch erzählt, woher er aus Deutschland kommt«?

»Keine Ahnung. Sie war nicht dabei. Vielleicht ist sie im Ferienhaus geblieben oder sie sind auf dem Campingplatz. Warum interessierst du Dich dafür?«, fragt Juliette neugierig nach.

»Erzähl ich dir später. Danke«, strahlte Marie-Claire.

»Nicht schon wieder«, stöhnt Colette. »Claire hör endlich auf zu träumen und renne dem Kerl nicht hinterher. Willst du jetzt in jedem Deutschen deinen Schwarm aus Köln sehen? Und der bei Juliette war, hat eine Freundin, wie du von ihr gehört hast. Also vergiss ihn endlich und verscherze dich nicht mit Yannic, der ist der Richtige für dich«, muss sich Marie-Claire in erstem Ton von ihrer Mutter anhören.

Bruno, der das Gespräch verfolgt hat, schmunzelt und streift die Brotkrümel aus seinem Bart.

»Darf ich fragen, worum es hier geht?«, schaltet sich ihr Vater ins Gespräch ein und Juliette blickt ebenfalls neugierig, auf eine Antwort wartend, in die Runde.

»Erzähl ich dir später Papa oder frag einfach Maman. Reine Frauensache. Ich muss jetzt dringend wieder los. Bis heute Abend. Salut.«

Bevor die anderen am Tisch etwas sagen können, ist Marie-Claire schon draußen.

Marie-Claire sitzt bereits wieder auf dem Sattel, als sie von hinten eine Hand auf ihrer Schulter spürt.

Es ist Juliette. »Was ist los Claire? Kannst du es wenigstens mir erklären? Hat es etwas mit deinem Trip nach Köln zu tun? Pascal hatte mal was angedeutet.«

»Komm mit, ich erzähl es dir«, Marie-Claire stellt ihr Rad ab und führt Juliette zur Bank am Strand.

Ausführlich und in allen Einzelheiten erzählt sie Juliette von Köln, ihrer Sehnsucht und ihrer Suche auf Noirmoutier.

»Seit wann rauchst du wieder?«, fragt Marie-Claire erstaunt. Ihr fällt auf, dass Juliette in der Zeit drei Zigaretten geraucht hat.

Juliette blickt geradeaus aufs Meer und lässt sich einige Zeit mit der Antwort. »Seit zwei Monaten. Aber sag es bitte keinem, auch nicht Pascal. Nur ab und zu rauche ich eine. Aber zu dir, wie kann ich dir helfen? Und überlege einmal, warum hat er sich noch nicht bei dir gemeldet, wenn er deine Adresse hat.«

Verlegen malt Marie-Claire mit ihrem rechten Fuß ein Herz in den Strand. »Ich weiß es nicht, aber ich will endgültige Klarheit. Da seine Adresse in Rauch aufgegangen ist, kann ich ihn natürlich nicht erreichen. Und Yannic, naja, er ist ein netter Kerl und Freund, aber mehr kann ich mir mit ihm nicht vorstellen – das ist kein Kribbeln im Bauch.«

»Was willst du jetzt tun?«, fragt Juliette.

»Ich fahre jetzt zum Camping Municipal nach L'Herbaudière, vielleicht steht er da.«

»Das würde ich gerne übernehmen, aber ich bin jetzt schon spät dran und muss noch zu Dr. Martin, bevor ich die Apotheke öffne. Komm doch danach bei mir vorbei, dann können wir weiterreden, ja? Ich wünsche dir viel Glück. A bientôt.«

Juliette gibt Marie-Claire drei Küsschen auf die Wangen und streicht ihr mit dem rechten Handrücken eine kleine Träne von der Wange, bevor sie zu ihrem Auto geht.

Meine letzte Chance, wenn Papi nichts findet, ist der Campingplatz in L'Herbaudière. Dort muss er sein, sonst wäre er dort nicht in der Apotheke gewesen, geht Marie-Claire durch den Kopf, und macht sich auf den Weg zu ihrem Ziel.

Café

Aus der Ferne sieht Pierre, wie eine kleine Person mit schwarzem Pagenkopf mit ihrem Rad nach rechts abbiegt, denkt sich aber nichts dabei.

Sophie und Pierre folgen den grünen Radsymbolen auf der Straße und erreichen in Le Vieil den kleinen 'Plage du Mardi Gras'.

»Stop«, hört Pierre den Ruf von Sophie hinter sich.

Pierre bleibt stehen und steigt vom Rad. Sophie ist schon abgestiegen und steht mit ihrer Kamera an der kleinen Mauer, die den Strand von der Straße trennt.

»Schau dir das an. All die kleinen alten Häuser in Reih und Glied, die hier direkt am Strand stehen. Das waren bestimmt einmal die Häuser der Fischer. Du kommst aus der Haustür und stehst direkt im Sand, du schaust aus dem Fenster und nichts verdeckt dein Blick aufs Meer. Hier ist die Zeit stehen geblieben. Das krasse Gegenteil zu den alten Villen von eben.« Sophie ist nicht zu halten und läuft über den Strand zum Meer, um jede mögliche Perspektive der malerischen Szene unter dem azurblauen Himmel einzufangen.

»Können wir weiter? Ich will einen Kaffee trinken«, drängt Pierre, der seit über zehn Minuten in Gedanken an Marie auf der Mauer sitzt und über das Meer hinüber zum Festland blickt.

»Am Träumen?«, fragt Sophie, als sie zurückkommt.

»Ja, dieser Ort hier wäre mein Wohnsitz auf der Insel«, seufzt Pierre.

Durch eine idyllische schmale Gasse führt sie der Weg zum charmanten kleinen Zentrum des Ortes, das aus einem Lebensmittelmarkt, einem Souvenirladen mit Lottoannahme und einer Crêperie besteht.

»Dort trinken wir unseren Kaffee.« Pierre deutet auf das lauschige Café Gustave, dessen lauschige Außenterrasse von einer alten Steinmauer umgeben ist. Sie betreten den Vorhof durch die blau gestrichene Gartentür und wählen einen kleinen Tisch in der Ecke direkt neben dem mit Weinreben umrankten Eingang zum Gastraum. Die weiße Hauswand mit ihren blauen Holzläden und der Blick auf die riesigen Hortensiensträucher, die bereits die ersten violetten Blüten entfalten, strahlen eine beruhigende und harmonische Atmosphäre aus.

»Diesen Flecken könntest du dir zum Leben vorstellen?«, fragt Sophie verwundert, »hier gibt es doch nichts, du bist doch ein Stadtmensch.«

Bevor Pierre antwortet, wartet er noch Sophies Bestellung von zwei Grand Creme bei der Wirtin ab, die inzwischen an ihrem Tisch steht.

»Ich liebe solch kleine Orte, die Ruhe und Gelassenheit ausstrahlen, als wenn die Zeit stehen geblieben ist. Hier gehen die Uhren irgendwie anders und man kann vollkommen abschalten. Ja, hier könnte ich leben«, antwortet Pierre und reckt seine Arme entspannt nach hinten.

»Warum hast du die Frau nicht gefragt, ob sie Marie kennt?« Mit fragendem Blick wartet Pierre auf Sophies Antwort.

»Meinst du etwa, jeder kennt deine Marie?«

»In diesem Dorf kennt doch sicherlich einer den anderen.«

Die Wirtin kommt in diesem Moment zurück und stellt die beiden großen Tasse Kaffee auf den Tisch.

»Verzeihen sie Madame, aber kennen sie zufällig hier im Ort einen Saunier, der eine Tochter namens Marie hat?«, richtet Sophie die Frage an die freundliche Frau.

»Eine Marie? Nein, hier hat nur einer eine Tochter und das ist Claire. Tut mir leid Madame.« Die sympathische Frau schüttelt nochmals nachdenklich den Kopf, bevor sie an den Nachbartisch geht.

»Und nun?«, stellt Sophie die Frage.

Enttäuscht schließt Pierre die Augen und seufzt: »Lass uns zurückfahren, aber durch das Marais, vielleicht finden wir dort jemanden in den Salzfelder. Wir sollten auch noch mal zu der anderen Marie fahren und ihr den Marsch blasen.«

»Du hast Nerven. Und dann, wie heißt der Ort nochmals, ach ja, L'Épine. Und von dort wieder zurück bis zum Campingplatz, natürlich mit Gegenwind. Lass es uns übermorgen machen, aber bitte nicht heute. Mein Popo wäre dir dankbar. Du hast versprochen, dass es heute keine lange Tour wird. Und Morgen ist doch das Kartoffelfest, vielleicht finden wir dort Marie.«

Pierre steht auf und geht mit beleidigtem Gesichtsausdruck die Stufe in den Gastraum hinab, um an der Theke die Rechnung zu bezahlen.

Als Pierre sein Portemonnaie in die Lenkertasche steckt, und lässt er nebenbei den Satz fallen: »Sophie, ich gebe dir jetzt die Schlüssel, du fährst zurück und ich fahre durchs Marais.«

Erstaunt sieht Sophie ihn an. »Du Sportjunkie. Und wenn du einen Salzbauer siehst, malst du dann ein Phantombild von Marie in den Sand und schreibst darüber Wanted? Bei deiner Apothekerin hattest du ja

Glück, dass sie Englisch sprach, aber bei einem alten Franzosen? Vergiss es, ich fahre mit, und wenn ich nicht mehr kann, musst du mich eben schieben oder mit dem Wohnmobil abholen. Also weiter.«

Pierres Gesicht beginnt zu leuchten, »Gut, dann weiter. Zuerst in Richtung L'Herbaudière«, und faltet die Radfahrkarte zusammen.

Entlang geht es an der flachen Küste, durch La Madeleine, mit den inseltypischen kleinen, weiß gestrichenen Häusern und ihren grauen und blauen Fensterläden, von denen viele als Ferienhaus genutzt werden.

»Hast du auf der Insel bis jetzt irgendwelche Bettenburgen oder Hotelanlagen gesehen? Ich nicht. Einfach wunderbar, hier wird die Küstenlandschaft nicht mit Beton verschandelt. Trotzdem müssen sie auf Tourismus nicht verzichten. Da können sich manche ein Beispiel daran nehmen«, kommentiert Sophie ihren Eindruck, nachdem sie zum Fotografieren wieder einmal stehen geblieben ist.

»Ich habe ja gesagt, hier könnte ich leben. Nicht nur in Marie, auch in die Insel habe ich mich verliebt. Aber nun lass uns endlich weiterfahren.« Ohne auf Sophie zu warten, fährt Pierre weiter.

Am Ende des Ortes verwehrt ein umfriedetes Gut mit einem Herrenhaus die Weiterfahrt an der Küste und es geht links vorbei, an einer alten, hohen Steinmauer, die keinen Blick auf das riesige Anwesen erlaubt.

Für Sophie und Pierre ist es ein angenehmes Radeln unter der strahlenden Sonne, bis sie nach links auf die freien Kartoffelfelder abzweigen und aus dem Schutz der Mauer fahren. Sophie bleibt wie von Geisterhand stehen.

»Scheiße, wo kommt der auf einmal her«, flucht Sophie, als ihr der Gegenwind unbarmherzig entgegenschlägt. »Ich streike!«

»Nur noch ein paar Meter, dann biegen wir ab«, beruhigt sie Pierre.

Der Richtungswechsel ist für Sophie eine willkommene Erholung. »In diese Richtung ist der Wind viel angenehmer, ich muss fast nicht treten, so können wir weiterfahren«, ruft sie Pierre erfreut zu.

Optimismus

Marie-Claire fährt den gleichen Weg wie Pierre und Sophie. In Gedanken versunken achtet sie, entgegen ihrer Angewohnheit beim Vorbeifahren am Café Gustave, dem Stammlokal von Papi und ihrem Vater, nicht auf die Gäste, sie hätte sonst am Tisch neben dem Eingang Sophie und Pierre gesehen.

Auch auf die Zurufe der Bauern, die auf Kartoffelfeldern zwischen Le Vieil und L'Herbaudière bei der Arbeit sind, reagiert Marie-Claire nicht und kämpft unmerklich gegen den kräftigen Gegenwind. Sogar am Hafen ruft sie ihrem Bruder nur innerlich zu: *Dich besuche ich später.* Ihr Ziel ist der wenige Meter entfernte Campingplatz.

Erschrocken wird sie aus ihren Gedanken gerissen, als sie an der Rezeption vorbeifährt und die verblüffte Stimme von Aurélie hört. »Hallo Claire, was machst du denn hier?«

Marie fällt keine Antwort ein. Aurélie ist, wie alle im Büro, der Ansicht, dass Claire ihren Eltern hilft.

»Und du? Hast du heute keinen Dienst?«, weicht Marie-Claire aus.

»Doch, aber hier sind durch die Ausbuchung alle Touristik-Broschüren ausgegangen. Also habe ich schnell welche her hergebracht. Aber was führt Dich hier her?« Aurélie gibt nicht auf.

»Ich musste etwas meinem Bruder bringen, das er bei uns vergessen hat und wollte einfach mal kurz am Blockhaus ein Ruhepäuschen einlegen und mir den Wind ins Gesicht blasen lassen«, täuscht Marie-Claire vor.

»Dann noch einen schönen Tag, Claire. Ach, warte mal. Was hat Yannic mit Marie zu tun?«

»Welche Marie?«

»Deine alte Freundin und Erzfeindin Marie Mercier natürlich. Wo bist du mit deinem Kopf? Du verhältst dich so merkwürdig.« Aurélie lehnt sich mit verschränkten Armen an das Heck eines Wohnwagens, der vor der Zufahrtsschranke steht, und streckt ihre Beine aus, »Ah, das tut meinem Rücken gut.«

»Yannic und Marie. Wie kommst du darauf, was hast du gesehen?«, will Marie-Claire empört wissen.

Niemand von beiden achtet auf den alten Mann, der aus der Rezeption kommt und ins Fahrzeug steigt. Aurélie will gerade antworten, da bewegt sich ihre Rückenlehne mit einem Ruck nach vorne und ihre Beine werden immer länger.

»Autsch. Idiot. Hast du keine Augen im Kopf?«, flucht Aurélie im Fall, den sie mit ihren Händen abfängt, bevor sie auf ihrem Hintern landet.

Marie-Claire sieht Aurélie mit verdutztem Gesicht auf der Erde sitzen und kann sich das Lachen nicht verkneifen, reicht ihr aber die Hände, um ihr beim Aufstehen behilflich zu sein. »Wie soll der Fahrer auch ahnen, dass du an seinem Heck lehnst?«

»Verflucht tut das weh. Ich hätte heute doch besser eine Jeans anziehen sollen«, jammert Aurélie und greift von hinten unter ihren Minirock an die Oberschenkel.

»Blute ich?«, fragend schaut sie Marie-Claire an.

Marie bückt sich. »Nein nur eine kleine Schürfwunde und eine Laufmasche. Sei froh, dass du einen schwarzen Rock trägst, den Staub bekommen wir raus, aber die Dreckflecken vom Wohnwagen, die auf dem Rücken deiner weißen Bluse sind, nicht. Aber was ist jetzt mit Yannic und Marie?«, drängt Marie-Claire.

»Heute Vormittag habe ich beide im Tam-Tam am Tisch bei einem Kaffee sitzen sehen. Sie steckten ihre Köpfe zusammen und waren in ihr Gespräch so vertieft, dass sie mich nicht bemerkten. Was sie sagten, konnte ich aber leider nicht hören«, berichtet Aurélie und klopft sich den Staub vom Rock.

»Ich wusste nicht einmal, dass sich die beiden kennen. Yannic muss es aber nötig haben, überall ist er am Baggern, bei mir, bei dir und jetzt sogar bei Marie, oder er führt etwas im Schilde - nur was?«, ratlos blickt Marie-Claire Aurélie an.

»Ich kann es dir nicht sagen und wundere mich auch. Ich werde aber die Ohren offen halten und bei Yannic auf Tuchfühlung gehen. Nun muss ich aber los, die kleine Denise ist allein im Office und ich muss mich vorher noch umziehen. Ich halte dich aber auf dem Laufenden. Salut Claire, wir sehen uns Morgen beim Fête de Bonnotte«, verspricht Aurélie und verabschiedet sich, bevor sie in ihren gelben Twingo steigt.

Soll Yannic doch machen was er will, nur was hat er mit Marie zu schaffen? Auch egal, mich interessiert jetzt nur, wo Pierre ist. Marie-Claire beginnt Straße für Straße auf dem Campingplatzgelände, das von drei Seiten vom Meer umgeben ist und einen fantastischen Ausblick auf den Atlantik bietet, abzufahren. Der Platz ist wegen des Fête de Bonnotte, überwiegend mit Wohnmobilen, komplett ausgebucht. Ihr Augenmerk legt sie bei der Suche nur auf die Nummernschilder, es muss auf alle Fälle ein deutsches mit dem Buchstaben K sein. Ihre Hoffnung schwindet, nur zwei deutsche Fahrzeuge hat sie gesichtet, jeweils mit älteren Ehepaaren. Sie erreicht das südliche Ende und will durch das kleine Holztürchen den Campingplatz zu verlassen, da erstrahlt ihr Gesicht. Auf dem letzten Platz, direkt mit Blick aufs Meer, steht ein Fahrzeug mit Kölner Kennzeichen.

Komisch, das ist doch der gleiche Wagen wie heute Morgen auf dem Platz Le Clair Matin?, geht es ihr durch den Kopf. Sie steigt ab und umrundet das Fahrzeug, aber niemand ist im oder am Wohnmobil. *Dann fahr ich jetzt mal zu Juliette und komme gleich wieder.*

Marie-Claire öffnet das kleine Holzgatter. Ein Schäferhund kommt ihr entgegen, der sofort an ihrem Bein schnüffelt. Im gleichen Moment hört sie die ihr bekannte Stimme.

»Amigo, hier her, bei Fuß.«

Paul Müller in roten Shorts und weißem Fußballtrikot des 1. FC Köln klettert gerade in weißen Socken und Sandalen vom Strand herauf und schiebt beim Anblick von Marie-Claire sein Baseballcap mit dem Kölner Stadtwappen aus der Stirn. »Nanu, wir zwei kennen uns doch.«

Oh nein. Und ich dachte ich hätte ihn gefunden. Sofort sprudelt es aus ihr heraus: »Hallo, ich dachte, ich hätte sie heute in Noirmoutier-en-l'Île stehen sehen, obwohl sie doch nach L'Épine wollten?«

Paul muss erst einmal kräftig durchatmen, jede kleinste Anstrengung bringt ihn aus der Puste.

»L'Épine war voll, also bin ich nach Noirmoutier, da wurde es mir aber heute Mittag auch zu voll, also bin ich hier her und habe Gott sei Dank noch diesen wundervollen Platz gefunden. Hier kann ich mit Amigo auch viel besser am Meer spazieren gehen«, antwortet Paul schwer atmend.

Was beide nicht wissen, sie sprechen aneinander vorbei. Paul spricht vom großen Wohnmobilstellplatz in Noirmoutier-en-l'Île und Marie-Claire vom dortigen Camping Municipal, auf welchem sie Pierres Fahrzeug gesehen hat, und dachte, es wäre das von Paul.

»Und, hat sie ihr Bekannter besucht?«, setzt Paul das Gespräch fort.

»Nein, leider noch nicht. Aber haben sie den Rotschopf, wie sie ihn nannten, mit seiner blonden Frau schon auf der Insel getroffen?«

»Nein, aber warum interessieren sie sich für die Beiden?«, fragt Paul verdutzt und hält Amigo am Halsband fest.

»Ach, nur so. Und wie gefällt ihnen unsere Insel?«, wechselte Marie-Claire sofort das Thema.

»Ausgezeichnet, ich komme immer einmal im Jahr nach Noirmoutier. Hier hat man noch seine Ruhe, und außerdem muss ich Freunden immer Salz mitbringen«, antwortet Paul.

»Dann wünsche ich ihnen noch einen schönen Aufenthalt, aber jetzt muss ich weiter, Monsieur. Süss«, verabschiedet sich Marie-Claire und krault dabei nochmals den Kopf von Amigo, der ihr mit seinen treuen Augen hinterherblickt.

Verirrt

Pierre und Sophie sind an den Kartoffelfeldern vorbei und erreichen die Hauptverbindungstrasse zwischen Noirmoutier und L'Herbaudière.

»Jetzt fahren wir quer durchs Marais. Nach meiner Karte müssten wir querfeldein auch ankommen«, beschließt Pierre, und steckt die Karte zurück in die Lenkertasche. »Vielleicht finden wir dort irgendwelche Salzbauern und später besuchen wir die andere Marie.«

»Das sind ja Feldwege, schau dir mal die Schlaglöcher an. Da willst du durch? Und wo kommen wir raus? Soweit das Auge reicht, nur flaches weites Land und keine Wegweiser«, empört sich Sophie und fährt Pierre hinterher.

»Das sind auch keine Radwege. Im Endeffekt müssen wir uns nur nach dem Château von Noirmoutier und dem Kirchturm richten, die du am Horizont siehst«, erklärt Pierre und zeigt in deren Richtung.

Die Tour durch das Marais hat sich Pierre einfacher vorgestellt. Zahlreiche kurvige Feldwege führen sie, einem Irrgarten ähnlich, durch die weite Ebene, an kleinen und großen, gepflegten und stillgelegten Salzbecken vorbei. Doch oft endet der Weg im Nirgendwo und zwingt sie zur Umkehr.

Sophie flucht: »Pierre, wir kurven jetzt schon die ganze Zeit durch diese gepflegte Unordnung der Natur, haben aber außer den Salzbecken, Pferde, Kühe und Esel, die auf den Wiesen weiden, keinen einzigen Salzbauern angetroffen. Und das Château ist auch nicht näher gekommen.«

Selbst Pierre ist genervt, will sich aber nichts anmerken lassen. Wortlos nimmt er sein Handy und lässt sich seinen Standort und die möglichen Wege aus Satellitenansicht anzeigen.

»Wenn wir den nächsten Weg nach links nehmen, müssten wir auf die Straße nach L'Épine kommen«, ist Pierres einzige missmutige Antwort.

Die Strecke ist ein Graus, ständig weichen sie Pfützen oder tiefen Schlaglöchern aus oder fahren auf schmalen Grasnarben.

»Hier fahren wir nie wieder durch«, hört Pierre die cholerische Stimme von Sophie und schaut sich nach ihr um - ein fataler Fehler. Er verreist seinen Lenker, fährt in ein tiefes Wasserloch und sein Vorderrad bleibt im Morast stecken. Sein Lenkmanöver zeigt keine Wirkung.

Pierre liegt im Dreck und Sophie lacht lauthals los. »Jetzt siehst du wie eine Moorleiche aus.« Die Schadenfreude ist ihr anzusehen.

Pierres Blicke sagen alles. Verärgert steht er auf und betrachtet kopfschüttelnd seine Designerbrille, die er aus dem Schlamm zieht. Hände, Füße und seine gesamte rechte Körperseite sind mit braunem, übel riechendem Matsch überzogen.

»Die blöde Marie kann warten. Wenn wir wieder auf einer Straße sind, fahren wir direkt zum Campingplatz zurück. Ich muss duschen. Schau mal, wie ich aussehe und stinke«, flucht Pierre und setzt sich auf sein Rad.

Ironisch fragt Sophie nach: »Und welche Marie kann warten?«

»Die aus L'Épine natürlich.«

Noel

Wie versprochen, besucht Marie-Claire ihre Schwägerin und erzählt ihr beim Kaffee von ihrer erfolglosen Suche. Juliette gelingt es nicht, sie aufmuntern oder Hoffnung zu geben, und enttäuscht radelt Marie-Claire nach Hause.

Wie von einer Tarantel gestochen, springt Marie-Claire von ihrem Fahrrad und lässt es an der Toreinfahrt liegen. Mehrmals stolpert sie in ihrer Hast zum Haupthaus. Ein ihr unbekannter Citroën Berlingo mit Kölner Kennzeichen steht neben Großvaters Méhari.

»Hallo, ich bin hier«, ruft sie voller Freude und reist die Tür auf.

»Wow, was ist denn in dich gefahren?«, schallt ihr die überraschende Stimme ihrer Mutter entgegen.

Völlig außer Atem blickt Marie-Claire in die Runde und mit einem Schlag ist ihr Traum geplatzt.

»Hallo Claire, lass Dich umarmen.« Ihre Freundin steht auf und kommt mit ausgebreiteten Armen auf sie zu.

»Hallo Noel, was treibt dich nach Noirmoutier?«, fragt Marie-Claire überrascht und deprimiert zugleich, als sie sich umarmen.

»Salz, Kartoffeln, der Duft des Meeres und das Heimweh natürlich«, lacht Noel.

»Warum das Salz und die Kartoffeln?«, fragt Colette erstaunt.

»Damit verdiene ich etwas nebenbei. Ich kenne inzwischen viele Kölner Restaurants und einige davon haben bei mir Fleur de Sel und die Bonnotte bestellt. Somit habe ich mir ein paar Tage Urlaub genommen. Also verbinde ich meinen Heimaturlaub mit dem Nützlichen«, antwortet Noel auf die Frage von Marie-Claires Mutter.

Noel und Marie-Claire besuchten schon gemeinsam den Kindergarten, die gleiche Schule, und machten zusammen ihren Bachelorabschluss in Touristik. Marie-Claire entschied sich danach für das Office de Tourisme. Noel verschlug es zu einem Reiseveranstalter, der sie vor einem Jahr nach Köln versetzte. So kam es, dass Marie-Claire über Karneval Noel in Köln besuchte.

»Maman, wir gehen rüber zu mir. Wir haben uns viel zu erzählen. Zum Abendessen kommen wir wieder.« Marie-Claire nimmt Noel an die Hand und zieht sie wie ein kleines Kind hinter sich her.

»Wie lange bleibst du?«, fragt Marie-Claire.

»Nächste Woche Freitag muss ich wieder in Köln sein und meine Kartoffeln ausliefern und am Montag geht mein Dienst wieder los.«

Im Salon, der Esszimmer und Küche vereint, lassen sich beide auf die große Couch fallen.

Noel kommt kaum zu Wort. Marie-Claire redet wie ein Wasserfall und erzählt ihr von all ihren Erlebnissen in Köln mit Pierre, obwohl sie ihr am Telefon darüber schon alles berichtet hatte. Ihre Stimme überschlägt sich fast, ohne Pause schildert sie die Ereignisse der letzten Woche auf Noirmoutier, bis ihr Telefon klingelt.

»Hallo, ihr zwei. Das Essen ist fertig«, ertönt die auffordernde Stimme von Colette am anderen Ende der Leitung.

Auszeit

Am nächsten Tag meiden Pierre und Sophie die Stadt, die von Menschenschaaren bevölkert wird. Der einsetzende leichte Sprühregen lässt sie auf der kleinen Radtour in das bekannte Schmetterlingshaus im Gewerbegebiet von La Guérinière flüchten. Pierre ist fasziniert von der Vielfalt der Arten, von kleinen

Tagfaltern, den unzähligen farbenprächtigen Schmetterlingen und dem großen Atlasspinner, die ihn umschwirren. Ständig fordert er Sophie auf, ein Foto zu schießen, von den blühenden tropischen Pflanzen und schillernden Faltern.

»Pierre ich hab jetzt über 100 Aufnahmen für dich gemacht. Wie lange willst du noch bleiben? Es hat aufgehört zu regnen«, versucht Sophie ihn zum Gehen aufzufordern. »Lass uns besser zurück fahren, bevor es wieder anfängt«, schlägt sie vor und geht zum Ausgang.

Auf dem Rückweg halten sie nochmals an allen Verkaufsstellen der Salzbauern, die an der Straße liegen, aber wie die Tage zuvor, kennt niemand Marie.

Auch Marie-Claires erneute Suche bleibt an diesem Tag erfolglos.

13

Erwartung

Mit »Guten Morgen. Frühstück ist fertig«, wird Sophie aus ihren Träumen geholt. Sie reckt und streckt sich in dem bequemen Bett.

»Was bist du heute Morgen so fröhlich?«, raunt sie nach vorne.

»Heute ist mein Tag, Sophie. Wenn ich Marie heute bei diesem Fest nicht finde, gebe ich es auf«, erwidert Pierre und schenkt den Kaffee ein.

In ihrem Seiden-Pyjama kommt Sophie schlaftrunken an den Tisch. »Lecker frische Croissants und Baguette. Ich hab gar nicht bekommen, dass du weg warst. Was sagt übrigens dein Handy?«, fragt sie.

»Oh, gut, dass du mich daran erinnerst.« Pierre greift nach seinem Telefon, schaltet es an, aber es bleibt dunkel. »Mist, ich habe vergessen das Kabel anzuschließen«, und steckt den Stecker in die Dose.

»Wie sieht dein Plan heute aus?«, will Sophie wissen, bevor sie sich das Croissant in den Mund schiebt.

»Nur zum Kartoffelfest und hoffentlich Marie finden. Die Stadt war ja gestern, am Freitag, schon total überlaufen. Ich bleib heut im Liegestuhl. Oder hast du einen anderen Plan?«

»Nein, das finde ich okay einfach mal Ausspannen«, murmelt Sophie mit vollem Mund und wischt sich die Blätterteigkrümel vom Kinn. »Außerdem haben wir heute traumhaftes Wetter, kein Wölkchen am Himmel und strahlenden Sonnenschein.«

Ernte

Fast dreitausend Erntehelfer sind heute damit beschäftigt, die köstliche Bonnotte aus der Erde zu holen. Auch Marie, ihr Bruder mit Schwägerin und sogar Noel helfen auf dem elterlichen Feld bei der Ernte mit. Keine Maschinen sind im Einsatz. Die kleine Knolle, die in einem sandigen Boden heranwächst und mit Algen gedüngt wird, wird von Hand geerntet. Nur auf und rund um Noirmoutier, oder auf Sonderbestellung und auf dem Pariser Großmarkt ist die bei Sternenköchen beliebte Kartoffel für knapp vier Wochen erhältlich. Einige Gastronomen reisen sogar speziell für den Einkauf über Hunderte von Kilometern an, um sie bei der Coopérative Agricole einzukaufen.

Seit drei Tagen wimmelt es auf Noirmoutier von Touristen, überwiegend Franzosen. Auf Stell- und Campingplätzen ist kein Platz mehr zu bekommen.

161

»Wie viel Kilogramm hast du in Deutschland verkauft?«, wird Noel von Jean, Marie-Claires Vater, gefragt.

»Zweihundert, alles in Zehn-Kilo-Körben.«

»Und wie viel Salz?«

»Einhundert Kilo Fleur de Sel in Ein-Kilo-Beuteln und zweihundert Kilo grobes Salz in Fünf-Kilo-Säcken. Ich hoffe, du hast so viel auf Lager«, antwortet Noel.

»Kannst du alles haben. Ich hoffe nur, dass bei deiner Kalkulation nach dem Sprit für dich noch etwas über bleibt und du so viel laden darfst.«

»Glaube mir, mir bleibt reichlich, vielleicht mache ich damit nebenberuflich einen Shop auf. Aber du bleibst mein einziger Lieferant«, lacht Noel.

Nicht nur die Arbeit, auch die Sonne bringt alle ins Schwitzen.

Zur Mittagszeit, nachdem sie die Kartoffeln bei der Coopérative abgeliefert haben und die ersten Radfahrer bereits auf der Sternfahrt sind, fahren alle erschöpft und nass geschwitzt nach Hause.

»Ab wann bist du heute Abend eingeteilt?«, fragt Colette ihre Tochter.

»Bereits ab fünf Uhr und am Abend bin ich an der Ausgabe und Papa ist wie immer beim Sardinengrillen«, antwortet Marie-Claire. »Aber jetzt gehe ich erst einmal unter die Dusche.«

Einladung

Sophie und Pierre liegen den ganzen Tag vor dem Wohnmobil in der Sonne. Sophie ist mit ihrem Tablet beschäftigt, beantwortet E-Mails und surft durch diverse Modeseiten, während Pierre sich seinem Lieblingsthema der Toxikologie, einem Buch über exotische Gifte und deren Nachweis widmet.

»Wann brechen wir auf?«, fragt Sophie und schaut auf ihre Uhr.

»Es soll um neunzehn Uhr losgehen, also sollten wir spätestens um halb sieben dort sein, um noch einen Platz zu bekommen, besser noch etwas früher«, erwidert Pierre.

Sophie steht auf. »Dann werde ich jetzt unter die Dusche springen und mich fertigmachen. Gehen wir zu Fuß oder nehmen wir das Rad?«

»Das sind zu Fuß mindestens dreißig Minuten dort hin«, bemerkt Pierre, ohne von seinem Buch aufzublicken.

»Und mit dem Rad kann ich kein Kleid anziehen«, protestiert Sophie.

Nicht schon wieder, denkt Pierre und gibt in erstem Ton zurück: »Das ist keine Gala und kein Laufsteg, zieh eine Hose an und wir fahren mit dem Rad. Basta. Oder willst du danach im Dunkeln den ganzen Weg zu Fuß zurück?«

Sophie will gerade zur Antwort ansetzen, da klingelt ihr Handy.

»Hallo«, meldet sich Sophie.

»Hallo Sophie, hier ist René. Ich wollte sie, wie versprochen, zur Plat de fruit de mer bei Champagner und danach zu einem Café gourmand in mein Haus einladen.«

Damit hat Sophie jetzt nicht gerechnet. »Oh, habe ich es etwa doch mit einem Gentleman zu tun, René? Ich hätte nicht gedacht, dass sie sich melden. Gerne nehme ich ihre Einladung an, aber warum nicht in einem Restaurant?«, freut sich innerlich Sophie.

»Erstens hasse ich überfüllte Lokale, zweitens habe ich hier einen wundervollen Ausblick und drittens einen ausgezeichneten Cateringservice, das Fischgeschäft auf der Fußgängerzone, kennengelernt. Was spricht also dagegen?«, versucht René sie zu überzeugen.

Sophie reibt sich nachdenklich über die Stirn. »Die Argumente lasse ich gelten. Und an welchen Termin haben sie gedacht?«

»Wenn es Ihnen passt, morgen Abend«, schlägt René vor.

»Das würde mir entgegenkommen und um wieviel Uhr?«

»Ich würde sie um acht Uhr abholen, wenn sie mir sagen, in welchem Hotel sie sind.«

Hotel? Ich kann ihm doch nicht sagen, dass ich campe. Mist und nun?, fliegen Sophie die Gedanken durch den Kopf.

»Sind sie noch dran, Sophie?«, hört sie Renés Stimme.

»Ja, ja, aber ich werde ein Taxi nehmen und bin um acht Uhr morgen Abend bei Ihnen. Dann können sie sich darum kümmern, dass der Champagner kalt bleibt«, versucht Sophie ihn umzustimmen.

»Wie sie meinen. Dann sehen wir uns morgen. Es freut mich, sie wiederzusehen.«

»Und ich danke für die Einladung und werde mich überraschen lassen, René. Ach, wie hat eigentlich ihr Umzug geklappt?«

»Es war fast Mitternacht bis alle Kisten und Möbel im Haus waren. Und das größte Problem, ein Schrank haben die Umzugsleute auf einem langen Anhänger mit einem Traktor zum Haus gebracht. Aber Gott sei Dank, ist alles unbeschädigt geblieben. Nun gut. Auf alle Fälle freue ich mich auf sie. Au revoir, Sophie.«

»Au revoir, René«. Sophie beendet das Telefonat.

164

»Wer war das denn?«, fragte Pierre.

Sophie erzählt ihm in kurzen Worten von der Einladung.

Pierre schaut sie überrascht an. »Du willst zu diesem Playboy ins Haus?«

Sophie ist inzwischen aufgestanden und schaut von oben auf Pierre herab. »Meinst du, er frisst oder vergewaltigt mich. Das traue ich ihm nicht zu und zweitens kann ich mich wehren, ich habe vor einigen Jahren nicht umsonst an einem Selbstverteidigungskurs teilgenommen. Also entspanne dich, ich bin alt genug. Und nun muss ich mich fertigmachen.«

»In deiner hautengen Jeans gefällst du mir besser, als in einem Abendkleid «, schwärmt Pierre, als Sophie vor ihm steht.

»Danke, aber in einem Kleid könnte ich auch nicht Radfahren«, erwidert Sophie und zupft sich nochmals die Haare in Form.

»Dann lass uns losfahren, ich hole nur mein Handy.« Pierre schaltet sein Smartphone an und auf dem Display lacht ihn Marie an. »Wie blöd muss man sein, das ist doch nicht wahr. Sophie daran hättest du auch denken können«, flucht Pierre lautstark.

Erschrocken schaut Sophie ihn an. »Was ist jetzt los – woran hätte ich denken können?«

»Dass ich das Bild von Marie auf dem Handy habe. Das hätten wir den Leuten, die wir alle befragt haben, nur zeigen brauchen. Gesichter bleiben im Hirn besser haften, als ein Name. Heute Abend werde ich es allen Einheimischen unter die Nase halten.« Pierre freut sich wie ein kleines Kind zu Weihnachten und schiebt seine Brille auf der Nase nach oben. »Auf Sophie, lass uns fahren«, drängt er jetzt.

»Mein Gott, hast du es nun aber eilig.« Sophie kann gar nicht so schnell aufs Rad aufsteigen, wie Pierre alles verschlossen hat und schon vorgefahren ist.

Fête de la Bonnotte

Sophie kann das Tempo kaum mithalten, obwohl es windstill ist. Am Hof der Coopérative ankommen, steigt sie völlig erschöpft vom Rad ab und wischt sich fluchend den Schweiß von der Stirn. Die unzähligen Tische und Bänke, die am Nachmittag aufgestellt wurden, sind vor lauter Menschen nicht mehr zu sehen.

»Das glaube ich nicht. Das kann doch nicht wahr sein. Nein das tue ich mir nicht an«, entfährt es Sophie, für die Geduld keine Tugend ist. Zwei unendlich lange Menschenschlangen stehen an. Zwei Kunden vor ihr an der Supermarktkasse sind schon ein Gräuel für sie.

»Da müssen wir jetzt durch. Die anderen schaffen es ja auch. Das geht bestimmt schnell voran«, versucht Pierre sie zu beruhigen, obwohl er bereits um die hundert Personen je Reihe überschlagen hat, die alle geduldig und in Gespräche vertieft anstanden, um die ersten Bonnotte mit gegrillten Sardinen zu genießen. Keiner in der Schlange zeigt die geringsten Anzeichen von Ungeduld.

»So muss es wohl in der DDR gewesen sein, wenn es Bananen gab«, lästert Sophie.

Zum Zeitvertreib schaltet Pierre sein Handy an. Und ruft seine Mailbox ab. Zweimal war es das Institut, die hatten aber keine Nachricht hinterlassen und zwölfmal Gerd: »Hallo Pierre, wie geht's, ruf mal zurück«, »Hallo Pierre hier ist Gerd, alles in Ordnung? Melde Dich einmal.«, »Hier ist nochmals Gerd. Ist alles in Ordnung?«, »Nochmals Gerd, ist Euch etwas passiert? Ruf mich an.« Vor der nächsten Nachricht hört er den

Warnton des Akkus und spürt, wie das Smartphone zu vibrieren beginnt. Sein Handy schaltet sich ab. *Nein! Nicht jetzt! Scheiß Technik. Ich brauch Dich jetzt.* All seine Versuche schlagen fehl, das Handy wieder zu starten.

Erschrocken starrt Pierre auf das dunkle Display und beschwert sich bei Sophie: »Mein Akku ist leer.«

»Das war doch eben noch voll?«, wundert sich Sophie.

»Ja es hat auch den ganzen Tag geladen. Und nun? Es startet auch nicht mehr.«

»Dann ist dein Akku defekt«, stellt Sophie mit einem Achselzucken fest.

Pierre fuchtelt mit dem Handy hin und her. »Und das Bild von Marie? Wie komme ich jetzt da ran?«

»Sorry, gar nicht ohne Strom«, kommentiert Sophie.

Flirt

Catherine Dupont hat es geschafft und nimmt endlich ihren Teller mit den Sardinen und Kartoffeln entgegen. Suchend nach einem freien Sitzplatz in der Menge geht sie zwischen den Tischen umher. *Na das ist doch ein netter Jüngling,* denkt sie, und hat Yannic in der Ecke im Visier. Zielstrebig steuert sie den freien Sitzplatz gegenüber von ihm an.

»Bonsoir, Monsieur. Ist hier noch frei?«, fragt sie Yannic höfflich.

»Bonsoir, Madame, sie dürfen sich gerne setzen, der Platz ist nicht belegt«, antwortet Yannic. Er hat zwar die Hoffnung, dass sich Marie-Claire zu ihm setzt, aber sie wird an der Theke frühestens in einer Stunde abgelöst.

Catherine nimmt einen Schluck Wein und fährt fort: »Ich hoffe, ich habe einer charmanten Begleitung nicht den Platz weggenommen.«

»Keinesfalls, Madame, ich bin solo«, plaudert Yannic ohne zu denken los. *Was rede ich für einen Quatsch, das interessiert doch niemanden. Mit ihren zirca vierzig Jahren sieht sie aber verflucht gut aus,* geht ihm durch den Kopf.

Catherine reist ihn aus seinen Gedanken. »Sie kommen mir irgendwie bekannt vor, Monsieur«, versucht sie das Gespräch zu beginnen. Ihr jugendliches Outfit und das Make-up haben ihr wahres Alter wie immer bestens kaschiert.

»Das kann möglich sein, Madame. Ich arbeite für ein Immobilienbüro«, antwortet Yannic und schiebt sich eine Kartoffel in den Mund.

Na also, jetzt kriege ich dich, freut sich Catherine. »Das trifft sich aber gut, ich plane nämlich, mein Haus in La Madeleine zu verkaufen. Wissen sie, mein Mann ist verstorben. Die Yacht habe ich schon verkauft und jetzt, wenn der Preis stimmt, trenne ich mich auch von dem Haus. Ich werde dann zu meiner Schwester an die Côte d'Azur ziehen«, lügt sie und seufzt: »Aber hier gibt es so viele Makler, da weiß man gar nicht, wen man nehmen soll.«

Yannic wird hellhörig. Das lässt er sich nicht nehmen. »Da kann ich mich und unser Immobilienbüro nur empfehlen, Madame. Unsere kaufkräftigen Klienten suchen speziell Objekte im oberen Preissegment und in guten Lagen. Und ich nehme an, ihr Anwesen gehört dazu.«

Nachdem Catherine den Standort ihres Hauses nennt, weiß Yannic sofort, um welches Anwesen es sich handelt. Dafür sind bestimmt um zwei Millionen erzielbar. Seine Rechenmaschine im Kopf läuft auf Hochtouren, während Catherine ihn mit belanglosen Gesprächen weiter um den Finger wickelt.

Dann wollen wir den ersten kleinen Test machen, beschließt Catherine.

Yannic bleibt fast die Sardine im Hals stecken. Er spürt ihre Fußspitze an seiner Wade. *Das kann keine Absicht sein, sie ist in ihr Essen vertieft und wippt dabei unabsichtlich mit ihrem Fuß. Wenn ich jetzt mein Bein zurückziehe, könnte sie es bemerken und sich entschuldigen. Es wäre ihr aber dann sicherlich peinlich und sie wird einen anderen Makler suchen. Ich werde mir nichts anmerken lassen.*

Innerlich ist Catherine am Schmunzeln, sie ahnt, was Yannic im Kopf rumgeht. »Monsieur, wie ist überhaupt ihr Name?«

»Fournier, Yannic Fournier«, stottert Yannic.

»Was halten sie davon, wenn sie morgen Nachmittag zu mir kommen? Bei einem Kaffee können wir uns dann ganz ungezwungen unterhalten und ich kann Ihnen alle Räumlichkeiten, Annehmlichkeiten und alles zeigen«, wobei sie mit einem frivolen Blick das Wort 'Alles' besonders betont und ihre Fußspitze absichtlich nochmals wippen lässt. Am Zucken von Yannics Adamsapfel erkennt sie triumphierend: *Na also, ich kann es noch. Das erste Match ist gewonnen.*

Yannic versucht, seine Nervosität zu unterdrücken. »Gerne, Madame Dupont. Wenn es Ihnen recht ist, komme ich gegen vier Uhr?«

»Wunderbar, dann sehen wir uns morgen um vier«, lächelt sie ihn an, und prostet ihn mit dem Weinglas zu.

Erschöpft

Marie Mercier lässt von ihrem Standort Yannic nicht aus den Augen. *Wer ist die alte blondierte Schachtel, die ihm schöne Augen macht? Warte ab, du gehörst mir, und du bist meine Rache an Claire.*

Auch Marie-Claires Augen schwenken ständig hin und her, über die Köpfe, die in der Schlange stehen und über die Tische, immer in der Hoffnung einen Rotschopf zu entdecken. Sie ist so angespannt, dass ihr bei der Arbeit ein Leichtsinnsfehler nach dem anderen unterläuft.

Sie entdeckt Yannic, macht sich aber über die ältere Blondine bei ihm keine Gedanken. *Bestimmt eine Kundin. Aber wie die blöde Marie ihn die ganze Zeit im Auge hält, ist schon seltsam.*

»Claire bist du am Schlafen?«, Monsieur Durand, der die Aufsicht hat, holt Marie-Claire wieder in die Realität zurück.

»Nein, Monsieur Durand, ich bin nur etwas erschöpft«, lügt sie.

»Dann mach jetzt Feierabend und genieße den restlichen Abend. Ich finde schon Ersatz für dich. Du hast heute wie immer viel geleistet. Vielen Dank, Claire«, schlägt ihr Monsieur Durand in aufrichtigem Ton vor und klopft ihr väterlich auf die Schulter.

»Danke, Monsieur Durand.«

Wenige Minuten später verlässt Marie-Claire ihren Platz. Im Umkleideraum will sie sich aufwärmen und danach den Fischgeruch abduschen. Chic will sie für Pierre aussehen, wenn sie ihn in der Menschenmasse findet. Sie hat die Hoffnung immer noch nicht aufgegeben.

Kopflos

Es ist kühl geworden, und Pierre hat sich seine marineblaue Seemannsmütze aus Merinowolle über den Kopf gezogen. Nur eine kleine, fast unsichtbare Strähne lugt über seiner Stirn heraus.

»Ich habe eiskalte Füße. Wir stehen hier jetzt schon über eine halbe Stunde an«, beschwert sich Sophie.

»Wir haben es bald geschafft. Sing doch einfach mit.« Pierre spielt auf die Livemusik an, die bretonische Seemannslieder zum Besten gibt.

Marie Mercier erkennt Pierre und Sophie sofort. Um nicht gesehen zu werden, zieht sie sich von ihrem Weinstand zurück und versteckt sich hinter einer der großen Kartoffelkisten. Ungesehen kann sie von dieser Position alles weiterhin gut beobachten.

Die Wärme des Tellers in ihrer Hand lässt Sophie aufatmen. »Endlich. Wir haben es geschafft und bekommen wieder warme Hände«, freut sie sich und schaut sich nach einem Sitzplatz um. Alle Bänke sind besetzt. Während sie auf Pierre wartet, der sich noch durch die Menge schiebt, stehen am anderen Ende des langen Tisches, an dem Yannic und Catherine sitzen, drei Personen auf. Zielstrebig steuern Sophie und Pierre die freien Plätze an.

In Marie Mercier steigt die Wut auf. *Müssen die sich jetzt an den gleichen Tisch wie Yannic setzen. Wenn ich jetzt zu Yannic gehe, ist der Ärger vorprogrammiert, die erkennen mich doch und Yannic bekommt alles mit. Yannic wird den beiden erzählen, wo sie Claire finden. Merde. Ich kann doch hier nicht stehen bleiben.*

Ihre Hirnzellen arbeiten auf Hochtouren, ohne den Blick von Yannics Tisch zu nehmen. *Wo ist Claire geblieben? Wenn sie zu Yannic geht, dann sieht sie die beiden auch. Das muss verhindert werden.*

171

Warten

»Ich verstehe es nicht. Sie müsste doch als Einheimische auf diesem Fest sein, und alle, die wir hier und die letzten Tage gefragt haben, kennen sie nicht. Da ist doch was faul. Sie wird mich doch nicht angelogen haben und gar nicht hier wohnen?« Pierres Stimme klingt deprimiert und seine Zweifel, sind deutlich herauszuhören.

»Nun warte erst einmal ab Pierre. Wir bleiben trotz der Kälte heute Abend noch eine Stunde hier. Nur wenn ich das gewusst hätte, dass es so abkühlt, hätte ich mich wärmer angezogen. Schau dich um, wir laufen wie Sommertouristen rum, aber die Einheimischen wussten, was sie erwartet.«

Trotz der Kälte steht Monsieur Durand, Aurélies Vater, vor Stress der Schweiß auf der Stirn. Wieder einmal schleppt das Stadtratsmitglied mit der Sackkarre unermüdlich neue Kisten Wein heran, als er Maries Stimme hört.

»Monsieur Durand, wissen sie, wo Claire ist?«

»Ich glaube sie ist hinten in den Umkleideräumen«, antwortet er hektisch im Vorbeigehen.

Und dort muss sie bleiben, beschließt Marie.

Ein Großteil der Besucher singt im Chor die bekannten Chansons und Shanties der Liveband mit, andere scherzen oder unterhalten sich angeregt bei Wein und Essen.

Yannic und Madame Dupont beschließen indessen, in der Stadt nach einer ruhigen Bar Ausschau zu halten. Yannic ist so in Gedanken vertieft, dass er Pierre und Sophie beim Vorbeigehen nicht erkennt.

Der Wein fließt in Strömen und Monsieur Durand, ein Mitglied des Stadtrats, kommt mit einer neuen Ladung Weinkisten vom Lager. Im Augenwinkel sieht er Marie Mercier aus dem Gebäude kommen und ruft ihr zu: »Hast du Claire gefunden?«

Erschrocken fährt Marie-Claire herum. »Nein, ich glaube, sie ist nach Hause gegangen. Ich bin heute auch fix und fertig und fahre nach Hause«, stottert sie.

»Wie? Du feierst nicht mehr mit?«, wundert sich Monsieur Durand. Marie Mercier gehört ansonsten immer zu den Letzten, die eine Feier verlassen.

»Nein, heute nicht. Au revoir Monsieur Durand.« Sie wirft noch einen suchenden Blick zum Tisch von Yannic. Pierre und Sophie sitzen immer noch da, aber Yannic und Catherine sind weg.

Mehrmals versucht Marie Mercier auf dem Heimweg, Yannic anzurufen, erhält aber nur die Nachricht, dass der Teilnehmer nicht erreichbar ist.

Schock

»Wie lange willst du noch warten, Pierre? Die Stunde ist längst um.« Sophie wird ungeduldig. »Die Musik ist zwar toll, der Wein schmeckt gut, aber mir ist verflucht kalt, und wir müssen noch alles mit dem Rad zurück.«

»Ich dreh nochmals eine Runde und wenn ich zurückkomme, fahren wir. Versprochen.« Pierre macht einen niedergeschlagenen Eindruck und steht auf.

»Ich komme mit dir. oder soll ich hier alleine, wie bestellt und nicht abgeholt, sitzen bleiben?«, antwortet Sophie und erhebt sich.

Nicht ein Gesicht entgeht Pierre. Tisch für Tisch und alle weiblichen Besucher werden von ihm taxiert.

»Hier muss was passiert sein.« Sophie bemerkt an der Essensausgabe einen Tumult und ungewöhnliche Hektik.

»Ruft die SAMU, schnell!«, hören beide eine Frau rufen, die aus dem Gebäude stürmt.

Schlagfertig fragt Sophie: »Können wir helfen, mein Freund ist Arzt?«, und deutet auf Pierre.

Pierre schaut Sophie fragend an, er kann interpretieren, dass jemand in Gefahr ist.

»Oui. Kommen sie schnell.« Jean Letour ergreift Pierres Arm und zieht ihn mit sich. »Retten sie meine Tochter.«

Pierre folgt schnellen Schrittes Marie-Claires Vater zur Menschenmenge, die sich im Umkleideraum, dessen Tür gewaltvoll eingetreten wurde, versammelt hat.

»Attention, Attention«, ruft Jean und drängt sich mit Pierre durch die Menge.

Vor der Dusche sieht Pierre eine entblößte, weibliche Person in ihrem Erbrochenem auf der Seite liegen. Neben ihr sitzt Colette, schluchzend und weinend auf dem nassen Boden.

Sofort geht Pierre auf die Knie und dreht die Frau auf den Rücken. Sein Gesicht wird aschfahl.

»Nein! Marie, Marie«, ruft er und Tränen stehen in seinen Augen. So hat er sich das Wiedersehen nicht vorgestellt. Sophie steht erstarrt neben ihm.

Er erkennt sofort, dass es sich um einen akuten Notfall handelt. Sie lebt, doch nach den Symptomen von Pupillen, Atmung und Herzschlag kommen für ihn einige Ursachen infrage, aber er kann nur Hypothesen anstellen.

Pierres Stimme überschlägt sich. »Sophie frag ihren Vater, ob sie heute Alkohol getrunken hat oder Medikamente einnimmt oder vielleicht doch hin und wieder ein Rauschmittel zu sich nimmt oder an einer Krankheit leidet.«

Sophie befragt Jean Letour wie befohlen, doch der verneint kopfschüttelnd alle Fragen.

In diesem Moment treffen auch schon zwei Sanitäter mit einer Bahre ein.

Pierres Stimme überschlägt sich. »Sophie, sag Ihnen, dass es auf eine Vergiftung oder Überdosis hindeuten könnte und ich im Rettungswagen mitfahre. Wenn sie an keiner Krankheit leidet und wirklich nichts eingenommen hat, könnte es sich vielleicht um einen ganz üblen Scherz handeln, weil auch die Tür verschlossen war.«

Im Telegrammstil erklärt Sophie den Sanitätern den Sachverhalt und wer Pierre ist. Trotz einiger Proteste bekommt Pierre die Erlaubnis, zum ärztlichen Notdienst mitzufahren, nachdem Claires Vater zugestimmt hat.

Im Rausgehen drückt Pierre Sophie die Schlüssel in die Hand. »Hier, die Wohnmobilschlüssel, ich komme später nach.«

Erschüttert tritt Sophie ins Freie. Die eingetroffenen Polizisten haben bereits mit der Befragung begonnen und Sophie erzählt ihnen von Pierres vagem Verdacht.

Robert, der Freund von Marie-Claires Bruder und Gendarm, befiehlt sofort nach Sophies Schilderung, alle Spuren zu sichern und den Umkleideraum absperren zu lassen.

Schlaflos

Sophie kann weder schlafen, noch einen klaren Gedanken fassen und läuft die drei Meter im Wohnmobil ständig auf und ab. Pierre kann sie nicht erreichen, sein Handy ist defekt, und sie weiß nicht, wo er ist. Ihr will nicht in den Kopf, dass Pierre Marie unter diesen Umständen wiedersehen musste.

Es ist bereits drei Uhr morgens, als sie sich die letzte Tasse Kaffee einschüttet und die Tür aufgeht.

»Wie geht es ihr?«, überfällt sie Pierre, bevor er die Türe geschlossen hat.

»Sie ist wohlauf, Gott sei Dank. Zwar noch etwas benommen, aber morgen wird sie wieder einigermaßen auf dem Damm sein«, und ein schmales Lächeln huscht über sein übermüdetes Gesicht.

»Wie ist das passiert? Eine Lebensmittelvergiftung oder hat sie was eingenommen?«, fragt Sophie aufgeregt.

»Man hat ihr den Magen ausgepumpt und den Kreislauf stabilisiert. Der erste Nachweis deutet auf Benzodiazepin hin. Genaueres muss das weitere Labor ergeben. Blutdruck und EKG sind wieder im grünen Bereich und morgen Vormittag kann sie wieder nach Hause, wenn sie ausgeschlafen hat und keine Nebenwirkungen oder Auffälligkeiten zeigt.«

»Und was ist Benzo Dingsbums, kannst du mir das auch erklären?«, fragt Sophie und setzt sich.

Pierre zieht die Schuhe aus und versucht es Sophie zu erklären: »Also, ich möchte jetzt keinen wissenschaftlichen Vortrag halten. Einfach gesagt gehören die Benzos, wie man sie allgemein nennt, zu den verschreibungspflichtigen Betäubungsmitteln und werden von der Pharmaindustrie auch in Medikamenten gegen Schlafstörungen oder Angstzuständen verwendet. Laut Aussage ihrer Eltern nimmt sie aber keine

Arzneimittel ein und auch Marie verneinte die Frage, ob es etwas eingenommen hat.«

»Sie war wach? Hat sie dich erkannt?«, freut sich Sophie und nimmt die Cognacflasche aus dem Schrank.

Pierre strahlt. »Ja. Ganz kurz, bevor ich gegangen bin. Sie hat, wie ich, vor Freude geweint, ist aber gleich wieder eingeschlafen.«

Sophie beugt sich zu Pierre und umarmt ihn. »Ich freue mich für dich«, flüstert sie ihm ins Ohr.

»Morgen«, Pierre schaut auf die Uhr, »also ich meine heute, werde ich sie direkt besuchen. Jetzt trinken wir noch einen Kleinen und dann ab ins Bett.«

»Wie bist du eigentlich zurückgekommen, Pierre?«

»Maries Vater hat mich hergebracht. Ein wirklich netter Mensch, und ihre Mutter hat mich ebenfalls dankend umarmt und mir zwei Küsschen auf die Wangen gedrückt.«

»Weiß man schon, wie es passiert ist?«

»Nein, nicht genau. Wie ein Gendarm berichtet hat, war die Tür zur Umkleide verschlossen. Man hat die Tür dann aufgebrochen, als eine Frau ihre Tasche holen wollte und zur Toilette musste. Da hat man Marie gefunden. Aber wenn sie morgen wieder einen klaren Kopf hat, wird sie uns und der Polizei sicherlich erzählen, was sich abgespielt hat. Wichtig ist, dass sie lebt. Der Rest wird sich aufklären.«

Pierre leert das Cognacglas in einem Zug. »Nun komm, lass uns schlafen gehen.«

14

Einsiedler

Kurz nach neun Uhr schlägt Sophie die Augen auf. Immer noch erschüttert von den gestrigen Ereignissen öffnet sie alle Rollos und bereitet liebevoll das Frühstück zu. Bevor sie die Eier in den Kochtopf gibt, beschließt sie, Pierre zu wecken, der dem Schnarchen zufolge weiterhin im Tiefschlaf ist.

Gemeinsam, beide mit einem geräderten Gesichtsausdruck, sitzen sie am reichlich gedeckten Frühstückstisch.

»Mein Fahrrad muss ich ja auch noch holen, oder hast du es mitgebracht?«, scherzt Pierre, als er sein Frühstücksei köpft.

Erstaunt sieht Sophie ihn an, »Ich konnte es mir schlecht auf den Rücken schnallen, oder?«, und leckt ihren Finger ab, auf den sie Eigelb gekleckert hat.

»Dann holen wir es gleich mit Wohnmobil, wenn wir fahren.«

»Fahren? Wo willst du hinfahren?«

»Maries Vater hat mir gestern angeboten, auf seinem Grundstück zu parken, dort wäre reichlich Platz, direkt am Strand. Dann bin ich auch gleich bei Marie. Ist das nicht toll?«, schwärmt Pierre.

Ungläubig sieht Sophie ihn an. »Und du hast ihn verstanden?«

»Nein. Der Arzt hat es mir übersetzt.«

»Na dann lass uns mal alles einräumen. Ich mache alles hier drinnen, und du packst draußen alles ein. Danach gehen wir hier noch duschen und du rasierst gefälligst deinen Dreitagebart ab. Was soll Marie sonst von dir denken? Das Gestrüpp steht dir nicht.«

»Ich muss vorher auch noch entsorgen, Wasser tanken und den Platz bezahlen. Dann aber Tempo, bis zwölf Uhr muss alles erledigt sein, dann schließt die Rezeption«, erwidert Pierre.

Hand in Hand, wie ein eingeschworenes Team, erledigen sie eilig die Arbeiten. Überrascht ist Pierre, wie schnell Sophie heute mit Duschen und Make-up sein kann.

Sträubend nimmt er den Nassrasierer in die Hand, er hat sich seit sechs Wochen an seinen Bart gewöhnt. *Mein Gott Sophie, es ist doch so bequem, sich nicht ständig rasieren zu müssen. Aber sie hat recht, Marie kennt mich nur ohne Bart. Aber vielleicht gefällt er ihr. Er bleibt dran, es sei denn, Marie will, dass ich mich rasiere.* Er wäscht sich den Schaum aus dem Gesicht und legt den Rasierer unbenutzt in die Kulturtasche zurück.

»Das war ein Marathon mit gutem Timing. Wir haben zehn Minuten vor zwölf«, lobt Pierre und biegt vom Campingplatz in Richtung Stadtmitte ab.

Sophie sieht ihn strafend an. »Du hast dich nicht rasiert. Hast du es vergessen oder wolltest du nicht?«

»Der Bart bleibt. Basta. Keine Diskussion. Der kommt nur weg, wenn er Marie nicht gefällt.«

Sein Rad ist das Einzige, das an der Cooperative am Zaun steht.

»Weißt du überhaupt, wo Marie jetzt wohnt?«, fragt Sophie, als Pierre die Fahrertür öffnet.

»Nein, aber das Navi. Die Adresse hat mir gestern ihr Vater aufgeschrieben.« Pierre reicht Sophie den Zettel. »Hier, im Französischen bist du geübter als ich;

also programmier unsere Tante.« Er steigt aus und verstaut sein Fahrrad in der Heckgarage.

»Sie haben ihr Ziel in der 'Allée Pierre l'Ermite' in drei Kilometern und sieben Minuten erreicht. Voraussichtliche Ankunft zwölf Uhr siebenundvierzig«, meldet sich die Navistimme, als Pierre das Fahrzeug startet.

»Hast du das gehört, Sophie 'Allée Pierre l'Ermite', mein Name in ihrem Straßennamen, das kann nur Gutes bedeuten«, wobei er das Wort Pierre ausdrücklich betont.

»Dann lass uns fahren, du Einsiedler«, lacht Sophie.

»Wieso Einsiedler?«

»Weil l'Ermite der Einsiedler heißt. Also übersetzt: 'Allee des Einsiedlers Pierre'. Nun weißt du es.«

Reserviert

Pierre schüttelt den Kopf, als sie im Ort Le Vieil auf die 'Allée Pierre l'Ermite' abbiegen. »Das muss man sich einmal vorstellen, hier wohnt sie, in diesem schönen Ort, und wir sind daran vorbeigefahren.«

»In einhundert Meter links abbiegen, dann haben sie ihr Ziel erreicht«, meldet die weibliche Stimme des Navis.

Pierre biegt auf den schmalen, befestigten Sandweg ab, der entlang an Pinienbäumen in Richtung Meer führt und an dessen Ende auf der linken Seite das große Anwesen der Letours liegt. Von einer hohen Hecke umgeben, die nur durch einen blau gestrichenen Holzzaun zur Meerseite unterbrochen ist, liegt das Grundstück fast uneinsehbar dahinter.

Sophie schaut Pierre fragend an, als er vor dem offenen Tor stehen bleibt. Du meinst, du schaffst es, mit dem Wohnmobil hier ums Eck reinzufahren?«

»Es ist zwar etwas eng, aber es klappt«, beruhigt er Sophie und manövriert das lange Gefährt vorsichtig zwischen den Steinmauerpfeilern auf das Grundstück.

Zwischen dem dominanten Haupthaus mit seinen kleinen Anbauten und Maries Häuschen an der Strandseite stehen mehrere Fahrzeuge, die eine Gasse bis zum Ende freigelassen haben. Dort parkt bereits ein Wohnmobil mit einem blauen Stern am Heck, dem Markenzeichen von Autostar. Daneben steht auf der freien Rasenfläche ein Absperrgitter, an dem ein großes Pappschild hängt und in großen Lettern den deutschen Besuchern ihren Stellplatz zeigt.

RÉSERVÉ AU HÉROS DE CLAIRE
BIENVENUE PIERRE

»Wer ist Claire?«, fragt Sophie erstaunt.

Glücksmomente

»Sie kommen«, ruft Bruno und alle blicken neugierig aus dem großen Fenster auf den Hof.

»Allez. Lasst sie uns begrüßen«, fordert Jean die Familie auf und geht als Erster aus dem Haus.

Hastig folgt ihm Bruno, sein Vater, und gemeinsam stellen sie das Gitter, vor dem Pierre stehen blieb, auf die Seite. Bruno, ein passionierter Wohnmobilfahrer, geht zur Hecke und weist Pierre routiniert in die freie Bucht neben seinem Mobil.

Das Empfangskomitee steht geschlossen in Reih und Glied vor der Aufbautür, als Sophie sie öffnet. Angeführt von Maries Vater Jean, gefolgt von seiner Ehefrau Colette, die beim Anblick von Sophie noch nicht weiß, wie sie sich verhalten soll und dahinter Pascal und Juliette. Herzlichst werden beide begrüßt, auch von Bruno, der beide mit strahlenden Augen in die Arme nimmt.

»So sehen wir uns also wieder, Herr Doktor«, wird Pierre von Juliette auf Englisch begrüßt, »ich hoffe, die Salbe hat geholfen?«

»Sorry, ich habe sie leider nicht direkt wieder erkannt, mit ihrem offenen Haar und ohne weißen Kittel«, entschuldigt sich Pierre. »Sind sie eine Schwester von Marie?«

»Nein, ich bin ihre Schwägerin, mein Mann Pascal ist ihr Bruder«, antwortet Juliette und nimmt Pascal an die Hand auf dem Weg ins Haus.

Suchend schaut sich Pierre nach Marie-Claire um. »Wo ist Marie?«, fragt er Sophie.

»Claire schläft noch. Ihr Vater hat sie heute Morgen abgeholt, aber nach der ersten Befragung durch die Polizei und des Besuchs von Dr. Bernhard, wo sie morgen nochmals hinmuss, war sie doch erschöpft und hat sich erneut hingelegt.«

»Claire? Ich denke, sie heißt Marie?«, wundert sich Pierre.

»Richtig heißt sie Marie-Claire, aber seit ihrer Kindheit wird sie von allen nur Claire genannt, da ihre ehemalige Freundin, mit der sie Tag und Nacht verbrachte, auch Marie heißt und es immer wieder zu Verwechslungen kam. Ich glaube nicht, dass jemand außerhalb der Familie weiß, dass Marie ein Teil ihres Namens ist«, klärt Juliette ihn auf.

Pierre greift sich mit seiner rechten Hand an die Stirn. »Jetzt wird mir einiges klar, ich habe immer nach einer Marie, der Tochter von einem Saunier gefragt und niemand konnte mir helfen. Nur die Frau von der Coopérative. Sie schickte mich zu einer Marie nach L'Herbaudière, die mich, entschuldigen sie bitte, ziemlich verarscht hat.«

»Oh, zu Marie Mercier. Richtig? Das ist Claires ehemalige Freundin und ihre jetzige Erzfeindin. Und wer ist ihre blonde Begleitung, wenn ich fragen darf?«

Bevor Pierre antworten kann, legt ihm Jean die Hand auf die Schulter, »Jetzt wird erst einmal gegessen, dabei können sie sich mit Juliette weiter unterhalten«, und schiebt ihn in Richtung Haus. Pierre versteht zwar kein Wort, er folgt ihm aber und dreht sich mit einem Schulterzucken zu Juliette um, die ihm nur ein Lächeln schenkt.

Das ist doch nicht wahr. Was geht hier ab, geht es ihm durch den Kopf, als er Noels Auto mit Kölner Kennzeichen sieht. *Ein Auto aus Köln, eine Marie, die Claire heißt, das wird mir jetzt alles ein bisschen suspekt.*

Der große Familientisch ist festlich eingedeckt und Juliette zeigt Pierre und Sophie ihren Platz, gegenüber von ihr und Pascal. Colette ist wie immer in ihrem Element in der Küche. Bruno dekantiert eine Weinflasche, einen Saumur-Champigny, und Jean ist mit dem Öffnen der Champagnerflaschen beschäftigt.

Pierre will unbedingt das Gespräch mit Juliette fortführen, die ist jedoch inzwischen mit Sophie ins Gespräch vertieft. Juliette wird ausführlich über Sophies Anwesenheit und ihr Verhältnis zu Pierre aufgeklärt. Am Verhalten und Lachen der beiden erkennt Pierre, dass sich beide sehr gut verstehen.

Was mag so lustig sein?, denkt Pierre. Immer wieder muss Juliette, die ihr Kinn auf den Handrücken gestützt hat, kichern, während sie Sophies Ausführungen folgt. Hilflos steht Pierre derweil mit Bruno zusammen, der wie ein Wasserfall auf ihn einredet und ihm immer wieder auf die Schulter klopft, bis Pascal ihm zur Hilfe kommt, um mit seinen eingerosteten Englischkenntnissen zu dolmetschen.

Endlich schafft es Pierre, Pascal zu fragen: »Wem gehört das deutsche Auto vor der Tür, habt ihr Besuch?«

»Das gehört Noel, der Freundin von Claire, die sie in Köln besucht hat. Sie sind Schulfreundinnen, und Noel ist vorsichtshalber noch drüben bei Claire geblieben«, klärt Pascal ihn auf.

Mit Butter und Baguette kommt Colette aus der Küche. »Setzt Euch, jetzt wird gegessen. Ruft mal bei Claire an, ob sie wach ist und die beiden mitessen. Und du, Juliette, kannst du bitte die Austern aus der Küche holen und die Vinaigrette und Zitronen mitbringen?«

Im selben Moment wird die Türe aufgerissen. Marie-Claire stürmt in den Raum, bleibt kurz stehen und schaut sich hektisch um.

»Ich habe doch nicht geträumt, du bist wirklich da«, ruft Marie-Claire und läuft mit einem strahlendem Gesicht auf Pierre zu, ohne die anderen zu beachten.

Mit feuchten Augen stehen sich Marie und Pierre wortlos gegenüber. Marie-Claire legt ihre Hände in seinen Nacken, zieht ihn zu sich herunter und küsst ihn leidenschaftlich, ohne auf die Umstehenden zu achten. Pierre umarmt sie und erwidert ihren Kuss. Eine Nadel hätte man fallen hören können. Überrascht und wortlos beobachten alle die romantische Szene, nur Colette dreht sich schamvoll zur Seite.

Pascal und sein Vater nicken sich mit einem Schmunzeln verständnisvoll zu und schenken den Champagner ein, während Papi das Schauspiel von seinem Sitzplatz verfolgt und ein glückliches Lächeln auf den Lippen hat. Noel, die Claire nicht so schnell folgen konnte, als Claire das Wohnmobil im Hof stehen sah, steht kopfschüttelnd im Türrahmen.

Jean erhebt das Champagnerglas. »Lasst uns auf den zweiten Geburtstag von Claire anstoßen und dass der Täter bald gefasst wird.«

»Täter?«, fragt Sophie geschockt und übersetzt es Pierre, der darauf nur erwidern kann: »Hat mich mein Instinkt also doch nicht getäuscht.«

Marie schildert allen nochmals, wie sich alles abgespielt hat. »Ich ging nach hinten, um mich frisch zu machen für den Abend. Ich habe ja nach Fett und Fisch gestunken. Also bin ich in die Dusche. Durch das Wasserrauschen und den Lärm von draußen habe ich nicht bemerkt, dass jemand hereingekommen sein muss. Es muss aber jemand da gewesen sein. Als ich den Duschvorhang zur Seite zog, sah ich, dass meine gesamte Kleidung nicht mehr am Haken hing. Nur meine Wasserflasche stand noch auf dem Boden. Durch die Sardinen hatte ich großen Durst, also habe ich erstmal was getrunken, sehr viel sogar. Danach habe ich meine Kleidung gesucht, die irgendein Scherzkeks wohl versteckt hatte. Ich konnte sie aber nirgendwo finden. Plötzlich wurde mir sehr übel und ich wollte zur Toilette. Das habe ich aber nicht geschafft, und als ich an der Dusche vorbeikam, musste ich mich übergeben. Dabei ist mir schwindelig geworden und von da an weiß ich nichts mehr.«

Jean, ihr Vater, stellte noch klar, dass die Tür zum Umkleideraum verschlossen und der Schlüssel verschwunden war. Claires Kleidung hatte man in einem der Spinde gefunden, die dort nur hineingeworfen wurden. Kurioserweise fehlte aber nichts, auch ihre Handtasche lag unberührt dabei. Durch diese Details hegt die Polizei den Verdacht auf einen Anschlag oder schlechten Scherz, denn es wurde nichts entwendet.

Bei dem ausgiebigen und köstlichen Vier-Gang-Menu mit Austern, Hummer, Seeteufel, Lamm und Île Flottante wird nicht nur viel getrunken, sondern auch gelacht und viele Missverständnisse aufgeklärt.

Pierre schildert Marie-Claire seine Erlebnisse auf der Insel und Claire ihrerseits von ihrer Suche nach ihm, während sich der Rest am Tisch auf Französisch ausgiebig und angeregt unterhält. Noel ist die Einzige, die versucht, allen Unterhaltungen gleichzeitig zu folgen.

Colette und Juliette servieren gerade den Café Gourmand, mit köstlichen Pralinen und Petit fours, als Marie-Claire aufsteht und um Gehör bittet.

»Ihr habt heute alle mitbekommen, zu welchen Verwirrungen und Missverständnisse mein Name führt. Schon immer habe ich Euch gebeten, mich Marie und nicht Claire zu nennen. Nur Papi hat es von Anfang an akzeptiert, und Pierre kennt mich nur unter Marie. Daher möchte ich Euch heute nochmals bitten, mich nur noch Marie oder Marie-Claire zu nennen. Die andere Marie gibt es bei uns schließlich nicht mehr, und auf den Namen Claire werde ich einfach nicht mehr reagieren.«

Ein Raunen und staunende, kommentarlose Blicke gehen durch den Raum. Nur Bruno lächelt und hebt seinen Daumen nach oben. Doch am Ende stimmen bis auf Colette alle zu oder zeigen ihre Zustimmung mit einem Kopfnicken. Jean schafft es, mit Kopfschütteln und ernstem Gesichtsausdruck, Colette von ihren Einwänden, Wenn und Abers, abzuhalten, erntet dafür aber straffende Blicke von ihr.

Pierre konnte Maries Rede einigermaßen interpretieren und wendet sich an sie, als Marie wieder Platz genommen hat. »Ist es nicht einfacher, wenn ich mich umstelle und Dich Claire nennen, oder wir lassen alles beim Alten, sie sagen Claire und ich Marie?«

»Nein, Pierre. Ich heiße zwar Marie-Claire, möchte aber Marie gerufen werden. Die andere Marie, die du ja kennengelernt hast, hat mir meinen Namen weggenommen«, gibt Marie-Claire ihm mit Nachdruck zu verstehen.

»Was ist eigentlich zwischen euch beiden vorgefallen?«, will Pierre wissen.

»Dies ist eine lange Geschichte, die ich dir erzählen werde, aber bitte nicht jetzt, das würde mir den Tag mit dir verderben. Übrigens hast du mir noch gar nicht erzählt, wie lange du noch bleiben kannst.«

»Weniger als zwei Wochen. Ende nächster Woche muss ich wieder in Köln sein. Wir haben also nur noch ein paar Tage für uns«, seufzt Pierre.

»Lass uns an den Strand gehen, da können wir uns in Ruhe unterhalten und sind alleine«, schlägt Marie-Claire vor. »Deine Freundin Sophie, von der ich dachte, sie wäre mehr für dich, hat ja in Juliette und Pascal beste Gesprächspartner gefunden.«

Pierre und Marie-Claire sind auf dem Weg zum Strand, als ein weiß-blauer Dacia der Police Municipale auf den Hof fährt und Robert aussteigt.

»Hallo Claire. Wie geht es dir? Können wir uns über den Vorfall von gestern noch einmal unterhalten?«

»Tut mir leid Robert, aber bitte nicht mehr heute. Deinen Kollegen habe ich heute Morgen doch schon alles erzählt. Ich komme morgen zu euch ins Büro. Einverstanden? Pascal und alle anderen sind drinnen.

Genehmige dir einen von Papis Selbstgebranntem. Okay?«, versucht Marie-Claire Robert abzuwimmeln.

»Na gut, Claire. Kann ich verstehen, wir sehen uns dann morgen auf der Wache. Ich wünsche dir gute Besserung.« Robert mustert Pierre von oben bis unten. Ihn hat er noch nie auf der Insel gesehen. *Kurioserweise sagt er kein Wort. Komisch,* denkt er und nimmt den Weg zum Haupthaus.

Verführung

Yannic weiß nicht, was er von Madame Dupont halten soll. Ihre Art und das Gespräch von gestern Abend ließen ihn nicht los, aber ein solches Objekt will er sich auch nicht entgehen lassen. Pünktlich um vier Uhr drückt er auf den goldenen Klingelknopf neben der schneeweißen, doppelflügeligen Eingangstür und hört einen dezenten Gong.

Madame Dupont hat ihn schon erwartet, und ihn durch das Küchenfenster seit seiner Ankunft auf der Zufahrt beobachtet. Sie öffnet die Tür und steht in einem jugendlichen Outfit, einem schwarzen Mini-Rock, vor ihm.

Wow geht es Yannic durch den Kopf, als er sie sieht.

»Hallo Yannic, kommen sie herein«, und deutet ihm mit der rechten Hand den Weg, »geradeaus durch in den Salon.«

»Bonjour, Madame Dupont«, stottert Yannic beim Anblick ihrer Oberweite, die ihm durch die weiße und eng anliegende, dünne Bluse nicht verborgen bleibt, und folgt ihr in den Salon. *Hier wohnen keine armen Leute,* denkt er, als er das große, im englischen Stil eingerichtete, Wohnzimmer betritt.

Rechts steht ein ovaler Esstisch, der acht Personen auf den weiß lackierten Stühlen, die mit einem in Rosa gehaltenen Polsterstoff und dezentem Blumendesign bezogen sind, Platz bietet. Über die gesamte Front erstreckt sich auf zehn Meter eine mehrteilige Schiebeanlage aus Glas mit Ausgang zum gepflegten Garten. Die luxuriösen Gartenmöbeln auf der Terrasse und blühenden Blumenkübel harmonieren mit dem freien Blick auf das angrenzende Meer. Yannic genießt den Ausblick mit dem Gedanken: *Hier würde ich auch gerne wohnen.*

»Setzen sie sich, Yannic und lassen sie uns erst einmal beim Kaffee unterhalten, bevor wir unseren Rundgang starten.«

Yannic dreht sich zu Madame Dupont, die im linken Bereich auf dem mächtigen Chesterfield Ecksofa in braunem Leder, Platz genommen hat. Auf dem geschwungenen Glastisch, dessen Platte von zwei Nymphen aus Marmor getragen wird, stehen die Tassen und eine Platte mit köstlichen Macarons.

Am Kopfende des Raumes dominiert der aus Granit gebaute offene Kamin. Ansonsten ist bis auf den Dielenboden alles in Weiß gehalten und außer einem alten Sekretär und einer Anrichte aus Mooreiche, stören keine Einrichtungs- oder Dekogegenstände. Das exklusive Raumgefühl wird durch zwei große Ölgemälde an der Wand und der einzigen Pflanze im Raum, einer Zimmerpalme, unterstrichen.

Yannic setzt sich in die gegenüberliegende Ecke des Sofas und geniest die bequeme schulterhohe Rundung im Rücken.

»Und? Ihr erster Eindruck?«, fragt Madame Dupont und reicht ihm die Tasse, bevor sie es sich der anderen Ecke wieder bequem macht.

»Exklusiv, Madame. Ich kannte ihr Anwesen bisher nur von außen, und das hat mich immer schon fasziniert. Aber hier innen, mein Kompliment, sie haben einen sehr guten Geschmack«, lobt Yannic.

Im Gespräch über die wichtigen Details zum Gebäude zieht Madame Dupont ihre Schuhe aus, legt ihr linkes Bein auf das Sofa und winkelt es leicht an.

So mein Junge, das Spiel beginnt, beschließt sie.

Yannic ist irritiert. Immer wenn er Madame Dupont anblickt, bleibt ihm ihre intimste Stelle nicht verborgen, die sich unter den schwarzen Nylons verbirgt.

»Wir sollten uns jetzt das gesamte Haus und alle Räume einmal ansehen, damit ich einen Eindruck bekomme«, schlägt Yannic vor, der sich zwischenzeitlich etwas unwohl und den Schweiß auf seiner Stirn fühlt.

Von dem riesigen Grundstück ist Yannic beeindruckt. Die Flachdach-Villa mit der modernen und großen Wohnküche, den zwei edlen Badezimmern in schwarzem Marmor und den anderen Räumen ist komplett und luxuriös ausgestattet.

»Madame Dupont, ohne vorweg zu greifen, es ist ein Juwel. Ich habe für ihr Objekt schon drei Kunden im Visier, auch wenn das Haus durch ihre Anwesenheit noch mehr Charme vermittelt«, schwärmt Yannic und bückt sich nach dem Garagenschlüssel, der Madame Dupont aus der Hand gefallen war.

»Autsch«, entfährt es ihm. Er spürt einen Schmerz im Lendenwirbel und kann sich nur langsam aufrichten.

»Yannic, mein Lieber, was ist Ihnen widerfahren?«, bemitleidet ihn Madame Dupont.

»Ich glaube, ich habe mich verrenkt«, stöhnt Yannic und greift sich an den Rücken.

»Lassen sie mich das ansehen. Sie müssen wissen, ich war Heilpraktikerin und Masseurin, bevor ich meinen Mann kennenlernte. Danach hatte ich das Glück, nicht mehr arbeiten zu müssen und durfte einfach das Leben genießen. Kommen sie mit.«

Yannic folgt ihr mit schmerzverzerrtem Gesicht in den Fitnessraum.

»Machen sie sich frei und legen sie sich hin«, sagt Madame Dupont und zeigt auf die Massageliege. »Hier habe ich meinen Mann und meine Freunde auch immer massiert.«

Yannic wagt nicht zu widersprechen, zieht sein Hemd aus und will sich auf die Liege legen.

Bestimmend und in einer Tonlage, die keinen Widerspruch zulässt, fährt Madame Dupont fort: »Auch die Hose, ansonsten zerknittert sie und die Bügelfalten sind weg, oder tragen sie nichts darunter?«

»Doch, doch«, flüstert Yannic und zieht seine Hose aus. Aus Scham dreht er ihr den Rücken zu. Nur noch in Socken und mit einem blauen Stretch-Panty bekleidet legt er sich bäuchlings auf die Liege und das Gesicht in den dafür vorgesehenen Ausschnitt.

Die Hände von Madame zeigen ihre Wirkung, der Schmerz schwindet und das warme Massageöl ist eine Wohltat. Yannic schließt die Augen, genießt es. *Tut das gut. Wunderbar, weitermachen. Nur umdrehen darf ich mich jetzt nicht.* Er hat aber die Rechnung ohne Madame Dupont gemacht.

»So Yannic, jetzt auf den Rücken. Sie sind ja komplett verspannt. Und wo sie jetzt schon einmal hier liegen, können wir uns auch um ihre anderen Muskeln kümmern.«

Aussprache

Vom wolkenlosen, blauen Himmel strahlt die Sonne auf das Liebespaar am menschenleeren Strand.

»Dein kurzer Bart gefällt mir. Damit siehst du noch besser aus, als damals in Köln«, flüstert Marie-Claire ihm ins Ohr. »Der passt irgendwie in unsere Familie. Je älter, je länger. Papi mit etwas längerem grauen Bart, Papa mit angegrautem kurzen Bart und nun du, mit einem roten Stoppelbart.«

Pierre schmunzelt und freut sich, dass er ihn nicht abrasieren muss.

»Von wem hast du dein rotes Haar?«, fragt Marie und streift ihre Hand durch seine Frisur.

»Die Vorfahren von meiner Mutter, die auch rotes Haar hat, stammen ursprünglich aus Irland. Und das hat sich wohl auf mich vererbt. Das Rot hat aber zum Glück nachgelassen, als Kind waren sie fast feuerrot.«

Marie beginnt zu lachen. »Dann passt du ja hierher, mit deinem keltischen Ursprung. Die Bretagne nebenan, wo meine Mutter herkommt, ist auch keltisch. Maman wird sich freuen, wenn sie das hört.«

Sie haben sich viel zu erzählen und immer wieder schütteln sie den Kopf, wie oft sie sich verfehlt haben oder nur wenige Meter oder Minuten voneinander entfernt waren.

Marie-Claire erzählt ihm, ohne dass er nachfragt und obwohl sie heute nicht darüber reden wollte, die gesamte Geschichte über ihre Freundschaft und jetzige Feindschaft mit Marie Mercier.

»Wer hätte auch gedacht, dass du und der andere mit seinem Schäferhund das gleiche Wohnmobil fahren. Und ich habe immer nur auf das K vom

Nummernschild geachtet, ansonsten hätte ich dich zuerst gefunden«, lacht Marie, »Und was war ich eifersüchtig auf Sophie, ich dachte sie wäre deine Freundin, und du machst mit ihr hier Urlaub. Trotzdem habe ich nie die Hoffnung aufgegeben, dass du zu mir kommst.«

Bevor Pierre antworten konnte, spürte er die weichen Lippen von Marie-Claire auf den seinen.

»Auch ich habe die Hoffnung nie aufgegeben dich zu finden, obwohl dich niemand kannte und die Hexe von Marie uns absichtlich auf eine falsche Fährte führte. Aber ich werde mich noch rächen. Wenn ich Trottel daran gedacht hätte, dass ich dein Foto auf meinem Handy habe, hätte ich dich sofort gefunden. Dich kennen ja alle Salzbauern, nur nicht unter dem Namen Marie. Leider ist mein Akku defekt«, lacht Pierre und stupst ihr mit seinem Zeigefinger auf die Nase.

Maries Familie einschließlich Noel und Sophie lassen die beiden allein und ungestört auf der Bank sitzen. Immer wenn jemand zu ihnen gehen will, hält Papi ihn auf.

»Wem gehört übrigens das schöne Wohnmobil, das neben mir steht?«, fragt Pierre.

»Das gehört Papi und ist neben seinem Citroën Méhari sein ganzer Stolz«, brüstet sich Marie.

»Deinem Vater also.«

»Nein Papi. Papi ist in Frankreich der Kosename für den Großvater«, erklärt Marie, steht auf und zieht Pierre mit sich. »Jetzt komm mit, ich zeige dir mein kleines Nest.«

»Pierre, Pierre, warte bitte«, hört er Sophie rufen, die ihnen entgegenkommt.

»Vor lauter Aufregung habe ich komplett vergessen, dass ich heute Abend bei René eingeladen bin. Und jetzt? Drei Stunden vorher absagen ist auch nicht die feine Art, zudem er ja das Essen bestellt hat. Was soll ich jetzt tun?«

»Natürlich hingehen, was sonst. Ich habe ja jetzt, was ich gesucht habe«, schmunzelt Pierre und legt Marie-Claire seine Hand um die Hüfte.

»Ach so ist das. Ich habe meine Schuldigkeit getan und kann jetzt gehen? Jetzt lerne ich dich erst kennen, so einer bist du also. Marie pass gut auf, auf wen du dich da einlässt«, lacht Sophie und stößt Pierre mit beiden Händen freundschaftlich gegen die Brust.

»Wer ist denn dieser René, wenn ich fragen darf?«, will Marie wissen.

»Er heißt René Chevalier und wohnt am Plage Sarzeau«, antwortet Sophie ganz stolz.

Sophie und Pierre bemerken Maries überraschten Blick.

»Der René? Der versnobte Pariser mit dem roten Jaguar, der vor ein paar Tagen hier eine Villa gekauft hat?«, fragt Marie-Claire empört.

Verwundert schauen Sophie und Pierre sie mit großen fragenden Augen an.

»Wie es aussieht, kennst du ihn«, stellt Sophie fest.

»Und ob ich den Filou kenne. Kommt mit ins Haus, dann erzähle ich euch alles über diesen Playboy. Und dazu werden wir uns einen guten Rotwein gönnen.«

»Rotwein? Gerne. Aber du bekommst heute noch keinen«, wird Marie-Claire von Pierre belehrt.

»Jawohl, Herr Doktor«, schmollt Marie-Claire mit gespitzten Lippen.

Gemeinsam gehen sie zu dem einstöckigen, im typischen Baustil von Noirmoutier erbauten Haus mit seiner schneeweißen Fassade und dunkelblauen Fensterläden. Neben dem Eingang steht ein Anbau, ein runder Turm, der über das flache Satteldach mit seinen roten Ziegeln ragt.

»Rapunzel, lass dein Haar herunter«, scherzt Pierre, als er vor dem Gebäude steht. »Und hier wohnst du also?«

»Ja«, Marie breitet die Arme aus, »Papi und meine Eltern haben es mir zu meinem einundzwanzigsten Geburtstag geschenkt. So habe ich mein eigenes Reich und werde eines Tages das Haupthaus beziehen, wo auch Papi wohnt, wenn meine Eltern nicht mehr leben. Von hier und der Insel bekommt mich nämlich niemand weg.«

»Tja Pierre, dann sei froh, dass auch du dich in Noirmoutier verliebt hast. Du hast es eben gehört«, und an Marie gewandt fragt Sophie: »Und wo wohnt dein Bruder?«

»Der hat sein Haus in L'Herbaudière beim 'Plage de Luzeronde', dem langen weißen Sandstrand, wo der Wald beginnt, in dem dich die Mücken in den Popo gestochen haben.«

Überrascht und mit rotem Kopf wendet sich Sophie an Pierre. »Du hast es ihr etwa erzählt?«

»Ja, das fand ich lustig, und ihre Schwägerin Juliette weiß es auch, sie ist schließlich die Apothekerin, die mir deine Salbe verkauft hat«, schmunzelt Pierre.

Marie öffnet die Tür. »Willkommen in meinem kleinen Château.«

Sie betreten den großen Wohn-Essraum mit seinem Kamin und den vier doppelflügeligen Balkontüren, die zum Strand führen.

Sophie ist verblüfft. »Das nenne ich einmal gemütlich, die Einrichtung und die ganzen Accessoires, alles passt harmonisch zusammen. Du hast wirklich einen sehr guten Geschmack, mein Kompliment Marie. Sei froh, dass du Pierres Wohnung nicht kennst. Nein, sie ist nicht schmutzig oder unordentlich, aber bei ihm ist alles so nüchtern und steril, es könnte fast sein Arbeitsplatz sein.«

Pierre begutachtet inzwischen die zum Wohnraum offene runde Küche, die im Turm untergebracht ist. »Und wo geht es hier hin«, fragt Pierre und zeigt auf die offene, schmale Holztreppe im Salon, die neben dem Eingang an der Wand nach oben zum Turm führt.

Marie hält sich den Zeigefinger an die Lippen. »Dort oben ist meine kleine private Oase. Dahin ziehe ich mich immer zurück, wenn ich meine Ruhe haben möchte. Dort lese ich oder träume vor mich hin. Von dort habe ich einen wundervollen Rundumblick und nachts ein echtes Sternengewölbe über mir, weil die Hälfte des Daches aus Glas ist. Es gibt nichts Schöneres, als am Himmel die ganzen leuchtenden Sterne zu sehen. Das kleine Reich werde ich dir, und nur dir, erst später zeigen, wenn wir alleine sind. Jeder hier weiß, dass dieses Turmzimmer für alle Tabu ist.«

Nach dem Rundgang, durch das von außen schlicht wirkende Häuschen, in dem weitere zwei Räume und das Bad untergebracht sind, öffnet Marie eine Flasche Rotwein.

»So, und nun endlich zum Thema René, da kann ich euch viel erzählen«, beginnt Marie und schüttet die Gläser ein.

Immer wieder schlägt sich Sophie die Hand vor den Mund oder schüttelt ungläubig mit dem Kopf, als Marie ihre Erlebnisse mit René schilderte und was sie über ihn gehört hat.

Mit den Worten an Sophie gewandt: »So, das ist der René, den ich kennengelernt habe, und nun du«, schließt Marie ihre Erzählung mit einem neidischen Blick auf die gefüllten Weingläser ihres Lieblingsweins, einem Fiefs vendéen Brem, ab und nimmt einen Schluck aus ihrem Wasserglas.

Das Spiel wiederholt sich. Diesmal ist Marie perplex, als sie Sophies Geschichte zuhört, muss aber herzlich lachen, als Sophie erzählt, wie sie René mit Pierres Beruf irregeführt hat.

Sophie hebt beide Arme in die Luft und schließt mit den Worten: »Und was mache ich jetzt?«

Pierre schaut beide Frauen an und sagt zu Sophie: »Geh hin und schau mal, wie sich der Abend entwickelt, aber fühl ihm auf den Zahn. Und von Marie muss er gefälligst die Finger lassen, die ist vergeben, mach ihm das klar.«

Sophie hat sich in ihre beste Abendgarderobe geworfen, die sie mitgenommen hat, nachdem sie zuvor das Angebot von Marie angenommen hat, ihr Bad zu benutzen.

»Gibt es hier auch Taxis?«, fragt sie Marie.

»Sicher, aber ich kann dich auch fahren. Ich steige aber nicht aus«, bietet sich Marie an.

»Danke, wenn es dir keine Umstände macht. Wo ist übrigens Pierre?«

»Mit Papi in eurem Wohnmobil. Das ist seit dreißig Jahren sein Hobby. Er war oft mit meiner Großmutter, auf Tour. Jetzt macht er nur noch kleine Strecken, seitdem Mamie verstorben ist.«

Termin

Als beide aus dem Haus kommen, und Marie die Wagentür vom Espace öffnet, um zu sehen, ob der Beifahrersitz für Sophies Garderobe sauber ist, fährt Robert mit seinem Dienstwagen auf das Grundstück.

»Nein, Robert, wir haben abgemacht, dass wir morgen früh über alles reden«, wird er von Marie etwas wirsch empfangen.

»Ich weiß, ich weiß«, wehrt Robert ab. »Aber ich kam gerade vorbei und wollte dir sagen, dass du morgen um elf Uhr auf der Wache sein sollst, weil Commissaire Leblanc deine Aussage aufnehmen will. Der Commissaire äußerte den Verdacht auf vorsätzliche Körperverletzung, nachdem er die ersten Protokolle und ärztlichen Berichte gelesen hat.«

»Heute, am Sonntag hat er die gelesen?«, fragt Marie-Claire verwundert.

»Ja. Du weißt doch, wie Monsieur Durand vom Stadtrat ist und wie du ihm am Herzen liegst. Wenn der Druck macht, arbeitet auch ein Leblanc an einem Sonntag. Er hat unsere Berichte, wie er gesagt hat, bisher nur überflogen, aber das hat ihm wohl schon gereicht«, erklärt Robert.

»Danke und verzeih bitte meine Grobheit«, entschuldigt sich Marie-Claire.

»Wo wollt ihr beiden den hinfahren?«, fragt Robert.

»Ich wollte Sophie, die Freundin und nicht die Geliebte von Pierre, zu einer Einladung an den Plage Sarzeau bringen«, antwortet Marie-Claire.

»Ich fahre sowieso zurück nach Noirmoutier. Da kann ich sie ja mitnehmen, das liegt doch auf der Strecke«, bietet sich Robert an.

»Das wäre lieb von dir. Wenn du noch zehn Minuten warten kannst«, bedankt sich Marie-Claire.

»Oh-la-la«, entfährt es Robert, als Sophie aus dem Wohnmobil steigt, wo sie sich von Pierre verabschiedet hat.

»Findet am 'Plage Sarzeau' heute Abend eine Gala der Reichen und Schönen statt? Davon hätte ich doch etwas gehört«, fragt Robert in seiner perfekt sitzenden Uniform und öffnet Sophie die Beifahrertür.

»Und ruf mich an Sophie, wenn ich dich abholen soll. Und nicht vergessen, jede Stunde die gespeicherte SMS an mich senden, damit wir wissen, dass alles okay ist und du noch lebst«, wird Sophie nochmals von Marie-Claire ermahnt.

Robert hebt theatralisch die Hände nach oben. »Was ist jetzt wieder los? Hat nicht gestern Abend gereicht? Kann ihr dort etwas passieren? Dann bleibe ich vor dem Haus stehen.«

»Nein, schon gut. Jetzt fahrt endlich los. Und wir sehen uns morgen um elf Uhr«, lacht Marie und schlägt die Beifahrertür zu.

Anrufe in Abwesenheit

Yannic ist auf dem Weg nach Hause. Er kann nicht glauben, was heute passiert ist. *Wenn das jemand erfährt, bin ich ruiniert.* Der Schweiß steht ihm auf der Stirn bei dem Gedanken. Nach wenigen Metern parkt er am Straßenrand und schaut auf sein Handy. Fünfzehn Anrufe in Abwesenheit, zehn SMS, alle von Marie Mercier und alle mit dem gleichen Text: 'Wo bist du. Melde Dich. Wir waren heute verabredet'. Marie Mercier hat er vollkommen vergessen. Ihm blieb nur eine Ausrede, die er ins Handy tippt: 'Sorry, mein Akku vom Handy war leer und ich lag den ganzen Tag mit Fieber im Bett und habe geschlafen. Ich melde mich.' Auch der letzte Satz ist eine Lüge. Diese Nachricht will er aber erst morgen absenden.

Rendezvous

Als Robert von der Allée Jean Bart zum 'Plage des Souzeaux' abbiegt, schaltet er das Blaulicht ein.

»Warum schalten sie das Blaulicht ein?«, fragt Sophie.

»Dann weiß ihr Gastgeber gleich, dass sie der Polizei wichtig sind. Das wirkt, glauben sie mir.«

Der Schein des blauen Rundumlichts lässt René zum Fenster gehen, um den Weg des Fahrzeugs zu verfolgen, welches sich unerwartet auf sein Haus zubewegt.

Robert steuert den Wagen auf die Auffahrt, steigt aus und öffnet Sophie die Tür. Im Augenwinkel bemerkt er, dass er von René bereits beobachtet wird.

»Wie spät ist es, Sophie?«, fragt Robert.

Als Sophie auf ihre Uhr sieht, blickt Robert gleichzeitig auf seine Armbanduhr und tippt mit dem Finger darauf.

Obwohl René nichts zu befürchten hat, ist ihm doch etwas mulmig, als er die Zwei am Fahrzeug sieht. *Was hat Sophie mit der Polizei zu tun und warum stimmen sie ihre Uhren ab?*

Sophie sieht Robert verwundert an. »Und was war das jetzt, sie haben doch eine Uhr?«

»Schon gut Sophie. Ich wünsche Ihnen einen schönen Abend, und denken sie trotzdem an die stündliche SMS«, verabschiedet sich Robert von Sophie und wartet an seiner Fahrertür, bis Sophie am Hauseingang steht.

Der Türgong ertönt.

»Ich öffne die Tür, Paulette, sie können in der Küche bleiben«, ruft René seiner Haushälterin zu.

René ist überwältigt von Sophies Eleganz, die vor ihm steht. Dabei entgeht ihm nicht, dass er von Robert beobachtet wird, der erst jetzt ins Fahrzeug steigt und losfährt.

»Bonsoir, Sophie. Mein Kompliment, sie sehen hinreißend aus Jedes Model auf dem Laufsteg wäre neidisch auf sie«, begrüßt er Sophie, »Treten sie ein.«

»Bonsoir, René. Danke für das Kompliment und die Einladung«, bedankt sich Sophie und betritt das herrschaftliche Foyer.

»Folgen sie mir, Sophie, ich hoffe, sie hatten einen angenehmen Tag, oder ist etwas passiert, dass sie von der Polizei eskortiert wurden?«

»Nein. Danke, ich hatte heute einen sehr schönen Tag«, antwortet Sophie, ohne weiter auf seine Frage einzugehen und folgt René in das große Wohnzimmer. Auf dem festlich gedeckten runden Esstisch am Fenster steht eine vierstöckige Etagère, belegt mit sämtlichen Köstlichkeiten von Meeresfrüchten, die 'Plateau fruits de mer royal'.

»Kann ich den Champagner servieren, Monsieur Chevalier?«, fragt Paulette. Seit Renés Kindheit steht sie in den Diensten seines Vaters in Paris.

»Nicht so förmlich Paulette. Sophie ist eine Freundin und in ihrer Gegenwart kannst du mich weiterhin duzen und René nennen. Den Champagner werde ich selbst servieren. Für heute hast du genug getan, genieße deinen Abend, Paulette.«

Doch Paulette widerspricht: »Aber René, ich muss doch noch«, kann ihren Satz aber nicht beenden.

Sofort wird sie von René unterbrochen: »Das mache ich heute, du hast jetzt frei.«

»Danke, dann wünsche ich den Herrschaften einen schönen Abend. Aber wenn etwas sein sollte René, dann ruf mich, ich bin oben auf meinem Zimmer«, verabschiedet sich die charmante, alte Dame.

René schiebt für Sophie den Stuhl am Tisch zurecht, damit sie sich setzen kann, und öffnet den Champagner.

»Eine sehr nette Perle haben sie im Haus«, bemerkt Sophie.

»Ja, danke. Sie arbeitet schon für unsere Familie seit ich drei bin. Aber das Klima und die Luft in Paris sind nichts mehr für ihre Gesundheit und an der Côte d'Azur ist es zu heiß für sie. Also habe ich sie mit hierher genommen, denn sie genießt mein vollstes Vertrauen und das meiner Familie. Für ihre lebenslangen, treuen Dienste wird sie ihren, von uns finanzierten Lebensabend, auf Noirmoutier verbringen. Aber nun zu ihnen.«

René gießt den Champagner ein und setzt sich gegenüber von Sophie, »Warum hat sie ein Gendarm gebracht?«

»Er ist ein Freund der Familie.«

»Oh, das müssen sie mir erklären. Sie haben Familie hier?«

Sophie hebt ihr Glas, »Später René, lassen sie uns erst den Abend genießen.«

Nichts ist besser für einen gesprächsreichen Abend geeignet, als eine Meeresfrüchteplatte, die alle Köstlichkeiten des Meeres wie Austern, Hummer, Languste, Krabbe, rosa und graue Crevetten, Bulots und die kleinen Bigorneaux bietet. Alle wollen ohne Eile, mit Fingerfertigkeit gepult und Genuss verzehrt werden.

Der Gesprächsstoff scheint nicht enden zu wollen.

René erzählt Sophie fast seinen gesamten Lebenslauf, von seiner Internatszeit in der Schweiz, seinem Studium in den USA und seinem Beruf als Bankier in der Privatbank der Familiendynastie.

Sophie schildert ihm im Gegenzug ihre Kindheit in Andernos-les-Bains und ihrer Laufbahn als Einkäuferin für einen Modekonzern, lässt jedoch viele Details aus, die ihrem Image schaden könnten.

Es wird viel gelacht und die Zeit verfliegt im Fluge. Jedes Mal wenn das Thema auf Pierre kommt, weicht Sophie geschickt aus, um René nicht mit Marie zu konfrontieren. Diesen romantischen Abend, bei Kerzenschein, Champagner und vorzüglichem Essen will sie nicht zerstören. Stündlich und unbemerkt sendet sie die versprochene SMS an Marie.

René öffnet die zweite Flasche Champagner. Sophie steht am Fenster und bewundert am Horizont die tanzenden Lichtpunkte, die sich von den Ortschaften des Festlandes auf dem Meer spiegeln.

»Wir sollten auf das Du anstoßen, oder haben sie Einwände, Sophie?«, fragt René und gibt Sophie ihr Glas in die Hand.

Sophies Bild von René hat sich an diesem Abend positiv gewandelt. Sie war im Mittelpunkt und wurde nach ihrem Geschmack umgarnt, bewundert und mit Komplimenten überhäuft, genauso wie sie es liebt. Sophie hofft, dass er tatsächlich so ist, wie er sich heute gibt. Sie lässt ihn auf die Antwort kurz warten, um dann mit einem Schmunzeln zu antworten: »Keine Einwände, lass uns anstoßen.«

Sie kehren zurück zum Tisch, einem Stillleben, die Etagère ist geräumt, dafür sind die Glasschüsseln mit den Schalen und Überesten der Krustentiere und Muscheln gefüllt.

»Du bist doch mehr Französin als Deutsche, Sophie. Hast du schon einmal überlegt nach Frankreich zurückzukommen, und zum Beispiel für die Pariser Haute Couture zu arbeiten?«, fragt René.

»Sicher, aber ohne Beziehung und Bekanntheitsgrad sind die Chancen fast ausgeschlossen. Und wo ich jetzt arbeite, fühle ich mich eigentlich sehr wohl, werde anerkannt und habe ein sehr gutes Einkommen«, antwortet Sophie und tunkt mit einem Stück Baguette den letzten Rest der Vinaigrette aus.

Statt zu antworten, nimmt René sein Smartphone in die Hand. »Das glaube ich nicht. Dann werde ich mich einmal erkundigen, ob du wirklich noch keinen Namen in der Branche hast.«

Sophie protestiert: »Nein. Du kannst doch am Sonntagabend um elf Uhr niemanden stören, außerdem wen willst du jetzt deswegen anrufen? Eine Auskunftei?«

Aber René legt ihr sofort den Finger auf die Lippen, er hat eine Verbindung.

Freundschaftlich begrüßt er Jérôme, seinen guten Freund, und plaudert zuerst Nebensächliches mit ihm. »Sag mal, Jérôme, sagt dir der Name, Sophie Berghüsen von Ladydream-Fashion etwas?«

Sophie wird wütend, seine Neugier ist ihr unangenehm. »Nicht Berghüsen, sondern Bergerhausen«, fällt sie ihm ins Wort.

Bevor René den Namen korrigieren kann, hört er schon Jérôme am anderen Ende: »Ja, aber sie heißt Bergerhausen und macht einen super Job. Die Frau hat ein fast unglaubliches Gespür für Farben und Trends der nächsten Saison. Seitdem sie die Kollektionen für Ladydream einkauft, haben sie beneidenswerte Umsatzsteigerungen. Warum fragst du, kennst du sie?«

»Ja. Und ich weiß, dass du für deine Pariser Zentrale eine neue Managerin für den Einkauf suchst. Wenn du willst, mache ich sie mit dir bekannt«, macht René ihn neugierig.

Sophie wird zunehmend wütender. *Mit wem telefoniert er? Wer ist Jérôme und wie kann er über mich bestimmen? Warte ab mein Freund, wenn du mit telefonieren fertig bist.*

Jérôme lästert: »Woher willst du schon Sophie Bergerhausen kennen, sie sitzt bestimmt nicht mit dir auf dem Boulevard in Nizza auf einer Parkbank.«

René schmunzelt und erwidert: »Nein, da hast du recht, sondern in meinem neuen Haus auf Noirmoutier.«

Sophie nimmt sich ihr Glas, steht auf und geht auf die Terrasse. Renés Gespräch zieht sich noch einige Minuten hin, denn Jérôme wusste noch nicht, dass René die Côte verlassen hat.

Als Sophie zurückkommt, hört sie nur noch Renés Schlusssatz: »Also bis Mittwoch, mein Freund, und schönen Abend noch.«

»Wer und was war das denn jetzt?«, fragt Sophie empört.

»Am Mittwoch hast du einen Termin mit dem Vorstandsvorsitzenden, Jérôme de Metier, von Lamoureux Couture in Paris. Ich nehme an, dir ist dieser Konzern bekannt.«

Sophie verschlägt es die Sprache. *Lamoureux Couture, eines der größten unter den exklusiven Modehäusern, will mich sehen?* Ungläubig fragt sie nach: »Woher kennst du Monsieur Metier?«

»Jérôme ist ein guter Studienfreund von mir und unser Bankhaus verwaltet neben seinen Geschäftskonten auch sein gesamtes Privatvermögen«, lächelt René und schenkt Champagners nach.

»Und woher willst du wissen, dass ich dorthin wechseln möchte? Und wie soll ich nach Paris kommen?«, erwidert Sophie schnippisch.

»Erstens wirst du dir sicherlich eine solche Chance nicht entgehen lassen. Zweitens muss ich am Dienstag bis Freitag wieder nach Paris, da kannst du mitfliegen. Unser Firmenjet holt uns am Airport in Nantes ab«, antwortet René nüchtern, um mit einem Lächeln fortzufahren, während er seine Hand auf die von Sophie legt, »Und drittens könnten wir uns in Paris öfters sehen und besser kennenlernen.«

Sophie ist perplex und beginnt zu stottern: »Aber ich bin für ein solches Meeting nicht vorbereitet und müsste noch ein Hotel buchen.«

»Vorbereitet? Wofür? Für ein legeres Gespräch beim Mittagessen? Du musst ja schließlich keine arroganten Lackaffen von Personalberatern überzeugen. Und übernachten kannst du in unserem Haus, da gibt es genügend leere Gästezimmer. Die Entscheidung liegt nun bei dir.« René hebt sein Glas. »Santé«

Sophie stößt mit ihm an und denkt: *Das muss alles ein Traum sein. Wieder zurück nach Frankreich, dazu ein Traumjob in Paris. Pierre, ich bin froh, mit dir auf diese Insel gefahren zu sein. Und ich habe einen attraktiven Mann, ganz nach meinem Geschmack, kennengelernt.*

Kurz nach Mitternacht geht Sophie zur Toilette. Sie will verhindern, dass René bei ihrem Telefonat mitbekommt, mit wem sie telefoniert. Sie ruft Marie an, und bittet sie, sie abzuholen, ohne darüber nachzudenken, dass René Marie erkennen könnte.

»In zehn Minuten werde ich abgeholt«, sagt Sophie, als sie wieder in den Salon kommt.

»Jemand von der Familie?«, will René wissen.

»So ungefähr. Es war ein wundervoller Abend, vielen Dank, René, und wir werden morgen telefonieren, versprochen.«

»Das will ich doch hoffen. Es war mir eine Freude, dass du mein Gast warst, Sophie, und ich freue mich auf unsere gemeinsame Reise nach Paris«, antwortet René und drückt ihr die obligatorischen zwei Küsschen auf die Wange, als die Scheinwerfer des Méhari die Zufahrt ausleuchten.

»Au revoir, Sophie, es war schön mit dir.«

»Mit dir auch. Au revoir, René« Sophie winkt ihm noch lächelnd zu, als sie zum Auto geht.

Marie ist zwischenzeitlich ausgestiegen, um Sophie die Beifahrertür zu öffnen, die seit einigen Tagen klemmt.

René traut seinen Augen nicht. Im Scheinwerferlicht erkennt er Marie, wie sie zurück zur Fahrerseite geht.

Unterrichtung

Marie schüttelt den Kopf, als sie den Rückwärtsgang einlegt: »Das glaube ich jetzt nicht. Ihr scheint ja einen sehr amüsanten Abend verbracht und ein freundschaftliches Verhältnis begonnen zu haben, wie ich gesehen habe.«

»Das haben wir, Marie, aber ich erzähle gleich alles, wenn wir zurück sind, damit Pierre es auch erfährt«, antwortet Sophie und schließt die Augen. «Und was habt ihr beiden heute Abend getrieben?«, fragt sie gedankenverloren auf Deutsch.

»Getrieben, was heißt das?«, hakt Marie nach, die das Wort in dem Zusammenhang nicht kannte.

»Ich meine, was ihr gemacht habt«, klärt Sophie sie auf.

»Wir haben zuerst mit meinen Eltern gegessen und waren anschließend in meinem Turmzimmer, um die Sterne zu betrachten«, lächelt Marie.

»Ah ja«, schmunzelt Sophie, »Also habt ihr doch einen schönen Abend verbracht.«

Neugierig, wie Sophies Abend verlaufen ist, wartet Pierre ungeduldig in Maries Haus. Er denkt zurück an den wundervollen, romantischen Abend, den sie auf der bequemen, runden Futonliege im Turm unter dem Sternenhimmel verbracht haben. Eng aneinander gekuschelt haben sie sich ausgiebig unterhalten. *Endlich,* denkt Pierre und steht auf, als er den Citroën auf das Grundstück fahren hört.

»Mein Gott, Sophie, hast du schon einmal auf die Uhr gesehen? Wir dachten schon, du willst dort übernachten«, wird Sophie von Pierre empfangen.

»Schon gut, Pierre, alles in Ordnung. Lass uns reingehen, ich habe ein paar Neuigkeiten für euch«, beruhigte ihn Sophie.

Sophies euphorischer Redeschwall ist nicht zu bremsen, keine Kleinigkeit lässt sie aus. Dass sie von Pierre und Marie mit Erstaunen angeblickt wird, als sie von ihrer Reise mit René nach Paris und ihrem Treffen mit Jérôme erzählt, ist nicht verwunderlich. Trotz des Vorfalls am gestrigen Abend ist Marie erstaunlich fit und folgt gespannt Sophies Erlebnissen.

»So, das war meine Story vom heutigen Abend. Und was habt ihr zu erzählen?«, endet Sophie und nimmt einen kräftigen Schluck aus dem Wasserglas.

Pierre und Marie schauen sich an, dann antwortet Pierre: »Nichts. Aber hast du die Sache mit Marie angesprochen?«

Sophie stockt, bevor sie antwortet: »Nein, tut mir leid, aber ich wollte die harmonische Atmosphäre dadurch nicht stören. Das hatte ich mir ursprünglich zum Abschluss vorgenommen, aber als René sein Gespräch mit Jérôme beendet hat,«

»Warst du vollkommen aus dem Häuschen, was auch verständlich ist. Oder?«, vervollständigt Pierre den Satz.

»Und ich glaube, dich hat es dazu erwischt«, ergänzt Marie.

Sophie sagt darauf nichts und nickt nur verlegen.

»Nun gut«, fährt Pierre fort, »Du wirst also am Dienstag mit ihm nach Paris fahren und kommst am Wochenende wieder. Das ist kein Problem, wir fahren ja erst in der Woche darauf wieder in Richtung Heimat. Aber wo bringst du deine Garderobe unter, deine Koffer liegen in Köln?«

»Koffer kann sie von mir haben«, beantwortet Marie seine Frage.

Leicht verschämt schaut Sophie zu Marie. »Danke, Marie.«

Pierre steht auf. Er ist überrascht über die Wendungen, freut sich aber für seine Freundin Sophie und sagt: »So Leute, es ist zwei Uhr. Morgen können wir weiter quatschen, aber zuerst müssen wir morgen früh zur Polizei, Marie muss zum Arzt und ich brauche einen neuen Akku. Meine Mailbox wird Gerd wohl zum Überlaufen gebracht haben. Schluss für heute.«

Marie und Pierre verabschieden sich mit einem innigen Kuss, als Sophie schon in Richtung Wohnmobil geht.

»Gute Nacht, Marie, ich liebe Dich.«

»Bonne nuit, chéri«, antwortet Marie, »Wir üben schon einmal Französisch. Und denke daran, Morgen um halb acht ist Frühstückszeit im Haupthaus.«

15

Drohung

Maries Vater schlägt am Frühstückstisch vor: »Wir
können ja gleich alle zusammen in die Stadt fahren, ich
muss auch noch mal zur Aussage zur Polizei.

»Danke, Papa, aber ich fahre mit Pierre und Sophie
im Méhari, ich muss noch in die Praxis zu Onkel
Philippe und Pierre muss etwas einkaufen. Wir treffen
uns dann bei der Police Municipale, einverstanden?«

»Wie du willst, Marie«, antwortet Jean, der den
Namen Marie besonders betonte, an den er sich erst
wieder gewöhnen muss.

Marie freut sich »Danke, Papa.«

»Wofür?«

»Für das Marie.«

Colette sagt an diesem Morgen nicht viel, nur an
Jean gerichtet:»Ich hoffe, sie finden diese Ratte, die das
unserer Tochter angetan hat. Mach denen Druck Jean,
du weißt selbst, wie manchmal Dinge im Sande
verlaufen.«

Ohne dass Bruno hinter seiner Tageszeitung
aufsieht, die dem Vorfall mit Marie-Claire einen großen
Artikel im Regionalteil gewidmet hat, hört man ihn nur
sagen:»Durand hat schon Druck gemacht, und wenn
die Polizei ihn nicht findet, finde ich die Person, verlasst
euch auf mich und meine neue Flinte.«

Erinnerung

Die übertriebene Schlagzeile der Tageszeitung
'Verbrechen beim Fête de Bonnotte. Ein
Mordanschlag?' ist zum Stadtgespräch geworden.
Obwohl im Artikel Marie-Claires Name nur mit C.L.

abgekürzt ist, hat es sich schnell herumgesprochen, dass es sich dabei um Marie-Claire Letour handelt.

Kaum hat Marie-Claire den Wagen auf dem Parkplatz am Château geparkt, steht Yannic neben ihr, der kurz zuvor eine Parklücke gefunden hat.

Ohne auf Pierre oder Sophie zu achten, die noch im Fahrzeug sitzen, überfällt er Marie-Claire direkt mit der Frage: »Claire, wie geht es dir? Ich habe erst heute Morgen in der Zeitung davon gelesen und deinen Namen von meinem Nachbarn erfahren. Wann ist es passiert? Ich war doch auch bis gegen neun Uhr auf dem Fest.«

»Danke, Yannic, mir geht es gut. Es war nach neun Uhr. Aber jetzt muss ich los, ich habe einen Termin bei der Police Municipale. Ach ja, darf ich vorstellen: Sophie Bergerhausen und Pierre Schuster aus Köln, mein Freund. Du siehst, wir haben uns doch gefunden.« Marie-Claire ist kurz angebunden, nicht nur wegen Marie Mercier, sondern dass er sich seit Tagen bei ihr nicht gemeldet hat.

Yannic stockte der Atem, als er Sophie und Pierre sieht. Bevor er etwas sagen kann, sind die drei schon zu weit weg.

Das Gesicht kommt Sophie bekannt, vor sie grübelt, woher sie ihn kennt, als sie in Richtung Place de L'Hôtel de Ville schlendern.

Als sie am Office de Tourisme vorbeikommen, deutet Marie-Claire auf den Eingang und sagt: »Und hier arbeite ich.«

»Da?«, fragt Pierre erstaunt, »hier haben wir nach dir gefragt, aber so eine Kleine mit einem Pferdeschwanz kannte dich nicht und hat irgendwo angerufen.«

»Wann war das?«

»Ich glaube am Dienstag und auf ihrem Namensschild stand 'Denise', das konnte ich mir merken, weil meine Cousine so heißt«, antwortet Sophie.

Marie ballt die Faust und bleibt stehen. »Denise! Sie ist seit ein paar Tagen unsere neue Aushilfe, und an dem Tag hat sie mich im Büro in Barbâtre angerufen, ich kann mich erinnern. Aurélie war nicht da und sie fragte mich, wo man Auskunft über die Sauniers bekommen kann. Merde.«

Wie aus der Pistole schießt es aus Sophie heraus: »Ich hab es. Jetzt weiß ich, woher ich den Mann kenne, mit dem du dich auf dem Parkplatz unterhalten hast.«

»Du meinst Yannic?«, fragt Marie.

»Ja, das ist der Typ, der mich oder uns an dem Tag die ganze Zeit beobachtet hat, als wir unsere Galette gegessen haben. Erinnerst du Dich Pierre?«

Marie beschleicht eine innere Unruhe. »Das wird ja immer interessanter, ich bin gespannt, was wir noch alles aufdecken. So langsam glaube ich nicht mehr an Zufälle. Nur wer hat Interesse daran, dass Pierre und ich uns nicht wiederfinden? Vielleicht wollte auch am Samstag jemand verhindern, dass wir uns auf dem Fest treffen. Nur wer und warum?«

»Unsere Vermutung sollten wir auch der Polizei gleich mitteilen. Vielleicht gibt es zwischen diesen angeblichen Zufällen doch eine Verbindung«, bemerkt Pierre, als sie ins Rathaus treten. »Das ist doch das Rathaus«, stellt er fest.

»Richtig. Hier ist auch die Police Municipal, aber Commissaire Leblanc kommt vom Festland«, erklärt Marie.

»Hallo Claire, du wirst schon in Zimmer 212 von Leblanc erwartet«, wird sie von Emma, dem Mädchen am Empfang begrüßt.

Anhörung

Fast eine Stunde wird Marie-Claire von Commissaire Leblanc befragt und beantwortet alle Fragen wahrheitsgemäß. Monsieur Leblanc ist in Pierres Alter, doch seine leicht ergrauten Schläfen, im Kontrast zu seinem schwarzen Haar, lassen ihn älter wirken. Mit seiner Größe und seinem athletischem Körperbau strahlt er die nötige Autorität aus, ist jedoch zuvorkommend und einfühlsam in der Befragung.

Commissaire Leblanc legt seinen Stift neben seine Notizen und wendet sich an Marie-Claire: »Interessant ist die Tatsache, dass wohl einige Personen ihr Verhältnis zu ihrem deutschen Freund verhindern wollen. Das kann Zufall sein, aber vielleicht gibt es auch jemanden, der eifersüchtig ist. Ein Racheakt muss ebenfalls in Erwägung gezogen werden, auch wenn noch keiner durch ihre Schilderungen erkennbar ist. Wir werden auf alle Fälle sämtliche Personen aus ihrem Umfeld befragen, vor allen Dingen diejenigen, die beim Fête de Bonnotte anwesend und in ihrer unmittelbaren Umgebung waren. Ich verspreche Ihnen, dass wir den oder die Täter ermitteln werden, Madame Letour.«

Leblanc steht auf und reicht Marie-Claire die Hand zum Abschied. »Wenn Ihnen noch irgendetwas einfallen sollte, rufen sie mich bitte umgehend an«, und gibt ihr seine Visitenkarte. »Und schicken sie mir ihren Freund herein, wenn sie ihre Aussage bei Madame Fontaine unterschrieben haben.«

»Sophie, seine Bekannte, können sie mit ihm gleichzeitig befragen. Pierre Schuster spricht nämlich kein Französisch und Sophie Bergerhausen fliesend«, antwortet Marie-Claire und unterschreibt ihre Aussage.

Monsieur Leblanc hat keine Einwände.

Die Befragung von Sophie und Pierre bringt ihm keine neuen Erkenntnisse, sie ist deckungsgleich mit Maries Schilderungen.

Pierre und Leblanc sind sich auf Anhieb sympathisch. Am Ende des Gesprächs wechselt Leblanc in einen Mix aus Deutsch und Englisch, als er sich von Pierre verabschiedet. »Herr Doktor Schuster, es hat mich gefreut, sie kennenzulernen. Sie hatte Glück, dass sie direkt zur Stelle waren und aufgrund ihres Berufes eine Vorabdiagnose stellen konnten. Ihnen muss ich ja über unsere Arbeit nichts erzählen, und ich hoffe, dass wir den Fall noch während ihres Aufenthalts auf Noirmoutier abschließen werden. Passen sie auf das Mädchen auf.«

Und an Sophie gewandt: »Madame Bergerhausen, wenn ich es wüsste, dass sie Deutsche sind, würde ich vom Typ und ihrer Sprache vermuten, dass sie aus Bordeaux kommen. Woher kommen ihre exzellenten Sprachkenntnisse?«

»Danke für das Kompliment, Monsieur Commissaire. Fast meine gesamte Kindheit und Jugend habe ich im Becken von Arcachon verbracht, daher auch der Dialekt. Au revoir, Monsieur Commissaire Leblanc, und viel Glück bei dem Fall.«

Analyse

Vor dem Raum warten Marie-Claires Vater und Monsieur Durand auf ihre Vernehmung. Sophie, Marie-Claire und Pierre führen noch ein kurzes Gespräch mit ihnen, bis Monsieur Durand aufgerufen wird.

Draußen in strahlendem Sonnenschein angekommen, schlägt Marie-Claire vor: »Das haben wir geschafft. Jetzt gehen wir zuerst Essen, es ist Mittagszeit und der Laden für deinen Akku macht erst um vier Uhr wieder auf. Kommt, zum 'Le Winch' sind es nur wenige Meter.«

Sie haben Glück, im 'Le Winch' einen freien Tisch zu bekommen, denn das Restaurant ist, wie fast immer, sehr gut besucht. Lucille, die nette Bedienung, kommt sofort auf sie zu, als sie Marie-Claire erkennt.

»Claire, Liebste, Bonjour, wie geht es dir? Es ist ja schrecklich, was ich gestern erfahren habe. Weiß man schon, wer es war?«, wird sie von Lucille mit einer echten Anteilnahme begrüßt, erst danach wendet sie sich an Sophie und Pierre: »Bonjour, Madame. Bonjour, Monsieur.«

Marie-Claire wechselt einige Sätze mit Lucille, bevor sie fragt: »Hast du noch einen Tisch für uns?«

Lucille lächelt, »Für dich doch immer, kommt mit«, und führte sie an einen freien Tisch auf der Terrasse.

Während sie auf ihre Getränke warten, erwähnt Marie: »Das ist mein Lieblings-Restaurant, das Essen hier ist immer bestens und die Menu-Preise sind günstig.«

»Das können wir bestätigen«, antwortet Sophie, »wir waren schon zweimal hier und es gehört neben dem 'L'Her du Temps' zu unseren Favoriten, obwohl wir die anderen Lokale noch nicht alle getestet haben.«

215

Da kommt Lucille mit dem Wasser und dem Weißwein, einem Muscadet Gros Plant. Als sie die Getränke serviert, sagt sie: »Die Getränke gehen heute alle auf das Haus.«

Der Widerspruch von Marie-Claire wird von ihr nicht akzeptiert und sie nimmt die Bestellung der Menus auf.

Beim Essen lassen sie das Gespräch mit Commissaire Leblanc nochmals Revue passieren.

»War Marie Mercier eigentlich auch auf dem Fest?«, fragt Pierre.

»Ja, sie war mit mir an der Ausgabe, aber ein paar Meter weg von mir, warum?«, antwortet Marie-Claire.

»Weil ich weder dich noch sie gesehen habe, das wundert mich.«

Marie-Claire pult gerade eine Crevette. »Sie war aber da, komisch. Nun, ich habe nur auf Yannic geachtet, der mit einer älteren Frau, vermutlich eine Kundin, zusammensaß, und habe nach dir Ausschau gehalten. Danach bin ich nach hinten, aber das weißt du ja schon alles.«

»Besteht die Möglichkeit, dass Yannic auf Pierre eifersüchtig ist?«, wird Marie-Claire von Sophie gefragt, »Du hast doch gesagt, dass er mehr von dir wollte.«

»Möglich. Aurélie, meine Freundin und Kollegin hat ihn ja auch mit Marie Mercier gesehen, vielleicht wollte er mich mit ihr eifersüchtig machen. Ihr kennt die Geschichte ja, die sich zwischen Marie und mir abgespielt hat.«

»Aber das würde keinen Sinn ergeben, warum sie dich, falls es einer von den beiden gewesen sein sollte, außer Gefecht setzen wollten«, analysiert Pierre, »das Ziel hätte ich doch sein müssen. Aber warten wir erst einmal ab, was der Kommissar ermittelt und was die genauen Laborwerte von Marie ergeben, die ihr Arzt vielleicht schon hat.«

Rundum satt verlassen sie nach zwei Stunden das Restaurant.

»Also, das Dessert mit den fünf Variationen von Schokolade muss ich mir merken«, schwärmt Sophie.

»Ich bleibe bei meiner 'Île Flottante' beim Dessert, aber jetzt holen wir erst einen neuen Akku für mein Handy, sonst meinen noch alle, wir seien verschollen«, drängt Pierre.

Telefonate

Gut, dass Pierre ein neueres und geläufiges Smartphone hat, denn die Auswahl an Akkutypen in dem kleinen Laden, den Marie-Claire aufsuchte, ist nicht groß. Zu seinem Glück ist der neue Akku nicht vollkommen leer, und sein Handy startete sofort, nachdem er ihn einlegt.

»Wartet bitte, ich muss jetzt erst einmal die eingegangenen Nachrichten checken«, bittet Pierre.

»Dann lass uns unten am Quai gegenüber vom Aquarium, auf eine Bank setzen. Noch haben wir über eine halbe Stunde Zeit bis zu meinem Arzttermin«, schlägt Marie-Claire vor.

Es ist wieder einmal Ebbe und die Boote im Kanal liegen im Schlick. Nur das Restwasser strömt als kleines Rinnsal hinaus ins Meer, als sie an der Bank ankommen.

Wie Pierre vermutet, kann die Mailbox keine weiteren Nachrichten aufzeichnen, alle Anrufe sind von Gerd, der sich wirklich Sorgen macht. Pierre drückt auf die Rückruftaste.

»Op der Eck, Schulte«, meldet sich Gerd.

»Hallo Gerd, hier ist Pierre.«

»Ich glaub es nicht. Du meldest dich, wo ich bestimmt schon hundert Mal versucht habe, dich zu erreichen. Wo seid ihr und wie geht es meinem Wohnmobil?«

»Tut mir leid, Gerd, aber mein Handy war bis heute defekt«, entschuldigt sich Pierre, »Wir sind wie geplant auf Noirmoutier. Und zu deiner Beruhigung, deinem Wohnmobil geht es bestens.«

»Also doch auf Noirmoutier. Und alles wirklich ohne Probleme? Du hattest mir ja nicht zugehört, sonst hättest du Esel gewusst, wie man entsorgt. Außerdem erkennst du noch nicht einmal mein Wohnmobil und wirfst nachts fremde Leute aus den Betten. Sei froh, dass dich Amigo nicht in den Arsch gebissen hat«, scherzt Gerd.

Pierres Gesichtsfarbe wechselt ins Rot leicht und er stottert: »Woher weißt du«, aber Gerd fällt ihm direkt in den Satz: »Von Paul, dem Waschweib, natürlich, oder meinst du es kam in den Tagesthemen. Wann seid ihr wieder hier? Du glaubst gar nicht, welchen Stress ich mit Grete habe.«

»Ende nächster Woche, wie geplant, geht dass für Dich in Ordnung?«

»Ja, wenn es nicht gerade am Wochenende ist. Grete will nämlich früher fahren. Sag mir Bescheid, wann ihr dort abfahrt und grüße Paul, wenn du ihn sehen solltest. So, ich muss was tun, der Laden füllt sich. Bis dann«, und Gerd legt auf, ohne auf Pierres Antwort zu warten.

Ansonsten wird Pierre von niemandem vermisst, auch bei seinem Anruf im Institut hört er nur, dass er seinen Urlaub genießen solle und nichts Wichtiges anliegen würde.

Arztbesuch

Dr. Bernhard ist, solange Marie-Claires denken kann, nicht nur der Hausarzt ihrer Familie, sondern auch ein alter Freund von Papi Bruno. An der Annahme erkundigen sich direkt alle nach dem Befinden von Marie-Claire, und Madame Bernhard, die Frau des Arztes, führt sie zu seinem Sprechzimmer.

»Tante Geraldine, das ist Pierre, mein Freund aus Deutschland, er ist auch Arzt, darf er mitkommen?« Marie-Claire duzt das Ärztepaar seit ihrer Kindheit und nennt sie Tante und Onkel.

»Selbstverständlich, wenn du das möchtest, Marie-Claire«, und Frau Bernhard öffnete die Tür.

»Hallo, mein Liebes«, Dr. Bernhard kommt auf Marie-Claire zu und umarmt sie herzlichst, »Wie geht es dir heute?«, und zu Pierre gerichtet: »Oh, Pardon Monsieur, Bonjour. Ich nehme an, sie sind der Kollege aus Deutschland. Mein Name ist Philippe Bernhard«, und reicht ihm die Hand. Pierre hat nicht mit solch einem festen Händedruck gerechnet.

»Bonjour, Monsieur Dr. Bernhard«, erwidert Pierre höflich.

»Es freut mich, einen Pathologen der Rechtsmedizin aus Köln kennenzulernen. Ich selber arbeite aber lieber mit Lebenden«, scherzt Dr. Bernhard, »Ohne die Rechtsmedizin würden viele Fälle nicht geklärt werden.« Er will noch weiterreden, aber Marie-Claire unterbricht ihn.

»Entschuldige, Onkel Philippe, aber Pierre spricht leider noch kein Französisch«

»Dann sollte es aber jetzt Zeit werden, oder nicht?«, und zwinkert ihr zu. »Nun setzt euch, ich habe vom Institut deinen Bericht erhalten, der dem Commissaire auch vorliegt.«

Philippe Bernhard mit seinen fünfundsechzig Jahren und schneeweißem Haar ist ein väterlicher Typ, der Ruhe und Vertrauen ausstrahlt.

»Also, es wurde festgestellt, dass es sich aller Wahrscheinlichkeit nach um ein benzodiazepinhaltiges Psychopharmaka handelt, das dir verabreicht wurde. Es wurde auch in deiner Wasserflasche nachgewiesen. Wann hast du aus der Flasche getrunken Marie-Claire?«

Er ist einiger der wenigen, der Marie-Claire immer mit vollem Namen anspricht.

»Erstmals am Ausgabestand und dann erst wieder, als ich aus der Dusche kam.«

»Hast du vor dem Duschen schon irgendwelche Anzeichen von Übelkeit oder Müdigkeit verspürt?«

»Nein, überhaupt nicht. Durch das Naschen von den Sardinen hatte ich großen Durst und habe nach dem Duschen zuerst zur Wasserflasche gegriffen und einige kräftige Schlucke genommen. Erst später habe ich einen unbekannten Geschmack bemerkt.«

»Nun, Commissaire Leblanc wird ermitteln, wer von den Anwesenden eines dieser drei festgestellten Medikamente einnimmt und mit deinem Wasser vermischt hat. Ich habe bereits meine Kartei durchforstet, und zwei Personen ermittelt, die ich Leblanc mitgeteilt habe.«

»Und wer sind die Zwei?«, fragt Marie-Claire.

»Tut mir leid, aber dass darf ich dir leider nicht sagen, du weißt doch, die ärztliche Schweigepflicht.«

Dr. Bernhard bemerkt, dass Pierre unbedingt wissen will, was hier besprochen wird.

»So, Marie, nun erkläre ich alles einmal deinem Freund.«

Er steht auf und wendet sich Pierre zu. In perfektem Englisch berichtet er ihm, von der Analyse, was er mit Marie-Claire besprochen hat und um welche Medikamente es sich handeln kann. Marie-Claire ist perplex, das hat sie ihm nicht zugetraut und kann nur schwerlich dem Fachgespräch folgen.

»Sie sprechen ein ausgezeichnetes Englisch, Doktor Bernhard, das ist selten für einen Franzosen, wenn sie verzeihen«, lobt Pierre.

»Danke.« Doktor Bernhard setzt sich mit verschränkten Armen auf die Ecke des Schreibtisches und fährt fort: »Dank meiner Eltern konnte ich vier Semester an der John Hopkins University in Baltimore studieren und war bis vor zwanzig Jahren oft für Ärzte ohne Grenzen im Einsatz. Und um ihrer Frage vorzugreifen, warum ich hier als Hausarzt arbeite, ist ganz einfach: Geld war nie der vorrangige Grund für mich, Arzt zu werden, und in einer Klinik zu arbeiten, konnte ich mir nie vorstellen. So banal und unglaublich es klingt, ich wollte immer eine Praxis haben, wo ich mein eigener Herr bin und mich um die Menschen vor Ort kümmern kann, und zwar in meinem Heimatort. Und was hat sie in die Pathologie geführt?«

»Ursprünglich wollte ich Chirurg werden, aber dann verstarb während meines Studiums leider meine Großmutter, die ich vergöttert habe. Trotz Obduktion konnte angeblich die Todesursache nicht festgestellt werden. So kam mein Sinneswandel. Dazu ist es in der Gerichtsmedizin immer wieder eine neue Herausforderung, die Todesursache, speziell bei Mord, herauszufinden und - der Patient diskutiert nicht mit mir.«

Noch einige Zeit unterhalten sich alle drei abwechselnd in zwei Sprachen, bis Madame Bernhard zur Tür reinkommt. »Brauchst du noch lange Philippe? Das Wartezimmer ist brechend voll.«

Verschwiegenheit

Es ist schon später Nachmittag, als Marie-Claire vorschlägt, noch nach L'Herbaudière zu fahren.

»Wenn wir Glück haben, verrät uns Juliette, ob jemand von ihren Kunden eines dieser Medikamente einnimmt.«

»Das glaube ich nicht«, nimmt Pierre ihr die Hoffnung, »Selbst wenn sie jemanden kennen würde, sagt sie uns nichts, sie darf es nicht.«

»Wir versuchen es trotzdem«, protestiert Marie-Claire und biegt nach L'Herbaudière ab.

Vor dem Marine-Shop ihres Bruders stellt sie den Wagen ab, und gemeinsam gehen sie die wenigen Schritte zu Juliettes Apotheke.

Hinter einer kleinen Glaswand sitzt Juliette zwischen den Medikamentenschränken an ihrem kleinen Schreibtisch. Als der Türgong ertönt, liest sie das Ende der E-Mail, die von Commissaire Leblanc unterzeichnet ist.

Mit Freude und Neugier empfängt Juliette ihre drei Besucher. Doch alles Bitten und Betteln von Marie-Claire hilft nichts, Juliette lässt sich nicht erweichen, ihr auch nur die kleinste Information zu geben.

»Das Einzige, was ich euch sagen kann, ist, dass der Kommissar in einer E-Mail alle Ärzte und Apotheken um Auskunft bittet, wer ein solches Medikament einnimmt. Mehr kann ich leider nicht sagen«, wird Marie-Claire von Juliette beschwichtigt.

»Kannst du uns dann bitte anrufen, wenn du etwas erfährst und es eine Spur gibt? Natürlich ohne Namen«, fragt Pierre nach.

Juliette nickte nur mit einem Lächeln auf den Lippen und begrüßt eine ältere Dame, die die Apotheke betritt.

Vorbereitung

»Jetzt muss ich aber wirklich meinen Koffer packen, morgen früh um acht Uhr holt mich René ab«, unterbricht Sophie die gesellige Runde am Familientisch, »Das Abendessen war vorzüglich, Madame Letour, vielen Dank für die Einladung.«

Papi, der den gesamten Abend den Schilderungen zum Vorfall und zu den Gesprächen mit dem Commissaire und Philippe, dem Arzt, kommentarlos zugehört hat, steht mit einem kleinen Leuchten in den Augen auf und geht auf Sophie zu. »Grüßen sie Paris von mir, Sophie. Zuletzt war ich vor dreißig Jahren mit meiner Frau dort. Wissen sie, dort haben wir ...«

»Bitte nicht Papa, wir kennen doch alle die Geschichte. Wenn du jetzt anfängst, hörst du nicht mehr auf und hältst Sophie nur vom Packen ab. Erzähl ihr alles, wenn sie wieder zurück ist, ja?«, wird Bruno von seinem Sohn unterbrochen, während Marie-Claire schmunzelt und ebenfalls vom Tisch aufsteht, um die leeren Gläser abzuräumen. »Komm Maman, ich helfe dir noch schnell in der Küche.«

Amour

Eng aneinander gekuschelt sitzen Pierre und Marie-Claire in ihrem Häuschen auf der Couch. Er lauscht ihren Erzählungen, von ihrer sorgenlosen Kindheit und ihrem innigen Verhältnis zu ihrem Großvater.

»Fertig. Geschafft«, steht Sophie, ohne anzuklopfen im Türrahmen, und streicht sich ihr blondes Haar aus dem Gesicht. »Ich habe euch zwei Turteltäubchen doch nicht etwa gestört, oder? Aber für die nächsten vier Tage seid ihr mich ja los«, scherzt sie und lässt sich stöhnend auf der Couch nieder. »Seid ihr weitergekommen, wer Marie schaden will?«

»Noch nicht. Wir haben eine Liste erstellt, mit allen Personen, die Marie kennt und am Abend in ihrer Nähe waren. Dazu haben wir alle möglichen Verbindungen unter den Personen und zu Marie analysiert, aber noch kein Motiv für die Tat und den Tatzeitpunkt gefunden«, klärt Pierre sie auf, »aber durch die infrage kommenden Medikamente, die selten verschrieben werden, müsste der Kommissar schnell eine Rückantwort von den Ärzten beziehungsweise Apothekern bekommen, sofern der Täter von der Insel ist.«

»Bekommst du auch ein Glas Wein?«, wird Sophie von Marie-Claire gefragt.

»Nein, danke. Ich habe eben eine Kopfschmerztablette genommen und wollte auch zu Bett gehen. Kommst du auch gleich, Pierre?«

Mit verliebten Augen schauen sich Pierre und Marie-Claire an, bevor sie zu Sophie aufschauen, die bereits aufgestanden ist.

Marie-Claire schüttelt mit einem verschmitzten Lächeln den Kopf und fährt sich mit den Händen durch ihre schwarze Bobfrisur, bevor sie Sophie auf Französisch antwortet »Nein. Ich teile ihn nicht mehr mit dir. Dafür hast du jetzt ein Bett für dich ganz alleine. Du bist doch jetzt nicht eifersüchtig, oder?«

Sophie versucht, mit einem Schmollmund beleidigt zu wirken, was ihr aber nicht gelingt und selbst lächeln muss. Absichtlich antwortet sie in der gleichen Sprache: »Überhaupt nicht. Endlich Ruhe und eine eigene Decke. Gewöhne dich schon einmal daran Marie, wenn er nachts die Wälder absägt und dir die Decke wegnimmt«, lästert Sophie, »Dann wünsche ich euch eine schöne Nacht und seid bitte leise, ich wohne schließlich nebenan«, scherzt sie, als sie sich von beiden verabschiedet.

»Keine Sorge Sophie, wir nehmen heute das Zimmer im Turm. Gute Nacht. Wir sehen uns morgen Früh um sieben beim Frühstück, ja?«, antwortet Marie-Claire wiederum auf Französisch.

Pierre steht schon neben Sophie und wundert sich, dass sie sich von ihm verabschiedete, schließlich wollte er jetzt auch gehen und Marie-Claire die Nachtruhe gönnen, aber Marie-Claire hält ihn fest. Pierre hat wieder einmal kein Wort verstanden.

»Non, non Monsieur. Sie bleiben hier. Ihre Freundin leidet unter heftigen Kopfschmerzen und möchte durch ihr Schnarchen keinesfalls gestört werden. Ich habe mich nach langem Bitten bereit erklärt, sie heute Nacht bei mir aufzunehmen, aber selbstverständlich können sie mein Angebot ablehnen, Doktor Schuster«, dramatisiert Marie-Claire mit zusammengefalteten Händen vor der Brust.

Mit fragenden Blicken schaut Pierre die beiden Frauen an, doch Marie-Claire fährt ihm mit ihren Fingern durch seine roten Locken und zieht seinen Kopf zu ihren Lippen. Währenddessen verlässt Sophie leise das Haus und sprintet durch den Nieselregen zum Wohnmobil.

Pierre spürt, wie sich sein Herzschlag erhöht und folgt Marie, die ihn an die Hand nimmt, nach oben ins Turmzimmer. Pierre, der sachliche und pragmatische Typ, ist überwältigt. Während er nach dem Abendessen Duschen war, muss Marie-Claire sämtliche Vorbereitungen getroffen haben. Die unzähligen, rundum auf dem gesamten Sims brennenden Teelichter und die leisen Pianoklänge von Richard Claydermann, haben das Zimmer, mit Blick auf den Nachthimmel, in eine für Pierre bisher nicht gekannte romantische Atmosphäre verwandelt. Die große Liegefläche in der Mitte ist als Bett mit roter Seidenbettwäsche hergerichtet, an deren Kopfende eine Flasche Champagner mit Gläsern steht. Zaghaft und sprachlos betritt Pierre den Raum.

»Mein Gott, so etwas Schönes habe ich noch nie gesehen«, schwärmt Pierre in leisen Tönen und dreht sich zu Marie, die neben ihm steht. Gefühlvoll umarmt er sie und flüstert: »Ich liebe dich.«

»Ich liebe dich auch«, haucht Marie, bevor sich ihre Lippen berühren und sie ihn auf die Liege zieht.

16

Paris

Sophie steigt gerade aus dem Wohnmobil, als Marie-Claire aus dem Haus kommt, um zum gemeinsamen Frühstück zu gehen.

»Oh la la, du scheinst aber eine schöne Nacht gehabt zu haben. Bonjour, Marie«, grüßt Sophie.

»Bonjour, Sophie. Woher willst du das wissen?« lächelt Marie.

»Ich sehe es an deinem Gesichtsausdruck«, antwortet Sophie, »schläft Pierre noch oder was hast du mit ihm gemacht?«

Marie-Claire legt ihr den Arm auf die Schulter. »Er lebt noch und kommt gleich nach, er ist noch unter der Dusche. Und ja, wir hatten eine schöne Nacht. Er war der erste Mann, mit dem ich dort eine Nacht verbracht habe. Dieses romantische Erlebnis habe ich mir immer für einen besonderen Moment mit einem besonderen Mann aufbewahrt.«

Pünktlich um acht Uhr fährt René Chevalier vor das Tor der Letours. Sophie hat sich zwischenzeitlich von allen verabschiedet und Pierre begleitet sie mit ihrem Koffer zum Tor.

»Wie war deine Nacht?«, kann Sophie ihn nun endlich ungestört fragen.

»Wenn du es genau wissen willst, es war die schönste Nacht meines Lebens und ich habe mich entschlossen, nun Französisch zu lernen.«

»Das freut mich für dich. Ihr scheint euch tatsächlich im Sinne des Wortes gesucht und gefunden zu haben«, freut sich Sophie.

Am Tor angekommen, betont Pierre ausdrücklich: »Kläre deinen René bitte über Marie auf, und sei vorsichtig, wer weiß, was er geplant hat. Trotzdem wünsche ich dir einen schönen Aufenthalt in Paris und viel Glück bei deinem Gespräch. Vielleicht wird dein Traum wahr. Komm bitte gesund wieder und melde dich bitte«, verabschiedet er sich von Sophie und drückt ihr einen dicken Kuss auf die Stirn.

»Ich melde mich täglich. Versprochen. Und enttäusche Marie nicht, sie ist Hals über Kopf in dich verliebt. Vielleicht gibt es, bis ich wieder zurückkomme, neue Erkenntnisse.«

»Bonjour, Sophie. Bonjour, Monsieur«, werden beide von René begrüßt, der gerade den Kofferraum öffnete, aber beim Anblick von Sophies Koffer direkt wieder schließt.

»Wir fliegen für vier Tage nach Paris, wir machen keine vierwöchige Kreuzfahrt Sophie«, weist René mit

Fingerzeig auf ihren Koffer hin. »Ich hoffe, er passt wenigstens auf den Rücksitz.«

Knapp zwei Stunden später erreichen Sophie und René den Hangar am Flughafen in Nantes und besteigen den Firmenjet mit Flugziel Paris-Orly.

Noirmoutier-en-l'Île

»Papi, brauchst du heute den Méhari?«, fragt Marie-Claire ihren Großvater, der gerade in Richtung Strand läuft.

»Tut mir leid, Marie, aber den kannst du heute leider nicht haben, nimm den Espace«, winkt Papi ab, ohne stehen zu bleiben.

Komisch, was hat Papi? Gestern Abend und heute Morgen hat er fast nichts gesprochen und nun geht er gedankenverloren einfach weiter, ohne sich weiter mit mir zu unterhalten, geht es Marie besorgt durch den Kopf. Als sie sich umblickt, stellt sie fest, dass der Espace ihres Vaters gar nicht da ist. *Merde.*

Pierre hat sich umgezogen. Als er aus dem Wohnmobil kommt, läuft ihm Marie-Claire in die Arme.

»Bist du schon einmal Traktor gefahren?«, fragt ihn Marie-Claire.

Erstaunt sieht Pierre sie an. »Nein, warum?«

»Ich wollte dir einiges von meiner Insel zeigen, aber wir haben außer dem Traktor kein Fahrzeug, oder wir fahren mit dem Rad. Mit deinem Wohnmobil kommen wir ja nicht überall hin.«

»Kannst du etwa Traktor fahren?« Eine Frage, die sich Pierre hätte ersparen können.

»Logisch. Du nicht?«

»Wir fahren Traktor und du fährst. Das wird sicherlich eine lustige Fahrt, dann kannst du mir auch eure Salzbecken zeigen«, lacht Pierre.

Pierre fühlt sich wie ein König, als er sich auf den rechten Sitz über dem Hinterrad setzt und Marie-Claire den Motor startet. Im selben Moment fährt Noel auf das Grundstück.

»Salut, Marie-Claire. Salut, Pierre«, ruft Noel ihnen zu, »Ich wollte mich von euch verabschieden.«

»Du fährst schon heute zurück?«, fragt Marie-Claire erstaunt und steigt vom Traktor.

»Ja, es wird sonst zu knapp. Ich hab eine Mail erhalten. Schon am Sonntag soll ich eine Reisegruppe begleiten und muss vorher noch das Salz und die Kartoffeln ausliefern. Ich wäre gerne noch hier geblieben«, antwortet Noel.

Die beiden Freundinnen umarmen sich zum Abschied.

»Und wenn du wieder in Köln bist, telefonieren wir, dann können wir uns einmal treffen. Bis dahin pass gut auf Marie auf«, sagt Noel zu Pierre, während sie ihm rechts und links ein Küsschen gibt.

»Aber wehe dir Noel. Nur Treffen und Reden, mehr nicht«, warnt Marie-Claire sie mit erhobenem Zeigefinger.

Eine Stunde später stehen Marie-Claire und Pierre auf dem Wehrgang der Burg, dem Château de Noirmoutier und Wahrzeichen der Stadt, das von einer mächtigen rechteckigen Burgmauer umgeben ist, die nur durch zwei imposante Ecktürme unterbrochen wird. Von hier hat man einen malerischen Ausblick auf die Stadt und das Meer, und Marie-Claire ist in ihrem Element. Auf euphorische Weise erzählt sie Pierre von der Geschichte und den Kriegen um Noirmoutier, informiert ihn über die gegenüberliegende Klosterkirche des Benediktinerordens vom heiligen Philibert aus dem siebten Jahrhundert und dass die Polderlandschaft neben dem Damm, der Jakobsen-Mole, durch Pläne der flämischen Familie Jakobsen um 1740 entstanden ist. Pierre ist bei geschichtsreichen Dingen ein faszinierter Zuhörer, der sie mit seinen Nachfragen nicht in Erklärungsnot bringt.

Am Ende von Marie-Claires Ausführungen legt Pierre seinen Arm um ihre Schulter, gibt ihr einen Kuss auf die Wange und sagt: »Ich liebe nicht nur dich, sondern auch deine Insel.«

»Und warum gehst du dann zurück? Wenn wir zusammenbleiben wollen, wo werden wir unsere Zukunft verleben? Ich bin nur hier glücklich und werde niemals in eine Stadt ziehen«, klagt Marie-Claire.

»Ich weiß. Ich würde auch hier her auf die Insel kommen, aber wir kennen uns erst ein paar Tage. Was ist, wenn es mit uns nicht klappt? Wir wohnen einfach zu weit auseinander, um es auszuprobieren.«

Mit einem traurigen Blick sieht Marie-Claire ihn an. »Du glaubst es klappt nicht?«

Pierre versucht zu beschwichtigen, »Doch. Ich glaube es, obwohl ich nicht in die Zukunft sehen kann. Trotzdem würde ich den Schritt wagen, zu dir zu kommen.«

»Und dein Beruf? Willst du etwa Saunier oder Kartoffelbauer werden? Hast du dir die abgearbeiteten Hände und das sonnengegerbte Gesicht von meinem Vater und Papi schon einmal genauer angesehen? Kannst du mit einem Misserfolg einer Ernte leben?«, fragt Marie-Claire besorgt.

»Mir wird etwas einfallen, verlass dich drauf. Und wenn nicht, werde ich eben Saunier und Kartoffelbauer. Es sei denn, du willst mich dann nicht«, antwortet Pierre nachdenklich, »Aber, bis es soweit ist, werden wir noch viele Monate eine Fernbeziehung führen müssen.«

Marie-Claire sieht ihn mit einem Lächeln an. »Ich nehme dich auch als Saunier, den das Leben kenne ich. Aber nicht erst in einigen Jahren.«

Geständnis

Gemeinsam schlendern sie verträumt in Richtung der kleinen Fußgängerzone, als ihnen plötzlich Yannic gegenübersteht.

»Bonjour Claire. Bonjour, Monsieur. Claire, hast du mal Zeit für mich, ich muss dir und Aurélie unbedingt etwas erklären. Es ist wirklich wichtig. Bitte.«

»Warum? Will Marie Mercier von dir nichts mehr wissen?«, antwortet Marie in zynischem Ton.

Yannic errötet. *Woher weiß sie?* »Nein, es geht um eine wichtige Sache, glaube mir. Es handelt sich um Samstagabend.«

Marie-Claires Herzschlag beschleunigt sich. *Was weiß er?* »Nun gut, aber was hat Aurélie damit zu tun?«

»Ich möchte, dass sie es auch weiß, es ist eine delikate Angelegenheit. Ich wollte eben zu ihr und sie fragen, ob sie mit Essen kommt.«

»Ach ja, und was wäre, wenn du mich jetzt nicht getroffen hättest?«

»Dann wäre ich mit Aurélie zu dir gefahren, glaube mir, bitte«, versucht Yannic, sie zu überzeugen.

»Nun gut. Wir warten hier.«

Während Yannic ins Office de Tourisme geht, wird Pierre von Marie-Claire über das Gespräch informiert.

»Ist das der, der dich anbaggert und von dem du mir erzählt hast, der Yannic?«, fragt Pierre.

»Ja, das ist er. Er ist für mich ein Freund, mehr nicht, auch wenn er für mich mehr empfindet, als ich für ihn. Es ist aber nie etwas zwischen uns gewesen«, erklärt Marie-Claire.

Aurélie und Yannic kommen gemeinsam aus dem Office de Tourisme und Marie-Claire wird von Aurélie herzlich begrüßt, bevor auch Pierre, nachdem er von Aurélie von oben bis unten gemustert wurde, von ihr begrüßt wird.

»Das ist er also, dein Prinz aus Köln?«, fragt Aurélie.

»Ja. Wir haben uns gefunden, aber das ist eine lange Geschichte, die erzähle ich dir später, lass uns jetzt erstmal hören, was Yannic so Wichtiges zu berichten hat«, weicht Marie-Claire der Frage aus.

Um sich ungestört unterhalten zu können, wählen sie im Restaurant 'Le Winch' einen ruhigen Tisch in einer Ecke. Erst nachdem ihre bestellten Getränke serviert sind, beginnt Yannic mit seiner Geschichte.

»Ich möchte euch bitten, dass alles unter uns bleibt, was ich euch jetzt berichte. Außerdem möchte ich, dass ihr es von mir erfahrt, bevor irgendwelche Gerüchte den Umlauf machen. Also, die Polizei hat auch mich gestern Abend zu Samstagabend verhört und mir vorläufig meinen Ausweis abgenommen, bis der Fall geklärt ist. Somit muss ich damit rechnen, als Täter verdächtigt zu werden. Sie werden nicht nur mein Alibi, sondern auch meine Telefonate und SMS überprüfen und dabei auf peinliche Details stoßen.«

»Peinlich? Jetzt bin ich aber gespannt«, fällt Marie-Claire ihm ins Wort, während Pierre neugierig versucht, den Inhalt des Gesprächs zu verstehen.

»Nicht nur du, ich auch. Erzähl Yannic«, fordert Aurélie ihn auf.

»Am Samstagabend habe ich auf dem Fest eine ältere Dame kennengelernt, die angeblich ihre Villa verkaufen will. Das wollte ich mir natürlich nicht durch die Lappen gehen lassen. Also führte ich mit ihr ein längeres Gespräch und habe dann mit ihr vor neun Uhr die Coopérative verlassen. Uns war beiden kalt und so sind wir noch in eine Bar gegangen, bevor ich sie gegen elf Uhr zuhause absetzte und danach nach Hause fuhr.«

»Aber wo ist dann das Problem? Das wird sie doch bestätigen oder nicht?« fragt Aurélie.

»Ich weiß es nicht, denn am Sonntag habe ich nicht so reagiert, wie sie es von mir wohl erwartet hat, und dadurch habe ich sie wohl gekränkt oder beleidigt.«

»Und was hast du so Fürchterliches getan?«, will Marie-Claire wissen.

»Nun, wir waren am Sonntag verabredet, um ihr Haus zu besichtigen. Es kam mir schon etwas komisch vor, als sie mich nicht nur in einer frivolen Aufmachung empfing, auch ihr Verhalten deutete darauf hin, mehr von mir zu wollen.«

Yannic erzählt wahrheitsgemäß weiter, nur die für ihn peinliche Situation, warum er sich auf der Liege nicht drehen wollte, ließ er verständlicherweise aus.

»Und? Habt ihr?«, will Aurélie wissen.

»Nein, das ist ja vielleicht das Problem. Es wurde mir zu unangenehm. Ich bin von der Liege aufgestanden, habe mich angezogen und bin gegangen, wobei ich ihr sagte, dass sie doch bitte am Montag wegen der restlichen Details und dem Vertrag ins Büro kommen soll. Ich habe ihr einen Korb gegeben. Seitdem habe ich auch nichts mehr von ihr gehört.«

»Und hat sie dir eine SMS geschickt, oder warum soll die Polizei deine Nachrichten nicht lesen?«, hakt Marie-Claire nach.

Yannic gönnt sich eine längere Pause, bevor er den Mut hat fortzufahren. »Es sind Nachrichten von Marie Mercier.«

»Von Marie Mercier. Also doch. Du hast ein Verhältnis mit ihr«, schnauft Aurélie, was Marie-Claire stutzig macht.

»Nein, ich habe kein Verhältnis mit ihr. Letzte Woche haben wir uns zufällig getroffen und sie hatte mich für Sonntagnachmittag zum Kaffee eingeladen. Die Einladung habe ich angenommen, aber ohne jeglichen Hintergedanken und hoffte, so mehr über euren Streit zu erfahren. Da ich aber bei Madame, den Namen möchte ich jetzt nicht nennen, war, bin ich nicht bei ihr gewesen und habe die Verabredung auch vergessen. Sie hat mir aber am Sonntag unzählige SMS gesendet, wo ich bliebe, sie würde auf mich warten. In der letzten Nachricht schrieb sie sogar, ob ich sie nicht attraktiv finde, und dass sie mich liebt. Die ist komplett durchgeknallt. Aber seitdem habe ich nichts mehr von ihr gehört. Das ist die ganze Geschichte. Ich habe mit dem Anschlag auf dich rein gar nichts zu tun. Du weißt, dass ich dir nichts anhaben könnte, Claire«, schließt Yannic aufgewühlt und beschämend seine Ausführungen.

»Wow.« Mehr können Marie-Claire und Aurélie nicht antworten.

»Aber du hast meinen Freund Pierre und seine Freundin schon einmal gesehen. Richtig? Und zwar in der Crêperie 'L'her du Temps'. Du hast mir aber nichts davon gesagt, obwohl Du wusstest, dass ich auf einen rothaarigen Freund aus Deutschland warte. Warum? Eifersucht?«, klagt Marie-Claire ihn an.

»Ja, ich habe beide dort gesehen, aber ich dachte es wäre ein Ehe- oder Liebespaar, und das hatte ich dir doch erzählt«, stöhnt Yannic.

»Hattest du auf dem Fest mit Marie Mercier keinen Kontakt?«, bohrt Marie-Claire weiter.

»Nein. Ich habe sie nur kurz gesehen. Ich war doch mit, naja, im Gespräch.«

Marie-Claire bohrt nicht weiter und erzählt Pierre die Schilderungen von Yannic, bevor sie sich in ernstem Ton wieder Yannic zuwendet: »Wir werden sehen, was herauskommt. Ach übrigens, Pierre ist derjenige, in den ich verliebt bin, und seine blonde Begleitung ist ganz einfach seine beste Freundin, die ihn wegen ihrer exzellenten Französischkenntnisse begleitet hat, um mich zu finden. Nichts für ungut, Yannic, aber ich habe dir gesagt, dass ich nicht weiß, ob sich etwas über eine Freundschaft hinaus entwickeln könnte. Tut mir leid, aber du hast es gewusst.«

Yannic begleicht die Rechnung, während Marie-Claire und Pierre schon aufgestanden sind. Bei der Verabschiedung sagt Marie-Claire noch zu Yannic: »Ich glaube dir, und hoffe, dass deine Beichte der Wahrheit entspricht. Und von deinem Rendezvous mit der alten Dame wird von uns niemand etwas erfahren.«

Aurélie setzt sich, nachdem Marie-Claire und Pierre gegangen sind, wieder an den Tisch. Sie ist vom Gespräch noch aufgewühlt. »Lass uns noch einen Kaffee trinken, Yannic«, schlägt sie vor und legt ihre Hand auf die seine.

Aurélie sieht jetzt ihre Chance, Yannic für sich zu gewinnen. Sie hatte schon immer ein Auge auf ihn geworfen, aber aus Freundschaft und Loyalität gegenüber Marie-Claire, hat sie sich immer bedeckt gehalten, nach ihrem Motto: Eine Freundin spannt der anderen keinen Freund aus. Sie kann nicht wissen, dass Yannic dasselbe für sie empfindet, seitdem er spürt, dass sein Umwerben um Marie-Claire vergeblich ist. Obwohl Marie-Claire ihm sagte, dass sie ihn als Freund schätzt, aber seine Gefühle nicht erwidern kann, hat Yannic aus Rücksicht auf die Freundschaft zwischen den beiden Frauen, und um Marie-Claire nicht zu kränken, auf Flirts mit Aurélie verzichtet.

Aurélie wagte den ersten Schritt. »Was hältst du davon, wenn wir zwei am Wochenende einen kleinen Segeltörn machen?«

Saunier

Auf dem Weg zurück zum Traktor, spricht Pierre das Thema Yannic nicht an. Er spürt, wie Marie-Claire über das eben geführte Gespräch noch grübelt und will nicht weiter nachbohren, denn Marie-Claire hatte ihm bereits alles über ihr Verhältnis zu Yannic berichtet. Ohne dass Yannic den Namen der Dame nannte, wusste Marie-Claire durch seine Beschreibung, dass es sich um Madame Dupont handelt, von der René die Yacht gekauft hatte.

Als sie am Parkplatz ankommen, holt Pierre sie mit einem Schmunzeln wieder aus ihren Gedanken zurück: »Hallo, Frau Stadtführerin. Welche versteckten Schönheiten werden sie mir jetzt zeigen?«

Wie aus Hypnose erwacht, lacht Marie-Claire ihn an und antwortet, als sie auf ihren Fahrersitz klettert: »Zu ihrer neuen Arbeitsstelle, Monsieur.«

»Gibt es etwa hier ein rechtsmedizinisches Institut?«, fragt Pierre verwundert, doch seine Frage dringt durch den Lärm des anspringenden Diesels nicht an Marie-Claires Ohr.

Pierre bewundert Marie, wie das zierliche Geschöpf, dieses grüne Monster beherrscht und im dichten Verkehr durch die schmalen Straßen steuert. Er genießt die Fahrt auf seinem Platz, vorbei am großen Wohnmobilstellplatz und an der Coopérative Agricole auf der Landstraße nach L'Épine.

Pierre ahnt Böses und brüllt, damit er den Motorlärm übertönt: »Willst du etwa zu Marie Mercier?«

»Nein, wie kommst du darauf, was soll ich denn bei der? Niemals«, antwortet Marie-Claire, »Lass dich überraschen.«

Nach einer S-Kurve bremst Marie-Claire scharf ab und steuert nach rechts auf einen staubigen Feldweg. Dreihundert Meter weiter hält sie das holprige Ungetüm, vor einer Holzhütte mit der großen Aufschrift 'Sel', neben einem Renault Espace an.

»Voilà, Monsieur, ihre zukünftige Arbeitsstätte«, sagt Marie-Claire und zeigt auf die unzähligen Salzbecken, die sich auf über zweihundert Meter erstrecken. »Das ist einer unserer Salzgärten.«

Pierre schüttelt ungläubig den Kopf. »Das ist jetzt nicht wahr. Hier bin ich schon zwei- oder dreimal mit dem Rad vorbei, aber leider war nie jemand da«, und steigt von seinem harten Sitz.

Jean hatte den Traktor und seine Tochter schon erkannt und kommt, einem Seiltänzer gleich, über die kleinen Erddämme, die die einzelnen Becken voneinander trennen, auf Marie-Claire und Pierre zu. »Das freut mich, dass ihr mich unterstützen wollt. Es sind noch einige Becken zu reinigen«, ruft er den beiden lachend zu.

Es ist nichts zu sehen, von den schönen kleinen Salzhügeln, die jede Postkarte und Reiseführer schmücken, nur wassergefüllte oder leere Becken.

»Was macht ihr um diese Jahreszeit, es ist ja noch kein Salz zu sehen?«, fragt Pierre und folgt Marie-Claire, die ihrem Vater entgegen geht.

»Jetzt werden die Becken gereinigt und auf ihre Tiefen kontrolliert, denn fast jedes Becken hat eine andere Höhe«, erklärt Marie-Claire, bevor sie ihren Vater umarmt.

Pierre wird ebenfalls herzlichst von Jean begrüßt und gemeinsam gehen sie in den großen Holzschuppen, der in zwei Räume unterteilt ist. In einem Teil stapeln sich die Arbeitsgeräte wie Schaufeln, Holzrechen, Holzschieber, Gummistiefel, Hosen und Jacken. Im zweiten Raum mit einer Verkaufstheke steht für den Direktverkauf dekorativ verpackt und in verschiedenen Größen, das Fleur de sel, das grobe Meersalz und verschiedene Fleur de sel Gewürzmischungen.

Jean nimmt eine Flasche Selbstgebrannten aus dem Schrank und schüttet für sich und Pierre ein Schnapsglas ein. Mit einem »Santé« prostet er ihm zu, bevor er mit Marie-Claire einige Worte wechselt.

»Vielleicht wird das dein neuer Lehrling, Papa«, beendet Marie-Claire das Gespräch und zieht Pierre ins Freie. »So, jetzt machen wir einen Rundgang und ich erkläre dir, wie Salz gewonnen wird, bevor du deine Lehre beginnst«.

Fast eine Stunde betrachten sie die Becken und Kanäle, dabei erfährt Pierre alles über die Gewinnung von Meersalz und Fleur de sel, und er ist überrascht, da er bis jetzt nur Laienhaftes darüber wusste.

Ein Salzgarten ist in drei Teile unterteilt. Zuerst kommen die großen Becken mit dem Wasserreservoir, die von den Kanälen mit Meerwasser gespeist werden. Von hier wird der Wasserzulauf in die nächsten Becken gesteuert, die immer flacher und von der Sonne aufgeheizt werden, wobei das Wasser eine bis zur zehnfachen Salzkonzentration erreicht. In den letzten Becken bildet sich nun das begehrte Fleur de sel, das mit einem flachen Holzschieber ganz vorsichtig von der Wasseroberfläche geschoben wird, während sich auf den Beckenböden das grobe Meersalz bildet. Der gesamte Ernteertrag ist abhängig von den Witterungsbedingungen. Sonne, hohe Temperaturen und der richtige thermische Wind sind verantwortlich für eine gute Ernte. Regen und hohe Luftfeuchtigkeit können die Ernte an einem Tag vernichten und es muss wieder gewartet werden, bis Sonne und Wind neues Salz entstehen lassen.

Als wäre es das Selbstverständlichste von der Welt, sagt Pierre: »Dann beginne ich im Juli mein Praktikum«, und lässt seinen Blick über die weite Ebene rund um den Salzgarten gleiten.

Marie-Claire steht auf dem schmalen Damm hinter Pierre, greift ihm erstaunt auf die Schulter und will ihn zu sich drehen, dabei kommt er vor Schreck ins Wanken, kann aber sein Gleichgewicht halten. Doch Marie, die ihn auffangen will, gerät ins Rutschen und findet mit dem rechten Fuß keinen Halt. Mit den Händen kann sie sich noch abstützen, aber nicht verhindern, dass sie sich in das nasse Becken setzt.

Pierre kann sich das Lachen nicht verkneifen. Er reicht Marie-Claire die Hand und meint: »So habe ich vor einigen Tagen auch ausgesehen, als ich mich dort hinten irgendwo in die Pfütze von einem Feldweg gelegt habe«, und zeigt über die Weite des Marais.

Ohne Rücksicht nimmt sie Pierres Gesicht in ihre dreckverschmierten Hände. Mit einem Strahlen im Gesicht fragt sie: »Was hast du eben gesagt? Du kommst im Juli wieder? Wirklich?«

Pierre drückt ihr einen Kuss auf die Lippen und sagt: »Ja, aber nur, wenn du mich sehen möchtest.«

»Blödmann, natürlich will ich dich wiedersehen. Aber du hast doch jetzt Urlaub, kann man in Deutschland so oft Urlaub nehmen?«, fragt sie erstaunt.

»Jetzt ist es mein Resturlaub vom letzten Jahr und Überstunden. Meine dreißig Urlaubstage für dieses Jahr habe ich noch nicht angebrochen«, antwortet Pierre und beide vergessen, dass sie nicht alleine sind, als sie sich eng umschlungen küssen.

Jean, der einige Becken weiter das Schauspiel beobachtet hat, muss schmunzeln und denkt: *Ich freue mich für dich Marie, auch wenn er ein Deutscher ist, aber er scheint ein ehrlicher und guter Kerl zu sein. Lange ist es her, da habe ich solche Momente mit deiner Mutter auch erlebt.*

Verschlusssache

Robert, der Freund der Familie Letour, hat heute Nachmittag dienstfrei und steuert seinen weißen Renault Megane über einen Feldweg zu einem kleinen Parkplatz, der von den einheimischen Fußfischern am Damm genutzt wird und parkt neben einem weiß-blauen Méhari.

Bruno sieht Robert bereits, als er vom Meer mit einem Korb der köstlichen und flachen Muscheln Palourdes über den Damm kommt und denkt: *Pünktlich ist er ja.*

Nervös schaut sich Robert ständig um. Er begrüßt Bruno und flüstert in nervösem Ton: »Hoffentlich geht das gut. Ich komme mir vor, wie James Bond, ich hoffe, uns sieht niemand.«

Bruno stellt die Körbe in sein Fahrzeug und antwortet, ohne aufzublicken: »Warum, dürfen sich Fußfischer nicht unterhalten? Hast du die Papiere dabei?«

Robert bereut, worauf er sich eingelassen hat. »Ja, im Umschlag, den ich dir unter den Beifahrersitz geschoben habe, sind alles Kopien von den bereits vernommenen Personen. Pass auf, dass sie niemand sieht. Von mir hast du sie nicht«, betont Robert und zündet sich zitternd eine Zigarette an.

Bruno brummt nur: »Ich bin zwar alt, aber noch nicht verblödet. Umsonst habe ich nicht der Wasserschutzpolizei angehört. Ich will nur meine eigenen Schlüsse daraus ziehen, was am Samstagabend geschehen sein konnte und wer infrage kommt. Ich kenne im Gegensatz zu Leblanc die Charaktere, die hinter den Personen stecken. Ich verspreche dir, dich zu unterrichten, wenn ich etwas finden sollte, dann kannst du die Blumen ernten. Danke für die Unterlagen.«

Der alte Mann steigt ein und lässt Robert, dem der Schweiß auf der Stirn steht und hastig an seiner Zigarette zieht, stehen. Robert vernimmt nur Brunos »Bonne journée« beim Vorbeifahren und schaut Brunos rechter, zum Gruß erhobener Hand hinterher.

17

Psycho

Am frühen Morgen ist Marie Mercier auf das Festland ins fünfzig Kilometer entfernte Challans gefahren. Seit dem Tod ihrer Mutter und der Trennung von ihrem Verlobten Sébastien ist sie bei Doktor Coulais in psychiatrischer Behandlung. Sie kommt seelisch mit dem Existenzdruck, der Angst vor Versagen und Zukunftsängsten nicht zurecht. Sie fühlt sich verlassen, einsam und verraten. Selbstmitleid und Depressionen verstärken dazu ihren seelischen Gesundheitszustand. Aus Scham hat sie keinen Arzt auf der Insel konsultiert, selbst ihr Vater weiß nichts von ihrem Leiden und den Arztbesuchen.

Sie ist die Letzte, die vor der Mittagspause aufgerufen wird.

»Das geht nicht, Madame Mercier. Ich habe ihnen doch erst letzte Woche ihre Tropfen aufgeschrieben, die müssen ihnen doch für acht Wochen reichen«, antwortet Doktor Coulais kopfschüttelnd.

»Tut mir leid, Doktor Coulais, aber die Flasche ist gefallen und zerbrochen«, erwidert Marie.

»Die stabile Glasflasche ist zerbrochen?«, wundert sich der Arzt, »Nun gut, ich verschreibe ihnen eine neue und dazu noch andere Tabletten, da sich ihr Zustand keineswegs verbessert hat. Sie sollten unbedingt regelmäßig zu den Sitzungen kommen und die Termine nicht immer verfallen lassen.«

Nach Doktor Coulais Belehrung verlässt Marie die Praxis und muss verärgert feststellen, dass die gegenüberliegende Apotheke, wo sie immer ihre Rezepte von Doktor Coulais einlöst, bis sechzehn Uhr geschlossen hat. Sie hat keine Zeit zu warten, denn ihr Vater benötigt das Auto, um seinen eigenen Arzttermin am Spätnachmittag wahrzunehmen und sie beschließt, das Rezept die nächsten Tage auf dem Festland in Saint-Jean-de-Monts einzulösen.

Ohne Arznei, nur mit dem Rezept in der Tasche, fährt sie zurück nach L'Épine. Dass ihr mit großem Abstand den ganzen Tag ein weiß-blauer Méhari folgt, bemerkte sie nicht.

Träumerei

Hand in Hand spazieren Pierre und Marie-Claire nach dem Frühstück am Strand entlang in Richtung 'Plages des Dames'. Mal schlendern sie über den Sand, dann springen sie wieder, wie kleine Kinder, über die von der Ebbe freigelegten Felsen oder über den festen Meeresboden. Sie lachen, unterhalten und küssen sich. Am 'Plage des Souzeaux' zeigt Pierre ihr das Haus von René und die Stelle, wo Sophie vom Rad geworfen wurde, bevor sie dem Fußweg durch den Wald entlang an den Klippen folgen, bis sich das Panorama des 'Plages des Dames' mit den Badehäuschen vor ihnen eröffnet.

Marie-Claire bleibt am Beginn der fast einhundertfünfzig Meter langen und berühmten Holz-Seebrücke stehen und beginnt zu erzählen: »Hier sind wir an einem der berühmtesten Punkte von Noirmoutier, aber auch mit einer traurigen Vergangenheit, angekommen. Dieser Pier, der vor wenigen Jahren wegen Baufälligkeit komplett umgebaut wurde, ist erstmals im Jahre 1889 erbaut worden, um eine Seeverbindung zwischen Pornic und der Insel herzustellen. Jetzt kamen auch die Pariser, die in Nantes mit der Bahn ankamen, um ihren Urlaub auf Noirmoutier zu verbringen. Damit setzte auch der Touristik-Boom ein. Aber am 14. Juli 1931 geschah dann das Unglück. Der Ausflugsdampfer St. Philibert geriet auf der Rückfahrt nach Pornic in einen schweren Sturm und sank. Vierhundertdreiundachtzig Tote forderte das Unglück, nur acht Personen überlebten.«

»Wow. Wenn man so etwas weiß, sieht man einen Ort mit ganz anderen Augen«, sagt Pierre.

Maire zeigt zum Ende der Seebrücke: »Und dort hinten ist der Punkt, wovon ich dir erzählt habe und der Meinung war, du würdest am Ende des Piers stehen.«

»Komm lass uns vorne ein Crêpe essen und einen Kaffee trinken«, schlägt Pierre vor und nimmt Marie-Claire an die Hand.

Puzzle

Beim Abendessen wundert sich Marie-Claire, dass Bruno nicht mit am Tisch sitzt. »Wo ist Papi?«, fragt sie in die Runde.

Jean schluckt den letzten Bissen herunter, bevor er Marie-Claire antwortet: »Ich weiß auch nicht, was er oben am Ausbrüten ist. Er war nur kurz hier, nahm sich eine Flasche Wein und ein Stück Baguette und ging wieder hoch. Er sagte nur, dass er ein spannendes Buch liest.«

»Das sind ja ganz neue Marotten«, stellt Marie-Claire fest und steht auf, »Ich gehe mal nach ihm sehen.«

Bruno sitzt an seinem Schreibtisch, studiert alle Aussagen und hat auf dem Boden ein großes Plakat ausgelegt. Die unbedruckte weiße Seite hat er nach oben

244

gelegt und darauf den Grundriss der Coopérative aufgezeichnet. Farbige Papierschnipsel sind mit den Namen der befragten Personen beschriftet und aufgezeichneten Linien zeigten den jeweiligen Standort und Zeitablauf der Personen an, sofern diese aus einem der Protokoll hervorgingen.

Marie-Claire klopft an Brunos Zimmertür. »Papi bist du da? Darf ich reinkommen«?

Oh nein. Marie jetzt bitte nicht, geht es Bruno durch den Kopf, als er Maries Stimme hört und geistesgegenwärtig antwortet: »Tut mir leid, Marie, im Moment ganz schlecht, ich bin nicht angezogen. Ich komme gleich nach unten.«

»Ist alles in Ordnung, Papi?«, fragt Marie-Claire besorgt.

»Ja, ja. Alles bestens, mir geht es gut. Wir sehen uns gleich«, antwortet Bruno etwas aufgeregt.

»Und was treibt dein Großvater?«, will Pierre von Marie-Claire wissen, als sie sich wieder an den Tisch setzt.

Marie-Claire zuckt mit den Schultern »Ich weiß nicht. Er hat die Tür nicht geöffnet und gesagt, dass er nicht angezogen sei und gleich runter kommen würde.«

Jean runzelt die Stirn und ist verwundert, als Bruno den Raum betritt und die gleiche Kleidung, wie eben trägt. Jean geht darauf aber nicht ein.

Marie-Claire sieht zu Bruno hinüber, der auf seinem Stuhl Platz genommen hat und fragt: »Und, wie ist dein Buch?«

»Sehr spannend, ein neuer Kriminalroman, bei dem man selber mitraten muss. Ich kann einfach nicht aufhören zu lesen.«

Fehler

Gaspard Mercier ist auf der Suche nach seiner Tochter Marie und findet sie, wie vermutet, draußen im Gemüsebeet.

»Ich fahre nach L'Herbaudière zu Pascal, ich brauche eine neue Angelrolle und neue Schwimmer. Muss ich etwas mitbringen?«, ruft er Marie zu.

»Nein, wir haben alles im Haus«, antwortet Marie ohne aufzublicken und jätet weiter das Unkraut.

Zurück im Haus nimmt Gaspard seinen Autoschlüssel von der kleinen Anrichte. *Nur noch einen Schluck Wasser,* und geht in die Küche. Die Schranktür klemmt wie immer und lässt sich nur mit einem Ruck öffnen. Bevor Gaspard zu einem der Gläser greifen kann, flattert ihm ein Rezept entgegen, es ist auf Marie ausgestellt. Ohne ihren Namen zu lesen, steckt er das Rezept in seine Jackentasche, *und ich dachte, ich hätte es gestern nach dem Arztbesuch ins Handschuhfach gelegt. Man wird eben älter.*

Nach dem fünften Versuch springt sein alter Citroën Xantia endlich an, aber ihn zu verkaufen würde ihm nie in den Sinn kommen, es war das Lieblingsauto seiner Frau gewesen.

»Hallo Pascal, wie geht es dir?«, grüßt Gaspard. »Wie geht es deiner Schwester? Ich habe es erst aus der Zeitung erfahren und es ist ja inzwischen überall Gesprächsthema Nummer eins?«

»Danke, ihr geht es wieder gut. Aber warum hast du es aus der Zeitung erfahren, deine Marie war doch auch dort?«, wundert sich Pascal.

»Ja, sie war aber schon früh zurück bevor Claire gefunden wurde. Somit hat sie davon nichts mitbekommen«, sagt Gaspard und geht zum Regal mit

246

dem Angelzubehör, während Pascal zum klingelnden Telefon greift.

Seit dem Zerwürfnis von Marie-Claire und Marie ist das Klima zwischen den beiden ehemals eng befreundeten Familien merklich abgekühlt und die Gespräche beziehen sich, wenn man sich sieht, nur auf das Wesentliche.

Gaspard findet, was er sucht, bezahlt und setzt sich in seinen Wagen. Auf der Suche nach einem Taschentuch kramt er das eingesteckte Rezept aus der Tasche und spielt zuerst mit dem Gedanken es nicht bei Juliette einzulösen, um einer weiteren kühlen Konversation zu entgehen, entschließt sich aber doch anders.

Gaspard atmet noch mal tief durch, bevor er die Tür zur Apotheke öffnet und ist erleichtert, als er bemerkt, dass anstatt Juliette eine andere Dame hinter dem Tresen steht, die er nicht kennt. Er wundert sich jedoch, als die Aushilfe ihn ausdrücklich darauf hinweist, die Dosierung genau zu beachten und die Medikamente gut unter Verschluss zu halten.

Auf dem Weg zurück zu seinem Wagen schüttelt er den Kopf. *Wer weiß, was mir der Quacksalber diesmal für meine Prostata und Nieren verschrieben hat. Die alten Medikamente haben doch geholfen.*

18

Verdacht

Bruno überfliegt nochmals seine Notizen und vergleicht sie immer wieder mit dem Zeitplan und den Standorten auf der am Boden ausgebreiteten, provisorischen Skizze. Kleine Schweißperlen bilden sich auf seiner Stirn und ständig stellt er sich die Frage, ob er sich irren könnte.

Ansonsten die Ruhe selbst, wählt er mit zittrigen Händen die Nummer von Robert. Nach dem zehnten Rufton hört Bruno das sehnlichst erwartete: »Hallo.«

»Hallo Robert. Hier ist Bruno. Kannst du vorbeikommen? Es ist dringend, ich glaube, die Lösung zu haben?«, flüstert Bruno aufgeregt ins Telefon.

»Welche Lösung?«

»Ich glaube zu wissen, wer es ist, der Marie das angetan hat.«

»Wer? Sag es mir«, drängt Robert.

»Komm bei mir zuhause vorbei, hier liegen alle Fakten.«

»Ich komme sofort. Und du – mach keine Dummheiten. Versprochen? Bleib, wo du bist. In fünf Minuten bin ich da.« Ohne eine Antwort abzuwarten, legt Robert auf und eilt zu seinem Dienstwagen, der auf dem Marktplatz steht.

Wenige Minuten später biegt Robert rasant in die Stichstraße zu den Letours ab, und nur durch eine Vollbremsung kann er einen Zusammenstoß mit Marie-Claire und Pierre verhindern, die mit ihren Rädern aus der Toreinfahrt kommen.

»Mein Gott, Robert. Was ist passiert? Oder gibt es Neuigkeiten?«, wird er von Marie-Claire mit nervöser

Stimme gefragt, die ihr Rad neben der Fahrertür zum Halten bringt.

Robert ist etwas verwirrt. »Nein, nein. Noch laufen die Ermittlungen. Ich muss nur zu deinem Großvater wegen des Bouleturniers«, lügt er, »und ihr beiden?«

»Wir machen heute eine Inselrundfahrt. Aber halte mich bitte auf dem Laufenden. Salut.« Marie-Claire steigt wieder auf ihr Rad und winkt Pierre zur Weiterfahrt zu.

Bruno hatte den kleinen Tumult am Tor bemerkt, und steht an der Tür, um Robert in sein Zimmer zu führen.

»Jetzt bin ich aber gespannt, was du in Erfahrung gebracht hast«, begrüßt Robert den alten Mann.

Bruno klärt ihn anhand seiner Skizze auf und berichtet ihm von Marie Merciers Besuch beim Psychiater. »Nach den Beobachtungen von Durand war nur Marie Mercier in den hinteren Räumen gewesen. Dazu ist sie danach auf dem Fest auch nicht mehr gesehen worden. Ihr solltet also unbedingt Doktor Coulais in Challans befragen und ihre Fingerabdrücke mit denen auf der Wasserflasche vergleichen.«

Mit skeptischem Blick auf die Unterlagen erwidert Robert: »Klingt zwar logisch, aber Durand hatte auch nicht alle Leute im Blick. Und warum sollte ausgerechnet Marie Mercier ihr etwas antun wollen, nur wegen der alten Geschichte?«

»Da gibt es noch mehr, was du wissen solltest«, antwortet Bruno und erzählt ihm alles, was Marie-Claire ihm die letzten Tage erzählte, auch von der Falschauskunft von Marie Mercier gegenüber Pierre und Sophie, obwohl sie wusste, wen sie suchten.

»Ich werde direkt Commissaire Leblanc anrufen und ihn darüber unterrichten. Aber bitte tue mir den Gefallen und unternehme bis dahin nichts.«

Erstaunen

Juliette kommt bei ihrem Einkauf durch die Touristen nur zögerlich voran. Kurz nach Schließung der Apotheke trifft sie am Mittag ein, damit Michelle, ihre Aushilfe, die keinen Schlüssel hat, nicht unnötig auf sie warten muss.

»Tut mir leid, Michelle, ich habe mich schon beeilt, aber leider ging es nicht schneller«, entschuldigt sich Juliette bei ihr, »war irgendetwas Besonderes?«

»Nein, Juliette, nur das Übliche. Die eingelösten Rezepte habe ich mit der Kassenabrechnung auf deinen Schreibtisch gelegt. Jetzt muss ich aber, sonst gibt es heute kein Mittagessen. Wann brauchst du mich wieder?«

»Ich rufe Dich an, Michelle. Erstmal vielen Dank.«

Zusammen verlassen beide Frauen die Apotheke und umarmen sich zum Abschied. Während Michelle den Weg nach rechts einschlägt, eilt Juliette nach links die Straße zum Hafen hinab. Pascal erwartet sie bereits im Marine-Shop, denn sie wollen heute gemeinsam im Restaurant La Cormaroune Mittagessen.

Die Verspätung von Juliette ist schuld daran, dass die Zeit für kein Menu reicht. So gibt es Moule frites, für Juliette á la Curry und für Pascal á la crême, die sie auf der Terrasse mit Blick über den Hafen, bei Wein und Bier, genießen.

Pünktlich öffnet Juliette ihre Apotheke wieder und widmet sich den Unterlagen, die Michelle ihr auf den

Schreibtisch gelegt hat. Immer wieder unterbricht sie ihre Tätigkeit, um Kunden zu bedienen und zu beraten. Am Spätnachmittag, bei der Ablage, ändert sich Juliettes Gesichtsfarbe. Mehrmals liest sie das Rezept von Marie Mercier. *Ich glaube nicht, dass sie soweit gehen würde, aber ich muss sie melden.*

Huîtres

Von all den Ereignissen ahnen Marie-Claire und Pierre nichts.

Glücklich radeln beide die gesamte Südwest-Küste der Insel ab, Ständig bleiben sie stehen, unternehmen Spaziergänge in den Dünen oder mit nackten Füßen in der Brandung, liegen im Sand und hängen ihren Träumen nach.

Am Spätnachmittag nehmen sie für die Rückfahrt die andere Seite der Insel. Zurück von der Brücke, die die Insel mit dem Festland verbindet, führt der Radweg immer am Damm entlang, vorbei an der Passage du Gois und dem Vogelreservat, bis zum Austernpark Port du Bonhomme in La Guérinière.

Vor dem Gebäude mit der großen Aufschrift Huîtres steigt Marie-Claire vom Rad. »Absteigen. Jetzt gibt es erst frische Austern.«

»Dann lass ich mich wieder einmal von dir überraschen«, freut sich Pierre.

»Setz dich schon, ich werde drinnen bestellen«, fordert Marie-Claire ihn auf.

Rustikal, auf einer Holzbank sitzend, wartet Pierre auf Marie-Claire und beobachtet interessiert den regen Verkehr der Käufer, die ständig mit frischen Austern den Laden verlassen.

»Wird gleich serviert«, verkündet Marie-Claire und setzt sich Pierre gegenüber.

Ein freundliches Mädchen kommt und stellt beiden ein weißes, hohes Kunststofftablett auf den Tisch. Pierre ist erstaunt. Ein Dutzend Austern, eine Scheibe Brot, ein Stück Butter, ein Stück Zitrone, und ein kleiner Becher Weißwein befinden sich in dem Tablett, neben einer Serviette und einem Zitronentuch für die Finger.

»Bon Appetit«, wünscht Marie-Claire und schlürft die erste Auster aus.

Pierre ist begeistert. »So lieb ich es. Kein Schickimicki, wie er bei uns mit Austern betrieben wird. Man sitzt hier draußen, genießt diese meeresfrische Köstlichkeit für nicht mal zehn Euro. Ich liebe diese Insel.«

Beide genießen bei Sonnenschein ihre Austern und Pierre kann nicht fassen, wie ähnlich er und Marie-Claire sich sind, dazu naturverbunden und leidenschaftliche Radfahrer.

Nach einem kleinen Café starten sie ihre letzte Etappe nach Le Vieil.

Ohne Anzeichen von Erschöpfung kommen sie am Abend, rechtzeitig zum Abendessen an.

»Und – kaputt?«, fragt Marie.

»Überhaupt nicht. Es war wunderschön heute. Dass wir über fünfzig Kilometer gefahren sind, kam mir gar nicht so vor«, stellt Pierre fest und lobt Marie-Claire: »Danke für all die versteckten Schönheiten, die du mir gezeigt hast, die hätte ich selbst nie entdeckt.«

19

Morgenstund

Das Kreischen der Möwen und die durch das Dach scheinenden Sonnenstrahlen lassen Marie-Claire und Pierre aus dem Schlaf erwachen. Am gestrigen Abend sind sie sich nach dem Abendessen direkt in Maries Haus gegangen, genossen noch einen guten Rotwein und fielen erschöpft in das sprichwörtliche Himmelbett.

»Weißt du, wann Sophie heute zurückkommt?«, fragt Marie.

»Sie hat mir geschrieben, dass es ungefähr fünf Uhr wird«, antwortet Pierre und zieht sich seine Jeans an.

»Nach ihrer SMS, die sie dir geschrieben hat, ist Sophie ja voll und ganz begeistert. Ich frage mich nur, über den neuen Job, über den sie nicht sagte, ob sie ihn hat, oder von René, von dem sie so schwärmt. Ich bin gespannt, was sie heute Abend zu berichten hat«, bemerkt Marie, umfasst dabei den noch offenen Gürtel von Pierre und zieht ihn zu sich.

»Und nun?«, fragend schaut Pierre ihr in die Augen.

»Frühstücken können wir immer noch«, flüstert Marie-Claire.

Ohne Widerstand lässt sich Pierre von ihr auf das Bett zurückdrücken und genießt, wie Marie, ihn wieder von seiner Jeans befreit.

Erst gegen neun Uhr schleichen beide ins Haupthaus. Ihr Frühstücksgedeck steht noch auf dem Familientisch, ansonsten ist alles abgeräumt.

»Na, ihr zwei Turteltäubchen. Auch aufgewacht?«, schallt Mamans Stimme aus der Küche, »Kaffee bring ich euch gleich.«

Colette serviert ihnen neben den Schalen mit Milchkaffee einige Scheiben Brioche, ein Hefegebäck, für welches die Vendée bekannt ist, und das zum Lieblingsgebäck von Pierre geworden ist.

»Wann musst du wieder zur Arbeit?«, fragt Colette.

»Nächste Woche, Maman. Es sei denn, dass Onkel Philippe mich noch ein paar Tage krankschreibt. Bis Mittwoch wäre nett von ihm, denn dann muss Pierre wieder fahren.«

Kopfschüttelnd verschwindet Colette wieder in die Küche. Sie freut sich aber insgeheim über das gefundene Glück ihrer Tochter und dass auch Jean und Bruno ihren deutschen Freund ins Herz geschlossen haben. *Ich wünsche ihr das Glück. Warten wir ab, was die Zeit bringt. Ich hoffe nur, dass sie nicht nach Deutschland auswandert.*

»Wo ist dein Vater?«, fragt Pierre.

»In den Salzfeldern, warum?«, antwortet Marie-Claire verwundert.

»Hast du heute etwas geplant?«, fragt Pierre weiter.

Neugierig schaut Marie-Claire ihn an. »Nein, warum? Hast du was vor?«

»Dann lass uns ihm heute bei der Arbeit helfen. Ich muss schließlich anfangen, es zu lernen.«

Erfolg

Pierre spürt jeden seiner Knochen.

»Geht es ihm nicht gut«, wendet sich Jean in ironischem Ton an seine Tochter Marie.

»Doch. Er beißt die Zähne zusammen. Es ist eben ungewohnte Arbeit für ihn, auch wenn er zuhause immer ins Fitnessstudio geht«, lacht Marie-Claire und schaut zu Pierre hinüber, der mit seiner Schaufel in der

Hand, nur ein müdes Lächeln über die Lippen bringt und sich ständig den Schweiß von der Stirn reibt.

Jean legt seine Hand auf Maries Schulter. »Lass uns eine Pause machen, er hat es verdient. Ich habe wirklich Respekt vor ihm. Und, er ist ein netter Kerl.« In einer bedrückten Tonlage fügt er hinzu: »Ich habe nur meine Bedenken, wie es mit euch beiden weiterhin klappen soll, durch die Entfernung. Ich hoffe nur, du verlässt uns nicht, aber wenn ihr glücklich seid.«

Doch Marie-Claire unterbricht ihn. »Er plant, wenn wir zusammenbleiben, hierher auf die 'Île de Noirmoutier' zukommen. Er hat sich nicht nur in mich, sondern auch in unsere Insel verliebt«, beruhigt ihn Marie.

»Nun gut, warten wir ab. Aber was soll ein Pathologe auf unserer Insel?«

Marie-Claire winkt Pierre zu. »Pause«, ruft sie ihm zu.

Gemeinsam sitzen sie in der kleinen Holzhütte, knabbern an einem Baguette und naschen von geräuchertem Schinken und Ziegenkäse aus der Vendée. Ihre Unterhaltung dauert durch das Dolmetschen von Marie-Claire eben etwas länger. Dafür mundet der rote Landwein, den sie aus Wassergläsern trinken.

»Wir sollten für heute Feierabend machen«, schlägt Jean vor und erhebt sich.

In diesem Moment sehen sie, wie der weiß-blaue Dacia der Police Municipale vor der Hütte hält und Robert mit Bruno aussteigt. Sofort stürmen alle drei hinaus, und jeder von Ihnen vermutet, dass zuhause etwas geschehen ist.

Robert erkennt direkt die Sorge in ihren Gesichtern und beschwichtigt: »Alles in Ordnung, es ist nichts passiert. Lasst uns reingehen, ich habe Neuigkeiten.«

Alle sind gespannt, was Robert zu sagen hat, da klingelt Pierres Handy, es ist Commissaire Leblanc.

Von ihm wird er informiert, was Robert in einer etwas anderen ausführlichen Version, gleich berichten wird, und hebt nur den Daumen, ohne die Anwesenden über den Inhalt des Telefonats zu unterrichten.

»Also«, beginnt Robert, »Den Anschlag auf unsere Claire hat Marie Mercier verübt.«

Totenstille herrscht im Raum, und jeder sieht Robert erwartungsvoll und ungläubig an, der fortfährt: »Gestern, am Spätnachmittag, wurde Marie Mercier zum Verhör abgeholt. Während der Befragung kam von einer Apotheke der Anruf, der bestätigte, dass für sie das infrage kommende Medikament abgeholt wurde. Daraufhin wurde sie vorläufig in Gewahrsam genommen. Die Fingerabdrücke auf Claires Wasserflasche haben neben der Medikamenten-Analyse bestätigt, dass sie der Täter sein muss. Nachdem sie damit konfrontiert wurde, hat sie die Tat heute gestanden. Sie hat von ihren Tropfen den gesamten Inhalt in deine Wasserflasche gegeben, deine Sachen versteckt und die Tür danach verschlossen.«

Fassungslos sehen Jean und Marie-Claire ihn an und können nur fragen: »Warum?«

»Hass und Eifersucht sind das Motiv. Dazu ist sie seit Jahren in ärztlicher Behandlung«, ist seine Antwort.

Natürlich lässt Robert die Mithilfe von Bruno nicht aus, verschweigt aber ihr gemeinsames Geheimnis, und dass Juliette niemanden von dem Rezept berichten konnte, ist allen verständlich.

»Und wie geht es hier in Frankreich jetzt weiter?«; möchte Pierre wissen.

Nach der Übersetzung erklärt ihm Marie-Claire, dass Marie Mercier auf Beschluss vorläufig in eine Klinik eingewiesen wurde und Anklage erhoben wird.

Rückkehr

Am großen Familientisch sind durch die Neuigkeiten alle zusammengekommen. Am Kopfende sitzen wie immer Bruno und Jean, und neben ihm Colette. Sogar Pascal und Juliette haben kurzfristig ihre Aushilfen engagiert und sitzen gegenüber von Marie-Claire und Pierre am Tisch.

Das Gesprächsthema ist das Motiv, das Zerwürfnis zwischen den beiden Maries und Brunos Scharfsinn. Kreuz und quer wird sich unterhalten und diskutiert, dazwischen Pierre, der nur Fetzen der Gespräche interpretieren kann.

Mitten im Gesprächsverlauf ertönt die Haustürklingel. Geraldine und Philippe Bernhard, das befreundete Ärztehepaar steht mit einem großen Blumenstrauß vor der Tür, auch sie haben die Neuigkeit erfahren.

Pierre atmet erleichtert auf, als er Philippe sieht, jetzt hat er neben Juliette einen Gesprächspartner gefunden.

Marie, Colette und Juliette bereiten in der Küche verschiedene Platten mit Meeresfrüchten, Käse, Schinken und selbstgemachter Pastete vor, während Bruno mit dem notwendigen Nachschub von Wein beschäftigt ist. Die Ereignisse haben Marie-Claire und Pierre sogar die Rückkehr von Sophie vergessen lassen, bis zu dem Zeitpunkt, als am Abend die Türglocke erneut ertönt.

Erschöpft, aber mit einem Lächeln und einem freudigen Gesichtsausdruck begrüßt Sophie alle Anwesenden und wundert sich über die Vielzahl der Personen.

Pierre nimmt sie in den Arm und schlägt vor: »Komm, wir gehen erst einmal ins Wohnmobil, dann kläre ich dich auf, was die Tage passiert ist.«

Sophie hatte ihren Koffer vor dem Wohnmobil abgestellt, den Pierre jetzt in den Wagen hievt. Er setzt sich auf den gedrehten Beifahrersitz, und erzählt in kurzen Worten, was sich die Tage abgespielt hat.

»Und, wie war dein Trip?«, schließt er seine Ausführungen.

Sophie wirft ihre langen blonden Haare nach hinten, schaut ihn wortlos mit einem Lächeln an und setzt sich neben ihn auf die Seitenbank. »Ein Glückstrip durch und durch. Stell dir vor, ich habe einen neuen Job. Nach meiner Kündigung kann ich in Paris sofort anfangen. Aber Genaues erzähle ich, wenn Marie dabei ist.«

Pierre steht auf und drückt ihr einen Kuss auf die Stirn. »Herzlichen Glückwunsch. Das freut mich für Dich. Du hast es geschafft.«

»Danke«, antwortet Sophie gerührt.

»Und wie war es mit René? Erzähl«, fordert Pierre sie auf.

»Ich glaube, mich hat es auch erwischt. Er ist trotz seines Reichtums nicht arrogant oder überheblich, sondern sehr galant, zuvorkommend, höflich, dazu zärtlich und romantisch«, schwärmt Sophie.

Pierre schaut sie mit großen Augen an. »Zärtlich, romantisch? War da was?«

Kurz und bündig antwortet Sophie: »Ja. Aber lass uns jetzt wieder rüber gehen, was sollen die sonst von uns denken. Morgen erzähle ich euch alles, bevor mich René abholt.«

»Oh ha, ihr seht euch schon morgen wieder?«

»Ja, wir fahren mit seinem Boot raus. Jetzt lass uns aber gehen.«

Auf dem Weg zurück zum Haus fragt Sophie: »Und bei euch? Schläfst du im Turmzimmer oder wieder im Wohnmobil?«

Pierres Blick sagt alles, Sophie muss lachen und kneift Pierre in den Hintern.

Bis nach Mitternacht sitzen sie zusammen. Übermüdet und hin und her gerissen zwischen Freude und Bedrücktheit gehen Marie-Claire und Pierre ins Bett. Ein Geheimnis bewahrt Pierre aber noch für sich, das er mit Philippe am Abend besprochen hat.

20

Erfüllung

Nach dem gemeinsamen und ausgiebigen Frühstück setzen sich Marie, Sophie und Pierre gemeinsam auf Brunos Bank am Strand, um endlich von Sophies Erlebnissen zu erfahren. Daneben steht eine mitgebrachte Thermoskanne mit Kaffee und eine Flasche Wasser. Die Tassen, mit den verschlungen Herzen der Vendée, hält jeder in der Hand.

»So, jetzt fang endlich an«, drängt Marie.

»Nach unserer Ankunft am Flughafen in Paris sind wir von einer Limousine mit Chauffeur abgeholt und zu

Renés Elternhaus, ach was sag ich, zu einem Château, gefahren worden. Ich kam mir vor wie eine Prinzessin. Ein Butler brachte meinen Koffer in mein Zimmer, das größer als meine Wohnung ist und ein Zimmermädchen wollte ihn doch glatt ausräumen, aber das machte ich lieber selber. Besser kann die Queen auch nicht wohnen. Ich sage euch, die barocken alten Möbel und die Aussicht vom Balkon auf den endlosen, blühenden Park, einfach unbeschreiblich«, schwärmt Sophie.

»Was hast du erwartet. Er gehört zur Familie der ältesten Privatbankiers Frankreichs«, wirft Marie-Claire ein, »Hast du ein Zweizimmer-Appartement oder einen Caravan erwartet?«

»Nein, aber nicht einen solchen Luxus. Nun gut. Am Nachmittag hatte er geschäftliche Termine und seinen Chauffeur angewiesen, mich in der Zwischenzeit hinzufahren, wohin ich wollte. Also bin ich logischerweise auf die Champs-Élysées, um mich über die dortige aktuelle Mode zu informieren. Ich wollte schließlich für das Gespräch am Mittwoch mit Jérôme de Metier von Lamoureux vorbereitet sein. Gegen achtzehn Uhr rief René seinen Fahrer an und der holte ihn ab. Anschließend waren wir in einem 3-Sterne-Restaurant. Ich sage euch, so gut habe ich noch nie gegessen.«

»Und dein Vorstellungsgespräch, wie ist es verlaufen? Spann uns nicht auf die Folter«, fällt Pierre ihr ins Wort.

»Vorstellungsgespräch? Das war keins. Keine affigen hochnäsigen Manager, die dich ins Kreuzverhör nehmen und alles von dir wissen wollen. Am Mittwochmittag trafen wir Jérôme de Metier, wieder in einem Sternelokal, und unterhielten uns wie normale Leute. Und stellt euch vor, der wusste von mir mehr, als ich über mich selbst. Gezählt haben für ihn nur die gegenseitige Sympathie und mein Erfolg. Resultat ist, dass ich sofort anfangen soll. Nachdem ich ihm sagte, dass ich eine sechsmonatige Kündigungsfrist habe, erklärt er mir eiskalt, dass er bereits mit der Geschäftsleitung von Ladydream gesprochen hat und ich bereits zum 1. Juni wechseln kann. Mich würde glatt interessieren, welchen Deal die gemacht haben. Ich bin doch kein Fußballspieler, den man einfach verkauft.«

»Und was machst du?«, fragt Marie-Claire.

»Ich habe logischerweise zugesagt. Mein Traum geht in Erfüllung und ich bekomme das Dreifache an Gehalt«, antwortet Sophie.

Pierre muss schlucken. »Ich habe den falschen Beruf«, kommentiert er nur.

Marie-Claire dagegen lässt das kalt und meint nur: »Das Geld brauchst du auch in Paris. Und was ist jetzt mit René? Ist was zwischen euch?«

Sophie errötet leicht, bis sie mit ihrer Erzählung fortfährt. »Nun ja, also gut. Es war gestern, da haben wir«, sie traut sich nicht, es auszusprechen, »Zufrieden? Und wir wollen sehen, ob mehr daraus wird, wenn ich in Paris lebe. Aber jetzt werde ich die letzten Tage auf Noirmoutier auch nicht mehr im Wohnmobil schlafen, sondern bei René.«

Pierre und Marie-Claire schauen sich an, und beginnen zu lachen.

Dreimal ertönt ein kurzes Hupen.

»Das ist René, ich muss los.« Die Freude ist Sophie merklich anzusehen und eilig greift sie nach ihrer Reisetasche.

»Wann sehen wir uns wieder«, fragt Pierre.

»Lass uns doch am Montagmittag gemeinsam im Le Winch essen gehen«, schlägt Sophie vor und wirft den beiden einen Handkuss zu, »wir telefonieren.« Bevor Marie-Claire und Pierre antworten können, ist Sophie bereits auf dem Weg zum Auto.

Voller Elan wirft Sophie ihre Tasche auf den Rücksitz des Jaguars, springt in den Wagen und beginnt, René leidenschaftlich zu küssen.

Ihr Verhalten vor den Augen anderer ist René etwas unangenehm und sanft drückt er sie in ihren Sitz zurück.

»Warum bist du nicht ausgestiegen?«, fragt Sophie.

»Es ist mir noch peinlich, du weißt, die Sache mit Marie, dem Fahrrad und so weiter«, antwortet er und legt den Rückwärtsgang ein.

»Muss es dir nicht. Am Montag schaffen wir das aus der Welt. Ich hab ihnen gesagt, dass wir gemeinsam essen gehen.«

René muss schlucken. Eine Frau, die ihn auf solch taffe Weise vor vollendete Tatsachen stellt, hatte er noch nicht gehabt.

»Was muss Liebe doch schön sein«, lästert Pierre, als er die beiden knutschen sieht, aber statt einer Antwort gibt es von Marie-Claire nur einen Klaps auf den Hinterkopf.

Peinlichkeiten

Obwohl Marie-Claire im La Winch immer einen Tisch bekommt, hat sie doch vorsichtshalber für vier Personen reserviert.

Geschützt vor den blendenden, warmen Sonnenstrahlen sitzen Marie-Claire mit Pierre und

Sophie mit René unter dem großen Sonnenschirm auf der Terrasse und genießen ihren Apéritif.

»Mademoiselle Letour, ich möchte mich bei ihnen aufrichtig für mein Verhalten ihnen gegenüber entschuldigen«, beginnt René das Gespräch.

Schlagfertig und mit einem Hauch Ironie erwidert Marie: »Monsieur Chevalier, deshalb müssen sie nicht rot werden, es hat sich ja alles geklärt und jeder von uns hat ja sein Deckelchen gefunden. Übrigens, ich heiße Marie.«

Mit dieser koketten Antwort hat René nicht gerechnet. »Und ich bin René«, gibt er schmunzelnd und erleichtert zurück, und in Gedanken: *An diese Art von Frauen muss ich mich erst noch gewöhnen, sie haben etwas Freies und Ungezwungenes an sich. Kein geziertes und gekünsteltes Verhalten. Ich beginne, mein neues Leben zu lieben.*

Das Essen verläuft in geselliger Runde mit viel Gesprächsstoff. Sophie erzählt euphorisch vom Wochenendtrip mit der Yacht zur dreißig Seemeilen entfernten Belle Île im Süden der Bretagne, wo sie Freunde von René besuchten, verschwieg aber ein paar Kleinigkeiten, die René am Ende ihrer Ausführungen ergänzt.

Verlegen und errötet folgt sie Renés Schilderungen, ohne vom Tisch aufzublicken. Humorvoll erzählt er, wie oft Sophie sich auf See übergeben musste, und zum lauten Gelächter führt Renés fast pantomimenhafte Darbietung, wie sich Sophie am Pier von Le Palais beim Anlegen, in den Tauen verheddert und ins Hafenbecken fiel.

Marie-Claire ist verwundert: *Ist das jetzt der echte René, ohne Stock im Arsch oder verstellt er sich? Keinerlei Arroganz, man erkennt ihn nicht wieder. Liegt es nun an Sophie oder an der anderen Lebensweise hier auf Noirmoutier?*

Als Lucille ihnen die Desserts serviert, fahren alle erschrocken auf.

»Das gibt es doch nicht. Ihr seid tatsächlich hier angekommen«, ertönt lautstark im kölschen Dialekt die Stimme von Paul, der vor ihrem Tisch steht, »und mit diesem netten Mädchen habe ich doch schon geplaudert«, und zeigt auf Marie, vor deren Beine sich Amigo sofort unter dem Tisch niedergelassen hat.

Verdutzt wird Paul von René, der kein Wort verstanden hat, von oben bis unten gemustert. Vor seiner Nase hat er den Bierbauch eines kräftig gebauten Mannes in figurbetonendem T-Shirt. Der Schwerkraft folgend, hängt seine Speckschwarte über dem Hosenbund der bunten Hawaii-Shorts. Pauls Füße, in weißen Tennissocken und braunen Sandaletten, schocken René dagegen nicht, diesen modischen Fehltritt hat er am Mittelmeer schon öfters gesehen.

»Wer ist das? Kennst du den?«, fragt René leicht geschockt Sophie, »gehört der zu euch?«

Sophie klärt ihn in kurzen Worten auf, während Paul auf Deutsch mit Pierre und Marie-Claire plaudert. Dabei zieht Paul vom Nebentisch einen Stuhl heran und setzt sich ungefragt an den Tisch.

Sophie ist froh, dass René kein Deutsch versteht und den Anekdoten von Paul nicht folgen kann. Pierre und Sophie gelingt es immer wieder, den Fragen von Paul, auf welchem Stellplatz sie stehen und wie lange sie noch bleiben, auszuweichen, bis Marie-Claire die Situation rettet.

»Oh, tut mit Leid Herr Müller, wir haben uns jetzt ganz und gar verspätet. Wir müssen los, sonst verpassen wir die Führung.« Marie-Claire steht abrupt auf.

René eilt an die Bar und begleicht die Rechnung. Am Tisch auf die Bedienung zu warten, würde ihm zu lange dauern.

»Sorry Paul, aber wir müssen. Wir sehen uns spätestens in Köln wieder. Schönen Urlaub noch«, verabschieden sich Pierre und Sophie von Paul.

Verwirrt schaut Paul ihnen nach und nimmt einen Schluck von seinem Bier.

Auf dem Weg zum Auto zeigt Pierre auf ein Pärchen, das ihnen Hand in Hand entgegenkommt. Es sind Aurélie und Yannic. Sie begrüßen sich herzlichst und wechseln einige Worte.

»Wusstest du davon?«, fragt Pierre, als sie in den Méhari steigen.

»Ja. Aurélie hat am Telefon mit mir darüber gesprochen, sie wollte mich nicht hintergehen«, lacht Marie, »ich war einverstanden, ich habe ja gefunden, wen ich wollte.«

Au revoir

Wie jeden Abend sitzen Marie-Claire und Pierre nach ihrem Tagesausflug angekuschelt auf ihrer Bank am Meer und träumen von der Zukunft.

»Irgendwie hat Sophie sich verändert«, stellt Pierre fest, »was Geld doch alles bewirken kann.«

»Ich bleibe, wie ich bin«, verspricht Marie, »glaube mir. Und du?«

»Ich auch, das hab ich dir gesagt. Im Juli komme ich für drei Wochen wieder und beginne mit meiner

Rückkehr nach Deutschland einen Französischkurs. Kannst du in der Zeit Urlaub nehmen?«

Marie-Claire atmet tief durch. »Ich werde es versuchen, aber die Chancen sind so gut wie aussichtslos, der Juli und August sind Hochsaison. Der September wäre besser.«

Nachdenklich blickt Pierre über das Meer, eine Aussicht, die er nicht mehr missen möchte. »Ich kann meinen Urlaub auch splitten, dann komme ich im Juli für eine Woche und im September für drei. Was hältst du davon?«

»Das würde mir gefallen. Wir könnten dann mit Papis Wohnmobil reisen, zum Beispiel auf die Île de Ré oder auf die Île d'Oléron, oder in die Bretagne, oder an die Loire, oder ...«

»Stop«, fällt ihr Pierre ins Wort, »das dauert ja Monate.«

»Darum sollst du irgendwann zu mir nach Frankreich kommen.«

»Irgendwann? So schnell wie möglich«, protestiert Pierre.

Beide schweigen, nur das Rauschen der Wellen stört die Ruhe, bis Marie-Claire ihn besorgt fragt: »Und wenn es mit uns dann auf Dauer nicht klappen sollte?«

Pierre zuckt merklich zusammen. »Hast du Bedenken?«

»Nein, aber ...«

»Also«, fällt ihr Pierre ins Wort, »In Deutschland gibt es ein Sprichwort, das heißt: 'Wer nicht wagt, der nicht gewinnt', und ich habe den Mut, ein neues Leben zu beginnen, aber nur mit dir.«

»Ich auch und kann es kaum erwarten«, freut sich Marie, »du Esel oder wie sagt Sophie immer zu dir, Pumuckl.«

266

Sein Geheimnis kann Pierre jetzt nicht länger für sich behalten. Er bemerkte die letzten Tage, wie Marie-Claire über ihre gemeinsame Zukunft grübelt.

»Ich muss dir jetzt etwas sagen, Marie. Aber bitte behalte es für dich. Erzähl es niemandem, auch nicht deinen Eltern, deinem Bruder oder Papi«, versucht es Pierre in einem ernsten Ton.

Entgeistert und geschockt blickt Marie-Claire ihn an. »Etwas Schlimmes, das du mir erst jetzt einen Tag vor deiner Abreise erzählst?«

»Nein, es geht um unsere Zukunft. Philippe hat sich lange mit mir unterhalten und mir einen Vorschlag gemacht.«

»Onkel Philippe, der Arzt?«

»Ja, du weißt, wir verstehen uns sehr gut. In ein bis zwei Jahren will er sich zur Ruhe setzen und hat mich gefragt, ob ich seine Praxis übernehmen würde. Natürlich muss ich dafür perfekt eure Sprache beherrschen, aber bis dahin würde ich das. Die Allgemeinarzt-Ausbildung dafür habe ich. Andernfalls würde er sich einsetzen, dass ich hier in der Umgebung eine Stelle in der Pathologie bekommen würde.«

»Du würdest das tun?«, freut sich Marie.

»Natürlich, aber nur wenn du willst.«

Statt einer Antwort küsst sie ihn, bis ihm die Luft wegbleibt.

Der Tag der Abreise ist gekommen, nachdem am Vorabend nochmals alle, die gesamte Familie, zum Abschied beim Abendessen versammelt waren.

Bereits am frühen Morgen bringt René Sophie zum Wohnmobil.

Die Verabschiedung ist mehr als herzlich, sogar Colette hat Tränen in den Augen, als sie Pierre umarmt, und Jean und Bruno nehmen ihn in den Arm, als sei es ihr eigener Sohn.

Bei Marie-Claire fließen die Tränen, sie umklammert Pierre, küsst und drückt ihn immer wieder.

»Du kommst wieder?«

»Ja, ich komme wieder. Und jeden Abend unterhalten wir uns auf Skype. Ich liebe dich«, antwortet Pierre. Schnell dreht er sich um, damit Marie-Claire seine feuchten Augen nicht bemerkt und steigt ins Wohnmobil.

Langsam rollt das Wohnmobil vom Grundstück und Pierres Stimmung ist merklich gedrückt. Marie-Claire und ihre Familie, die ihnen nachwinken, lässt er im Rückspiegel nicht aus den Augen, bis er abbiegt.

Nur der Dieselmotor ist zu hören.

»Nicht traurig sein, Pumuckl. Du hast Marie gefunden und wirst sie wiedersehen«, unterbricht Sophie die Stille.

Wehmütig schaut Pierre sie an.

»Du hast es gut, Sophie. Du fliegst bereits in zwei Wochen übers Wochenende wieder zu René nach Paris und ich muss bis Juli warten. Aber vielleicht besuche ich Marie doch einmal über ein verlängertes Wochenende. Ich fliege bis Nantes und nehme dort einen Mietwagen. Das geht schneller, als mit dem Auto die tausend Kilometer zu fahren.« Dabei schiebt er einen USB-Stick ins Radio. Sofort erklint der Song 'Je veux' von Zaz.

Entgeistert schaut Sophie ihn an. »Kein ABBA?«

268

»Nein«, lächelt Pierre, »die Zeiten sind vorbei. Hier sind nur die französischen Lieblingstitel von Marie drauf; Zaz, Louane, Nolwenn und andere.«

Sophie schmunzelt. »Du willst Französisch lernen, hat Marie mir erzählt? Aber sie hat mir nicht verraten, wie es mit euch weitergeht.«

»Ja, ich werde eine Sprachschule besuchen. Und die Zukunft – bleibt noch unser Geheimnis. Das erzähle ich dir später.«

Auf der Brücke zum Festland schreit Pierre aus ganzem Herzen »Marie – du bist das Salz meines Lebens.«

Und Sophie lacht: »Dann bist du wohl der Pfeffer«, und lässt ihren Blick zum letzten Mal über den Atlantik gleiten.

Einige Kilometer später fährt ein Wohnmobil vor Pierre. Es ist dieselbe Marke, mit Kölner Kennzeichen, und Sophie stöhnt: »Bitte nicht. Der hat uns zum Abschluss noch gefehlt.«

Die verschlungenen Herzen der Vendée am Straßenrand wünschen

Bonne Route
A Bientôt

Epilog

Die Handlung und Personen sind natürlich frei erfunden. Jede Ähnlichkeit mit lebenden oder toten Personen ist rein zufällig, nicht aber die Örtlichkeiten auf der Île de Noirmoutier.

Vor vielen Jahren lernte ich diese kleine Insel kennen und verliebte mich sofort in sie. Authentisch präsentiert sich dieses Eiland mit weitflächigen Salzgärten und Kartoffelfeldern, den weiten Stränden und idyllischen Buchten. Ohne Schickimicki und Prachtboulevards, ohne große Hotelkomplexe und zugebaute Küsten, dafür mit unendlichen Rad- und Wanderwegen durch die Kiefernwälder und Dünenlandschaften, empfängt die kinderfreundliche Insel Familien und naturverbundene, ruhesuchende Urlauber.

Die Idee zu diesem Roman schlummerte schon länger in mir. Erst durch die Motivation meiner Familie und deren Unterstützung habe ich den Mut gefasst, das Buch zu schreiben.

Mein besonderer Dank gilt neben meinem persönlichen Umfeld den ausgewählten und kundigen Personen, die mein Rohmanuskript gelesen haben.

Vor allen Dingen der in der Normandie lebenden Journalistin und Frankreich-Kennerin Barbara Homolka, sowie Thomas Kürten, einem Medienfachmann und eigentlichem Leser von Science-Fiction-Romanen, der in Frankreich lebt und das Land mit seinem Wohnmobil bereist. Sie haben mit Ihrem Feedback genauso beigetragen wie Petra Falderbaum, eine Leseratte und jahrelanger Frankreich-Urlauberin, und Beatrix Gloss, einer passionierten Buchliebhaberin und Wohnmobilurlauberin.